Gert Hofmann

DAS GLÜCK

Roman

Carl Hanser Verlag

1 2 3 4 95 94 93 92
ISBN 3-446-16277-1

Gesamtherstellung: Clausen & Bosse, Leck
Printed in Germany

I

Als der Vater ans Packen ging, war es schon lange hell. Die Vögel trieben sich im Garten rum und fraßen uns die Würmer weg. Der Vater hatte sich ans Fenster gestellt, da stand er am liebsten. Glücklich war er aber nicht.

Es ist ein Trauertag, sagte er, der Himmel sollte weinen!

Dann war er wieder still. Wir standen in seinem Arbeitszimmer, die Schwester zwischen uns. Sie preßte die Nase an die Scheibe und machte einen Fleck. Ab und zu kam jemand vorüber, seine Schritte kündeten ihn an. Manchmal grüßte er zu uns hoch oder winkte. Die Schwester stand dicht neben mir und hatte sich nicht gewaschen. Sie hatte ihre Puppen unterm Arm, vielleicht ein halbes Dutzend. Sie klammerte sich richtig dran. Sie hatte ihre Nägel abgebissen, besonders an der linken Hand. Auch die Mutter war schon auf, sie war in ihrem Zimmer. Sie war nicht ins Büro gegangen, weil Sonnabend war und Herr Herkenrath kam, der sie heiraten wollte. Sicher machte sie sich für ihn schön. Der Vater, der von Natur aus schön war, sagte: Das Zupfen hilft da auch nicht! Da kann einer zupfen, so viel er will.

Und was machen wir nun, fragte die Schwester.

Ja, sagte der Vater, das ist die Frage! Es gibt da einen Schriftsteller, egal, wie er heißt...

Thomas Mann, fragte meine Schwester.

Lassen wir den Namen! Im Grunde, sagte der Vater,

gibt es nur einen Unterschied zwischen mir und ihm. Er war etwas größer. Dann wollte der Vater noch was sagen, vergaß es aber wieder. Er und die Schwester und ich hatten uns zum letztenmal zum Ausgehen fertiggemacht. Aber nun legte er seinen Spazierstock plötzlich wieder weg. Dann knöpfte er die Jacke auf und setzte sich hin. Er war froh, wenn er »von den Füßen runter war«. Er stellte die Beine breit, so breit er eben konnte. Das ist für den, der es sich ansehen muß, kein reizvoller Anblick, das geb ich gerne zu, sagte er, doch wie soll man sonst sitzen? Dann zupfte er an einem Barthaar und sagte: Das Wetter, oder sollte ich mich da täuschen...

Was ist denn mit dem Wetter, fragte die Schwester, und der Vater sagte: Es drückt so, wenigstens auf mich! Ich spüre, es hängt was über mir.

Und über mir, fragte die Schwester, hängt auch was über mir?

Ja, sagte der Vater, auch über dir, aber mit Maßen, mit Maßen! Dann holte er tief Luft und sagte: Es drückt mich richtig in die Erde, falls ihr mich versteht. Er schaute auf seine Uhr, denn es gab noch viel zu erledigen. Er war aber bereit. Er hielt die Baskenmütze in der Hand, den Stock und so weiter. Mit dem ging er spazieren. Er schwang ihn gerne in der Luft, nur in der Wohnung nicht. Er wollte nichts *zerdeppern.* Das Schwingen hatte er sich angewöhnt vor vielen, vielen Jahren, als er noch glücklich war. Da, sagte er und zeigte in eine Fensterecke, in dieser Ecke habe ich gesessen, und ihr seid zu mir gekommen und habt euch auf meine Knie gesetzt, jeder auf seins.

Und dann, fragte die Schwester.

Dann habe ich euch reiten lassen und bin auch glücklich gewesen, sagte er. Da er ein Gewohnheitstier war, mußte der Spazierstock auch jetzt immer mit. Ohne ihn fühlte er sich »wie gar nichts«. Es war ein glatter Lindenstock. Er hatte ihn geschält und angespitzt, lange vor unserer Zeit. Falls ich mal überfallen werde, schlage ich zurück, sagte er.

Und wohin schlägst du?

Wohin wohl? Auf die Köpfe!

Und dann?

Dann, sagte er, gibt's ein paar Verbrecher weniger!

Der Griff seines Stocks war abgegriffen und hatte eine dunkle Färbung, »denn das Dunkle, nicht das Helle, ist die natürliche Farbe der Welt«. Dann legte er den Stock zur Seite und spielte mit seiner Baskenmütze. Es war eine, wie die Künstler sie trugen. Er hatte sie *abgeguckt*.

Ein Schriftsteller, den ich einigermaßen schätze, hatte auch so eine Baskenmütze, sagte er. Er hat sie aber nicht oft aufgesetzt, deshalb weiß es keiner.

Bloß du, sagte meine Schwester, nicht?

Ja, sagte der Vater, bloß ich!

Ein Trauerflor steckte an seiner Mütze, man sah ihn schon von weitem. Der war nicht, wie die meisten, schmal und länglich, sondern kurz und dick. Da sah man seine Trauer besser. Als die Schwester den Trauerflor zum erstenmal sah, fragte sie: Ist bei uns denn wer gestorben?

Der Vater schüttelte den Kopf und sagte: Nein, noch nicht! Wird denn einer, fragte sie, und er sagte: Es ist ein Zeichen.

Und was für ein Zeichen ist es?

Daß meine Ehe mit eurer Mutter nach langen Leiden dahingegangen ist, falls nicht noch ein Wunder geschieht, sagte der Vater und zupfte wieder an dem Trauerflor.

Er schwitzte gern. Wenn er schwitzte, schwitzte er auf der Stirn und an den Händen. Sie waren immer feucht. So wie heute, denn es wurde ein warmer, heller, nach allen Seiten hin weit geöffneter Tag im Mai 60. So warm, daß er so hätte schwitzen müssen, war es aber auch nicht. Der Vater griff nach seinem Schnupftuch und sagte: Das Unglück kommt! Dann zeigte er in die verschiedenen Himmelsrichtungen und fragte: Von da? Von da? Von da? Er wußte es noch nicht, er ließ sich überraschen. Mühsam stand er auf und ging – »kroch« – durch sein Zimmer. Er erreichte das Fenster und schaute hinaus. Diese Straße herauf – die Jacobsstraße – würde der Möbelwagen kommen und uns holen, man sah ihn bloß noch nicht. Dann würde er vor unserer Haustür halten und kurz stehenbleiben. Jetzt war er noch zu Hause. Aber keine Angst, sagte der Vater, er kommt, so wahr wir hier herumstehen und uns endlich aufraffen sollten. Die Vorgärten rechts und links waren trocken, *sommertrocken*, sagte er. Wenn ich in die Küche ging und den Wasserhahn laufen ließ, tröpfelte es bloß. Der Vater stand dann neben mir und schaute dem Tröpfeln zu. Manchmal hielt er eine Fingerspitze drunter und sagte: Jetzt härte ich mich ab! Oft wollte er sich nicht in die Küche schleppen, er sagte, er sei zu erschöpft. In Wirklichkeit wollte er der Mutter nicht über den Weg laufen, weil er nicht wußte, was für ein Gesicht er ziehen und was er zu ihr sagen sollte. Denn das ist immer die Frage, wenn man seiner Frau im Gang begegnet: Was zieht man für ein Gesicht, sagte er. Wenn er an seinem Schreibtisch saß und schwitzte und ich fragte: Willst du nicht mit in die Küche kommen und deine Hände abkühlen, die Mutter ist nicht da!, sagte er: Du bist jünger als ich und hast es nötiger, weil dein Blut heißer ist und rascher kreist.

Geh du und tu's für mich! Wenn ich dann vom Wasserhahn zurückkam und er fragte: Na, wie war's?, sagte ich: Ach, bloß lau! Und es hat auch nur getröpfelt!

Das überrascht mich nicht, sagte der Vater dann, und, weil die Mutter sich von ihm scheiden ließ: Die ganze Welt ist aus den Fugen!

Da er eine Art Schriftsteller war, drückte er sich gern poetisch aus, so daß wir ihn oft nicht verstanden. Er lehnte dann meist in seiner Lieblingsecke an der Wand. Dort hing eine Postkarte aus der Schweiz, die er sich hatte einrahmen lassen und zu der er oft hinsah. Dabei sagte er: Ja, an mich! Sie war mit der Hand geschrieben und stammte von Thomas Mann. Vor Jahren hatte ihm der Vater mal geschrieben und ihm erzählt, daß er mit einem Roman, der »Der Zaubertisch« heißen sollte, nicht so recht vorankäme, und Thomas Mann hatte geantwortet, daß er mit seinem Roman, der »Felix Krull« heißen sollte, auch nicht zu Rande käme. Der Vater zeigte diese Karte jedem, ob er sie nun sehen wollte oder nicht. Er hatte immer noch einmal schreiben wollen, aber ehe er endlich dazu kam, war Thomas Mann gestorben. Schade, sagte der Vater nun immer, jetzt hält er mich für einen unhöflichen Menschen! Vielleicht hätte er mir noch mal geschrieben. Na ja, die eine hab ich! Es gibt eben Menschen, die sehr viel am Hals haben!

So wie du, nicht, fragte meine Schwester, und der Vater sagte:

Ja, so wie ich!

Da er nicht wußte, wie's mit der Mutter weiterging, und er mit uns sprechen wollte, trommelte er uns oft in seinem Arbeitszimmer zusammen und verschloß die Tür. Dann gab er uns Ratschläge, die er »im Laufe eines dummen Lebens zusammengetragen hatte«. Sich immer gut umschauen in der Welt, in die ich euch in einem schwachen Augenblick gesetzt habe, und ihr seid ja auch sofort gekommen. Und in der Zeit, sagte er, in die es uns für ein paar Jahre gemeinsam verschlagen hat. Denn Zeit und Welt, die gehören zusammen, das eine kommt ohne das andere nicht vor. Laß also alles in dich rein, denn nun fängt was Neues an, für dich und auch für mich, sagte er heiter zu mir. Jedenfalls wollte er heiter scheinen. Habt ihr das verstanden?

Was denn, fragte die Schwester, das vom Reinlassen?

Ja.

Nein, sagte die Schwester, eigentlich nicht!

Von einem gewissen Tag an – er gab sich anfangs regnerisch, entpuppte sich dann aber als schön – sprach er mit mir wie mit einem Erwachsenen. Sogar seine Krawatte zupfte er für mich zurecht, falls er grade mal eine trug. Dann nahm er mich beim Arm und sagte: Auf ein Wort, junger Mann! und zog mich in sein Zimmer. Die Schwester kam von alleine. Nun standen wir lange rum und kratzten an den Möbeln. Weil er inzwischen vergessen hatte, was er mir sagen wollte, sagte er wenig, vielleicht: Warum auch nicht! oder: War sonst noch was? Wenn er länger mit mir reden wollte, redete er nun nicht mehr drauflos, sondern überlegte, wie er es ausdrücken könnte. Ich sollte ihn nicht mißverstehen. Sogar unterbrechen ließ er sich. Du willst was sagen, nicht, fragte er dann, das sehe ich dir an. Also bitte, sag's! Du sollst einmal nicht sagen dürfen, daß dein Vater dich nicht hat zu Wort kommen lassen und du eine stumme und unterdrückte Kindheit gehabt hast.

Es war nicht wichtig, sagte ich.

Alles, was mein Junge sagen will, ist wichtig! Alles muß raus, sagte er.

Und was ich sagen will, muß das auch raus, fragte meine Schwester.

Gewiß, sagte der Vater, wenn auch... Nun, sagte er, mit Maßen!

2

An dem Tag, als er mit mir auszog und statt seiner Herr Herkenrath kam – damit in den Ehen der Welt kein Loch wird, sagte er –, war ich früh aufgestanden. Es hatte mich im Bett nicht geduldet. Ich war in die Küche gegangen und stand lange rum. Dann kam meine Schwester.

Ziehst du wirklich aus, fragte sie mich.

Ja, sagte ich, heute!

Und wann kommst du wieder, fragte sie, und ich sagte: Nie! Danach standen wir zusammen rum. Dann hörten wir den Vater an seinem Fenster. Er schaute gern in die Bäume. Die waren nun grün. Bald ließen wir das alles hinter uns, die Wände, den Boden, die Fenster. (Aber auch den Boden*geruch*, den Fenster*geruch*, das Zimmer*gefühl*.) Beim Vater war nicht aufgeräumt, noch weniger als sonst. Wenn seine Zimmertür offenstand und die Mutter ging draußen vorbei, legte sie die Hand vor die Augen. Sie konnte kein Chaos sehen.

Dabei hat sie sich hier mal so wohl gefühlt, sagte der Vater traurig. Erinnert ihr euch, wie wohl sie sich hier gefühlt hat?

Wie wohl denn, fragte meine Schwester.

Sehr wohl, sagte der Vater, oh, sehr wohl! Wie oft hat sie hier am Fenster gestanden und hat hinausgeschaut und hat...

Ja?

Sich wohl gefühlt, sagte der Vater. Dann lehnte er die

Stirn an die Fensterscheibe und machte einen neuen Fleck. Einiges hatte er für den Auszug schon beiseitegestellt, es stand neben der Tür. Nun mußten wir drübersteigen und aufpassen, daß wir nicht stürzten und uns was brachen.

Also hoch das Bein, sagte der Vater dann.

So hoch, fragte die Schwester und hob ein Bein.

Nein, sagte er, noch höher!

Natürlich würden wir nicht alles mitnehmen. Die Mutter, die Schwester und Herr Herkenrath wollten ja auch noch was, und das blieb alles hier. Seit Tagen hockte der Vater nun in seiner Ecke und fragte sich: Was nehm ich in das neue Leben mit?

Ich sagte: Ich weiß auch nicht!

Du also auch nicht, sagte er. Dann setzte er sich in eine andere Ecke und fragte: Und was laß ich hier? Er gähnte viel. Er gab aber noch Unterricht. Weil ihn ohne ein Diplom – ein Papierwisch, sagte er – keine Schule hatte haben wollen, mußte er nun die unterrichten, die hängengeblieben waren. Bei denen kam's nicht so drauf an. Der Vater lag auf seinem Rohrstuhl und wartete auf Schüler. Es kamen nicht mehr viele. Es hatte sich herumgesprochen, daß er wegzog, nur wußte keiner wann. Er hatte uns in unser Zimmer geschickt und die Tür zugemacht, damit sein Schüler uns beim Unterricht nicht hörte und abgelenkt wurde. Wir standen am Kinderzimmerfenster und warteten auf ihn. Der Vater stand in seinem Zimmer und wartete auch. Er schaute abwechselnd auf die Straße und auf seine Taschenuhr und rief: Nennt man das Pünktlichkeit! Die Bücher, die er für seine Stunde brauchte, hatte er auf seinem Arbeitstisch ausgebreitet. Manche waren schon aufgeschlagen, damit er nicht zu suchen brauchte, sondern gleich anfangen konnte, und nun kam der Schüler nicht. Immer wieder riß der Vater das Fenster auf und beugte sich hinaus, damit er ihn um die Ecke biegen sah. Doch er bog einfach nicht um die Ecke. Manchmal vergaß der Vater den Unterricht auch selber. Da war er, statt auf seinen Schüler zu warten, schnell noch mal ums Haus gegangen. Auf diesem Gang mußte er ihn dann vergessen haben. Nun saß der Schüler, der sich zu Hause die Hände gewaschen hatte und nach Fliederseife roch, in Vaters Arbeitszimmer und wartete. Wir hatten ihn hereingelassen und auf einen Stuhl gesetzt. Wir wollten ihm Gesellschaft leisten und standen neben ihm. Der Schüler fragte: Ist das euer Vater, der mir diesen Unterricht geben soll?, und die Schwester sagte: Ich glaube!

Kann er denn Englisch, fragte der Schüler, und die Schwester sagte: Eigentlich nicht!

Und wie kann er mir da Unterricht geben, wenn er's selber nicht kann, fragte der Schüler, und die Schwester sagte: Ich glaube, er braucht das Geld!

Hat er denn keins, fragte der Schüler, und die Schwester sagte: Er hat nicht genug!

Und wann kommt er endlich, fragte der Schüler, hat er's etwa vergessen?, und die Schwester, die nicht wollte, daß er wieder weglief, sagte: Vielleicht ist er schon unterwegs! Bis der Vater dann endlich kam, hatte der Schüler nicht mehr warten wollen und war schon wieder weg. Das Geld für den Unterricht hatte er natürlich wieder mitgenommen. Das schöne Geld, sagte der Vater traurig, jetzt hat er's wieder weggetragen! Ich hatte gedacht, er käme morgen.

Manchmal hatte der Vater auch keine Lust und machte die Tür nicht auf, wenn ein Schüler klingelte oder klopfte. Der Schüler rief dann: Hallo, ist keiner da? Da legte der Vater, statt aufzustehen und die Tür zu öffnen, einen Finger auf den Mund, und wir durften nicht reden. Nach einer Weile hörten wir den Schüler die Treppe wieder runtersteigen und unten aus dem Haus gehen. So, jetzt ist endlich Ruhe, sagte der Vater zufrieden.

Gibst du denn keinen Unterricht mehr, fragte die Schwester.

Nicht heute, sagte der Vater, heute ist Wichtigeres zu bedenken! oder: Heut bin ich zu erschöpft!

Oft merkte die Mutter gar nicht, wie erschöpft der Vater war und daß er etwas hatte ausfallen lassen müssen. Sie saß im Büro. Oder, in letzter Zeit, bei Herrn Herkenrath, um ihn nach was Wichtigem zu fragen. In ihrem Zimmer stand das Fenster auf, da kam Luft herein. Luft, rief sie, besonders frische, gut, daß es die gibt! Manchmal hörten wir sie lachen und wußten nicht, worüber. Der Vater lachte nicht mehr viel, er schüttelte lieber den Kopf.

Hört ihr sie, rief er. Ich denke zuviel, sagte er. Wenn wir fragten: Woran?, sagte er: Woran wohl? Dann machte er eine Pause, sagte aber nicht wie sonst: An den Tod!, sondern: Ans Geld! Dabei lag er in seinem Rohrstuhl und schaukelte. Das gab dem Herzen kleine Stöße und war gut für ihn. Uns rief er zu: Zurück, zurück! Keinesfalls so nah! Er fürchtete, daß wir mit unseren Zehchen unter seinen Schaukelstuhl kommen könnten, und sagte: So eine Kinderzehe ist schnell ab, und was dann? Dann seid ihr Krüppel auf Lebenszeit, und ich muß euch ernähren. Deshalb mußten wir uns weit weg von ihm an die Wand stellen, da konnte er sich *ausschwingen lassen*. Er wollte, daß wir bald was Ordentliches lernten, damit er uns nicht so lange ernähren mußte, sondern sich endlich zurückziehen konnte. Und was kann ich dann, fragte er.

Dann kannst du dich zurücklehnen und dich ausschwingen lassen, sagte die Schwester.

Richtig, sagte er.

Nebenan saß die Mutter und lachte wieder. Wenn ein Gedanke besonders lustig war, lachte sie aus dem Bauch, sonst bloß aus der Kehle. Der Vater sagte dann: Sie kreischt! Sie machte sich lustig über ihn und über sein Schriftstellergeschick. Wir lauschten, ob die Mutter noch mal kreischte, doch es kam nichts mehr. Wir, als Männer, sagte der Vater zu mir, können einem Gedanken, wenn man so sagen darf, der durch einen Frauenschädel kriecht, oft nicht folgen, und wenn wir uns noch so bemühen.

Statt mit uns in die Stadt zu gehen, hatte sich der Vater an unserem letzten Tag noch mal ausgestreckt, so gut man sich auf einem Rohrstuhl eben ausstrecken konnte. Die schöne Jacke, die er für meine Lehrer angezogen hatte, war ganz zerknittert. Er strich mit den Fingerspitzen drüber und sah sich die Knitter traurig an. Dann sah er zur Zimmerdecke hoch, die ein paar Risse hatte, und sagte: Interessant!

Was denn, fragte meine Schwester.

Was hinter den Rissen steckt.

Steckt denn was dahinter?

Ja, wenn man das wüßte, sagte der Vater. Statt endlich ans Packen zu gehen, sah er sich die Risse an. Während wir hier gewohnt hatten, waren sie immer länger geworden. Aber daß sie mal so lang sein würden! Der Vater schüttelte den Kopf. Dann fing er wieder von den Rissen an, und daß man etwas dagegen hätte *tun* sollen. Nun war es zu spät. Er seufzte ein letztes Mal, dann vergaß er die Risse wieder.

Er hatte schon lange nicht mehr mit der Mutter gesprochen, jedenfalls nicht *richtig*. Sie mit ihm aber auch nicht. Sie machten einen Bogen umeinander. Wenn der eine in der Küche war, kam der andere gar nicht erst rein, sondern ging in sein Zimmer zurück und machte die Tür hinter sich zu. Wenn die Mutter abends von der Arbeit kam, hatte sie manchmal vergessen, daß sie mit dem Vater eigentlich nicht mehr sprach. Sie zeigte dann auf einen Topf und sagte zu ihm: Das koche ich euch heute! Danach band sie die Schürze um und ging ans Essenkochen. Zu Tisch kam der Vater immer als letzter, damit wir sahen, daß er nicht *gierig* war und eigentlich nichts brauchte. Er hatte die Hemdsärmel hochgekrempelt und war in Gedanken. Beim Essen schaute er kaum auf. Schließlich sagte er doch einen Satz, ich weiß nicht mehr, welchen. Danach war's wieder still. Manchmal schob er der Mutter auch eine Schüssel hin und fragte: Möchte jemand das? Weil er sie so plötzlich ansprach, fuhr die Mutter zusammen und mußte sich erst wieder *fassen*.

Hast du etwa mit mir geredet, fragte sie. O nein, rief sie, das mag ich nicht, o nein! und schob die Schüssel wieder weg. Manchmal fügte sie hinzu: Mir ist der Appetit vergangen, leider!

Ich und die Schwester saßen eng zusammen, ich fühlte ihre Wärme, sie meine. Wenn der Vater und die Mutter länger sprachen, atmeten wir auf. Nun reden sie wieder, dachten wir, aber dann nickte der eine bloß, und es war wieder still. Weil der Vater gern spöttisch war, sagte er: Bei uns wird mit der Luft gespart. Wenn in jedem Haushalt so mit der Luft gespart würde...

Gibt's denn nicht genug, fragte die Schwester, und der Vater lachte und sagte: Wenn's in einer Familie erst mal so weit ist, geht's mit allem schnell zu Ende.

Auch mit der Luft?

Auch mit der Luft.

Auch mit dem Wasser?

Mit allem, rief der Vater ungeduldig, mit allem! Danach war er wieder still und »fraß alles in sich hinein«. Auch die Mutter, die früher so gern geredet hatte, sagte nun nur noch, was sie für nötig hielt, wie: Ich komme heut nicht zum Abendbrot. Ihr müßt euch selbst bedienen!, oder: Morgen wird eure Wäsche abgeholt. Ich wasche sie nicht mehr! Manchmal rutschte ihr – aber auch dem Vater – etwas raus, was sie – oder er – sofort bereute, weil es zu versöhnlich klang, wie: Heiß heut! oder: So ein Wind! Der andere nickte dann vielleicht, sagte aber nichts oder höchstens: War nicht gestern auch Wind? Leider redete der andere dann nicht weiter, sondern sagte bloß: Mag sein! Deshalb war es bei uns jetzt immer so still, man konnte »die Mäuse plaudern hören«. Wenn jemand, auch mit guten Ohren, an unserem Haus vorüberging, wußte er nie, ob wir zu Hause waren, es gab keine Lebenszeichen. Die Schwester hatte sich in die Ecke gesetzt, sie hatte ihre Puppen im Schoß. Sie konnte das Schweigen am wenigsten ertragen und schaute von einem zum anderen. Auch zu mir schaute sie. Redet doch was, sagte sie, und dann ganz leise: Bitte. Sie wollte, daß der Vater und die Mutter endlich wieder miteinander redeten, weil sie dann sah, daß sie sich noch liebten. Sie redeten aber einfach nicht. Wenn sie dann eine Zeitlang nicht geredet hatten, wurde die Schwester zornig. Sie legte ihre Puppen weg und trat zwischen die Eltern. So, sagte sie, nun redet ihr aber wieder! Oder sie nahm den Vater bei der Hand, zog ihn zur Mutter und sagte: Warum antwortest du Mutti nicht, wenn sie was zu dir sagt? Sie hat doch was zu dir gesagt!

Das muß sehr leise gewesen sein, sagte der Vater dann.

Doch, rief die Schwester, ich hab's gehört! Nicht wahr, du hast was zum Vater gesagt, sagte sie zur Mutter.

Ich rede mit jedem, der mir zuhören will, sagte die Mutter. Wenn einer zuhören und mir antworten will, soll er antworten. Wenn nicht, dann eben nicht!

Hast du gehört, sagte die Schwester zum Vater, du sollst antworten!

Er muß nicht, sagte die Mutter, ganz, wie er möchte! Es ist mir egal!

Nun, sagte der Vater, wenn es egal ist, brauche ich mich ja nicht erst anzustrengen!

Natürlich nicht, sagte die Mutter, ich wäre die letzte, die dich zwingen würde, mit mir zu reden! Dann war es wieder still. Draußen fuhr ein Möbelwagen vorüber, es zog jemand aus. Manchmal ging auch jemand über die Straße und trat ins Nachbarhaus. Wir hörten die Haustür knarren, dann fiel sie ins Schloß. Da nahm die Schwester die Mutter zum letztenmal bei der Hand und sagte: Sag du jetzt was, bitte! Aber die Mutter schüttelte den Kopf und sagte: Es gibt in diesen vier Wänden nichts mehr zu sagen! Es ist alles gesagt. Und nun laß meine Hand los!

Als die Schwester die Hand der Mutter immer noch festhielt, rief der Vater: Laß ihre Hand los, schnell! und stampfte auf den Boden. Da ließ die Schwester die Hand dann los. Der Vater wollte noch was sagen, aber dann sagte er es doch nicht. Draußen stieg die Sonne höher. Der Himmel war wolkenlos, das, was man von ihm sah. Jetzt, wie ihr seht, steht die Sonne oben, doch keine Angst, sagte er, sie kommt auch wieder runter!

Mit mir und der Schwester sprachen beide noch, der

Vater und die Mutter. An einem Tag sprachen sie mehr mit der Schwester, am nächsten mehr mit mir. Jeder sprach lieber allein mit uns, wenn der andere nicht dabeistand. Wenn der Vater mit uns sprechen wollte und die Mutter war im Zimmer, zog er uns in sein Arbeitszimmer. Hier roch es nach Zigaretten oder, wenn Geld da war, nach einem Stumpen. Leise schloß der Vater die Tür hinter uns. So, sagte er dann, nun können wir reden! Damit sein Gehirn gut durchblutet wurde, massierte er sich die Stirn. Leider hilft es nicht mehr, sagte er, die Sache ist zu weit fortgeschritten! Dann redete er ein bißchen von Thomas Mann. Ich, sagte er, bin eigentlich ein Dichter, er ist ein Schriftsteller. Nein, sagte er, ich bin beides! Und dann, fragte er, war da nicht noch was anderes? Ach ja, sagte er, er aß auch gerne Süßes!

Wenn ihm dann nichts mehr einfiel, ließ er unsere Hände wieder los und stieß die Tür weit auf.

Bist du jetzt fertig, fragte die Schwester, und der Vater sagte: Richtig fertig ist man nie, wenn man mit jemand spricht, den man liebt!

Aber wir können gehen, oder?

Geht nur, sagte er, am besten zu eurer Mutter! Sie wird eifersüchtig, wenn ihr so lange bei mir seid. Erzählt ihr nicht, was ich euch gesagt habe.

Und was hast du uns gesagt, fragte die Schwester.

Behaltet es für euch, sagte er.

Gut, sagten wir und gingen zur Mutter oder in den Garten. Das Wetter war damals noch schön. Wer Augen hatte und sich im Garten umsah, sah immer was, das blühte oder wuchs. Nur meine Schwester sah nichts. Der Vater hatte ein helles Hemd und Socken mit Punkten an. Nach denen hatte er lange suchen müssen. Er sagte: Das sind Künstlersocken! Sie zeigen, daß ich lustig bin! Er stand hinter seinem Fenster und trommelte leise dran. Manchmal kratzte er auch drüber und dachte an das Buch, das er schreiben wollte. Ich schreibe was, das wird ein Zauberberg, sagte er. Nein, das wird ein Zaubergebirge! Manchmal schaute er zu uns in den Garten und nickte uns zu. Mit der Mutter sprach er nicht, weil sie nicht mit ihm sprach. Sie sollte nicht auf den Gedanken kommen, er könnte nicht leben ohne sie.

Und, fragte die Schwester, kannst du?

Was für eine Frage, rief der Vater und richtete sich hoch auf.

Kannst du, fragte meine Schwester.

Wahrscheinlich nicht, sagte er.

Das war im Mai oder Juni. Weil die Mutter sie nicht mehr kontrollierte, wuschen wir uns die Knie nicht mehr. Manchmal kam der Vater rein. Er schaute lange auf uns nieder und sagte: Ihr verkommt!

Ist das schlimm, fragte meine Schwester dann, und der Vater sagte: Es ist der Anfang vom Ende! Vom Ende einer Form der Existenz, dahinter, sagte er, steht eine andere.

Und was für eine steht dahinter, fragte die Schwester, und der Vater sagte: Eine, über die man nicht spricht! Es war die Zeit der Himmermiezel, sie wollten in dem Jahr nicht kommen. Die Welt, sagte der Vater, ist durcheinander mit allem, was da kreucht und fleucht. Die Schwester hatte auf die Himmermiezel schon lange gewartet. Sie hätte gern eins gefangen und hatte sich von der Mutter einen Schuhkarton geben lassen. Sie hatte ein Nest für sie gemacht, und nun kamen keine. Da sagte ich: Also komm!, und wir gingen in Vaters Arbeitszimmer, ohne zu klopfen. Wir wollten endlich in die Stadt. Der Vater wollte vielleicht auch, er war sich nicht mehr sicher. Er rieb sich erst die Schädeldecke, danach eine Rippe. Er wäre auch gern aufgesprungen, er kam nur nicht gut hoch. Deshalb sagte er: Jetzt sitze ich! Er ging nun auf die Fünfzig und war zu alt für uns. Fünfzig, sagte er, wer hätte das gedacht? Man braucht einen Augenblick nur nicht achtzugeben, und schon ist man ein Greis.

Bist du denn ein Greis, fragte meine Schwester.

Nun, sagte der Vater, vielleicht noch kein Greis, aber...

Die Schwester lehnte an der Wand. Sie wollte endlich raus. Wann gehen wir denn, fragte sie, ich langweile mich so! Dann tat sie das Schlimmste, was sie hätte tun können, sie ging zur Mutter. Ich langweilte mich ebenso und ging auch zu ihr.

3

Die Mutter war eine schöne Frau und arbeitete bei Scharschmidts im Büro. Weil sie ein paar Mark nach Hause brachte, brauchte der Vater nicht so viel zu schreiben. Leider war sie etwas füllig. Das kam bei ihr nicht, weil sie so viel aß, es kam von ihren Drüsen. Wenn wir nach ihren Drüsen fragten, sagte der Vater: Die sind bei ihr gut versteckt! Morgens roch sie nach Zitronenseife und abends nach Parfüm. Wenn die Schwester es riechen wollte, sagte sie: Laß mich mal! und ging mit ihrer Nase ran. Da schob die Mutter sie immer weg und sagte: Laß den Unfug! Oft war kein Geld in Vaters Beutel. Er hatte einen aus Velours. Die

Mutter ging dann in ihre Lade und gab ihm einen Schein. Weil sie sich nun auseinandergelebt hatten, ging sie nicht mehr in ihre Lade, sondern sagte: Ich hab selber keins! Sie schwindelte aber, sie hatte immer was. Manchmal brauchte er nur »ein kleines Scheinchen«, aber die Mutter sagte: Ich habe auch kein kleines! Da sagte der Vater: Ach, wenn ich so drüber nachdenke, brauche ich eigentlich gar keins! Nach ein paar Tagen vergaß er, daß er nichts brauchte, und fragte sie wieder.

Weil Herr Herkenrath kam, saß die Mutter vorm Spiegel und wandte uns den Rücken zu. Sie drehte sich auch nicht nach uns um, sie wußte, wer es war. Weil sie gerade die Augenbrauen nachzog, mußte sie aufpassen, daß sie sich nicht vermalte, und konnte lange nicht mit uns reden. Eigentlich hatte sie keine Augenbrauen. Sie hatte sie wegrasiert und mußte sie jeden Morgen mit dem Stift wieder hinmalen. Die arme Mutter, sie hat keine Augenbrauen, sagte die Schwester, wenn die Mutter nicht dabei war, und der Vater schüttelte den Kopf und sagte: So will es der unselige Geschmack unserer Epoche, dem sie sich unterworfen hat!

Und was bedeutet das nun wieder, fragte die Schwester, und der Vater sagte: Sie macht alles so wie die anderen!

Wenn die Mutter sich wegen uns vermalt hatte, rief sie: Ach, was seid ihr lästig! Seht, wie ich jetzt ausschau! Dann mußte sie den Strich wieder wegwischen, er ließ sich aber nicht. Na, da seid ihr ja wieder, sagte sie, als wir zu ihr traten.

Ja, sagte die Schwester, da sind wir.

Und was habt ihr jetzt wieder vor?

Wir haben gar nichts vor, sagte die Schwester. Wir stehen bloß rum.

Und das muß unbedingt in meinem Zimmer sein?

Nein, sagte die Schwester. Erst haben wir beim Vater rumgestanden.

Und was macht ihr außerdem?

Wir reden.

Von mir?

Nein, sagte die Schwester, von gar nichts! Dann überlegte sie einen Augenblick und sagte: Der Vater sagt uns nicht, wie alt er ist.

Habt ihr ihn gefragt?

Nein.

Dann fragt ihn, rief die Mutter, fragt ihn!

Er sagt es trotzdem nicht.

Die Mutter lachte und sagte: Das überrascht mich nicht. Er ist ein eitler Mensch. Jedenfalls hat er seine eitlen Seiten.

Und du, fragte die Schwester. Wie alt bist du?

Die Mutter legte ihren Augenbrauenstift beiseite. Sie sagte es uns aber auch nicht. Vielleicht später, wenn wir größer waren und mehr Verstand besaßen. Als wir noch mal fragten: Und wie alt bist du?, sagte sie: Nach ihrem Alter fragt man eine Dame nicht. Das ist ihr süßes Geheimnis. Selbst von unserem sprach sie nie, es warf einen Schatten auf sie selber. Wieder ein Jahr älter, ihr Armen, sagte sie, wenn wir Geburtstag hatten und gern gefeiert hätten. Was gäbe es da zu feiern? Dann ging sie mit ihrem Gesicht nahe an den Spiegel, damit sie auch die kleinen Fältchen sah. Sie zupfte ein Härchen raus. Weiß euer Vater noch, daß er heute auszieht?

Er weiß es noch, sagte meine Schwester.

Und weiß er noch, wohin er zieht?

Ich glaube!

Hat er darauf angespielt?

Er hat komisch geschluckt.

Wann?
Beim Kaffeetrinken.
Kaffee getrunken hat er also?
Ja.
Hat er was dazu gegessen?
Auch.
Ein Brötchen?
Drei!
Habt ihr sie ihm geholt?
Er sich selber, ganz früh.
Hat er schon gepackt?
Noch nicht.
Und warum nicht?
Er überlegt noch, was er mitnehmen soll.

Na, hoffentlich fällt ihm was ein! Hier will ich ihn nämlich nicht mehr haben, sagte die Mutter. So, sagte sie, und nun möchte ich einen Augenblick allein sein und an mich selber denken dürfen. Husch husch, schenkt mir ein bißchen Frieden!

Die Schwester wollte noch nicht gehen und der Mutter Frieden schenken. Sie hatte sich gesetzt. Ich auch husch husch, fragte sie.

Alle beide!

Da griff sich die Schwester ans Bein und sagte: Ich kann nicht laufen!

Was kannst du nicht?

Mir tut hier was weh, sagte meine Schwester. Oh, wie mir's hier wehtut!

Wo, um Himmels willen, denn jetzt wieder?

Die Schwester überlegte einen Augenblick. Dann sagte sie: Am Fuß!

An welchem?

An dem, glaube ich, sagte sie und streckte ein Bein vor.

Die Mutter legte ihren Lippenstift nieder und schaute endlich auf. Jetzt fängt das wieder an, sagte sie. Dann sagte sie, die Schwester sollte mit ihrem Stuhl neben sie rücken, aber ohne den Boden zu zerkratzen. Danach mußte die Schwester den Fuß, der ihr angeblich wehtat, in Mutters Schoß legen, damit die Mutter ihr den Schuh ausziehen konnte. Dabei mußte sie ziemlich fest ziehen, weil die Schwester keine Anstalten machte, ihr zu helfen. Sie mußte ihr den Schuh vorsichtig ausziehen, die Schwester schrie sonst wie am Spieß. Am Ende mußte sie den Fuß ein paarmal hin und her drehen und mit den Zehen wackeln. Sie wackelte ziemlich lange.

Tut das etwa weh, fragte die Mutter.

Ich weiß nicht, sagte die Schwester.

Schau mich an und sag die Wahrheit: Tut es weh?

Nicht sehr.

Dann hast du auch nichts, sagte die Mutter, dann bist du eine Simulantin.

Und was ist das?

Etwas sehr Schlimmes, sagte die Mutter. Danach zog sie ihr den Schuh wieder an. Sie war ziemlich ruppig.

Da gehen wir eben wieder, sagten wir.

Der Vater hatte die Baskenmütze auf; da wußte er, wo sie war. Er saß an seinem Arbeitstisch und arbeitete nicht. Er war einfach nicht hochzukriegen, so unglücklich war er.

Gehen wir nun zu seiner blöden Schule, oder nicht, fragte die Schwester.

Moment, rief er, Moment!

Vielleicht war er auch fünfundfünfzig und gab es bloß nicht zu. Wenn die Schwester ihn am Ärmel zupfte und sagte: Ich will dich mal was fragen, aber du mußt mir die Wahrheit sagen!, sagte er: Jawohl! Dann fragte sie: Wie alt bist du *wirklich*?, und der Vater sagte: In einem bestimmten Alter eben, in einem gewissen Sinn. In einem andern bin ich schon tot.

Aber du läufst doch noch rum!

Das scheint nur so, sagte der Vater. Mehr war aus ihm nicht rauszukriegen. Jetzt stand er auf. Er wäre lieber aufgesprungen, er sprang aber nicht mehr so gut.

Gehen wir nun in die Stadt, fragte meine Schwester.

Wozu?

Ich dachte, du willst Abschied nehmen?

Von wem?

Von deinen Freunden.

Dazu brauch ich nicht in die Stadt zu laufen, sagte der Vater. Die kommen zu mir.

Alle?

Alle, sagte er. Zuerst muß ich aber noch was untersuchen. Dann ging er ins Badezimmer an den Spiegel, und wir folgten ihm. Er knipste das Wandlicht an, wir standen dicht hinter ihm. Eigenartig, sagte er, man sieht mir's gar nicht an!

Was denn, fragte meine Schwester.

Mein Alter, sagte der Vater. Weder eine Runzel noch eine Falte habe ich im Gesicht! Ist das nicht erstaunlich? Da, sagte er und zupfte an seiner Gesichtshaut. Da kann einer wochenlang suchen, ohne was zu finden, mit der Lupe, wenn er will! Dann drehte er sich vorm Spiegel um und schaute seinen Kopf von hinten an, so gut es eben ging. Auch hinten nicht, sagte er.

Siehst du dich denn von hinten, fragte meine Schwester.

Von hinten sieht sich nur der Teufel, sagte der Vater und lachte. Dann knipste er das Licht aus, und wir gingen wieder aus dem Bad raus. Da hatte der Vater einen

Einfall. Er war ihm vorm Spiegel gekommen, da kamen ihm die besten. Wenn ich mir den notiert habe, setze ich meine Baskenmütze gerade, und wir ziehen los, sagte er.

In die Schule?

Wohin sonst, sagte er. Es war nun schon wärmer in seinem Zimmer, auch ein wenig dumpf. Der Vater setzte sich an seinen Schreibtisch und schob alles weit von sich. So, sagte er, so! Dann holte er sein Klappmesser aus der Hosentasche und spitzte einen Stift. So schreibt sich's besser, sagte er, zum Beispiel Abschiedsbriefe. Er schrieb dann aber keinen Abschiedsbrief, er schrieb überhaupt nichts.

Na, sagte die Schwester, kommt wieder nichts?

Moment, rief der Vater, Moment! Er saß auf seinem Arbeitsstuhl und war rot angelaufen. Das kommt von der geistigen Anstrengung, sagte er. Dann war es lange still.

Es sieht aus, als ob du auf dem Örtchen sitzt und drückst, sagte die Schwester plötzlich.

Wie?

Als ob du drückst, sagte sie.

Tatsächlich fing der Vater nun auch noch zu stöhnen an, aber es wollte nichts kommen. Draußen fuhr ein Auto vorbei. Ein Vogel kam und setzte sich. Er wippte auf einem Zweig. Die Schwester langweilte sich, sie konnte gar nicht sagen, wie. Sie schaute sich wieder um. Nimmst du das alles mit, oder läßt du was hier, fragte sie.

Das meiste laß ich hier, sagte der Vater.

Kriegt es dann dieser blöde Mann?

Das mußt du deine Mutter fragen. Die wird es verteilen.

An wen?

An euch und an ihn, sagte der Vater. Sie ist es, die ihn so reich beschenkt.

Und was wird aus dem Schreibtisch?

Ich weiß noch nicht.

Und aus dem Papierkorb?

Den kann er haben.

Und wo wirfst du dein Papier dann hin?

Ich kauf mir einen neuen.

Hast du denn Geld?

Ich werd was verdienen müssen.

Wie denn?

Ich werd mich an den Tisch setzen und was schreiben.

Hast du denn einen Tisch?

Ich werd mir einen kaufen.

Und der große Koffer, fragte die Schwester. Was machst du mit dem großen Koffer?

Der kommt mit!

Trägst du ihn in der Hand oder auf dem Rücken, fragte die Schwester. Sag mal: in der Hand oder auf dem Rücken?, doch der Vater war wieder in sich versunken und gab ihr keine Antwort. Ich stand am Fenster und dachte an den Möbelwagen. Er kam heute abend, gegen sieben. Vielleicht kam er noch im Hellen, vielleicht erst in der Dunkelheit. Dann dachte ich an unsere Abreise, mit dem Ranzen auf meinem Rücken. Ich würde neben dem Vater aus dem Haus gehen, falls... Falls der Vater und die Mutter sich wirklich trennten, der Möbelwagen wirklich kam, der Vater mit mir wirklich einstieg, die Mutter sich wirklich zu Herrn Herkenrath stellte und auf Wiedersehen – auf Nimmerwiedersehen, sagte der Vater – rief und winkte und dann wirklich zurückblieb, ganz wirklich.

4

Wir wohnten in der Jacobsstraße 1, im ersten Stock, schon immer. Da gab es wilde Tauben. Sie setzten sich auf unser Dach und schissen alles voll. Die Schwester rief dann: Putt putt putt! Kommt, ihr lieben Täubchen! Der Vater stieß das Fenster auf und schrie: Verschwindet, Ungeheuer! Das war an unserem letzten Tag, wir wollten in die Stadt. Der Vater wollte nur noch eine Zigarette rauchen. Er hatte sich eine in den Mund gesteckt und hätte sie gern angezündet, er wußte bloß nicht, womit. Eigentlich sollte ich ein Streichholz haben, sagte er und suchte. Sein Zimmer nannte er »die Arbeitsbude« und das Fenster »mein Loch in die Welt«. Wenn einer ihn nach seinen Plänen fragte, sagte er: Ich hab nicht mehr viel! Er mußte viel ans Fenster gehen und nach draußen schauen. Wenn er den Vorhang dann wieder vorzog, sagte er: Nun ist das Loch verrammelt!

Das andere Loch, das der Vater hatte, war seine Phantasie. Das wollten sie ihm auch verrammeln, er ließ sich's aber nicht. Wenn eine Zeitung eine Geschichte von ihm zurückschickte, packte er sie schnell wieder ein und schickte sie an eine andere. Er hätte gern noch mehr geschrieben, es fiel ihm bloß nichts ein. Er sagte: Ich leide unter dem Luftdruck und unter meiner Zeit! Nein, rief er, es ist nicht meine! Früher war er dünn und mager gewesen und hatte sich durch den Krieg gemogelt, nun mogelte er sich *durch das andere*. Dabei lehnte er sich an die Wand, da stand es sich bequemer.

Schau, was aus deiner schönen Jacke wird, wenn du dich so anlehnst, sagte die Schwester und klopfte ein bißchen dran.

Ich weiß, sagte der Vater, klopf sie ruhig aus! Klopf mich ruhig auch mit aus. Ich fürchte, ich verdien's.

Auch da hinten, fragte sie.

Klopf überall, wo du's für richtig hältst, sagte der Vater, ich hab nichts dagegen! Als die Schwester fertig war, rief er: So schmutzig war ich! Na, das soll mir eine Lehre sein, nun paß ich besser auf! Dann lehnte er sich wieder an die Wand und machte die Jacke wieder schmutzig. Vormittags, wenn die Mutter im Büro war und der Vater »schnell was aufs Papier bringen wollte«, sagte er: Er hat auch immer früh geschrieben! und klagte über die Leere in seinem Kopf. Er klopfte dran und sagte: Nichts, nichts, überhaupt nichts! Mittags kam die Mutter heim, es gab aber nur was Kleines. Wenn sie wieder im Büro war, sagte der Vater: Man muß sich auch entspannen und streckte sich auf seinem Rohrstuhl aus. Er fluchte, weil der in letzter Zeit so schmal geworden war. Manchmal stieß er auch mit dem Kopf an die Wand, oder seine Beine hingen im Leeren. Oft schimpfte er über die »Politik, die der Weltgeist über uns ausgegossen hat, als grade keiner schaute. Es ginge besser ohne.« Beruflich war er durcheinander, das merkten wir so nach und nach. Ich hab mal gelesen, daß man in meinem Alter auf der Höhe seiner Kräfte steht, sagte er, und wo stehe ich? Ich stehe bis zum Hals in der...

Vati, rief die Schwester, du sollst das Wort nicht sagen!

Ich sag's ja gar nicht, sagte der Vater, ich denk's ja bloß. Das werd ich doch wohl dürfen.

Zwar lag sein Schreibtisch voller Zettel, doch kam er mit nichts voran. Seit die Mutter Herrn Herkenrath kennengelernt hatte, hatte der Vater drei Romane angefangen. Beispiele von Unvermögen am Schreibtisch, sagte er und fragte sich, ob er »unter diesen Umständen überhaupt noch ein Schriftsteller« war. Die Schwester und ich standen dicht neben ihm und spürten seine Wärme. Wir spürten auch seine Angst und konnten ihm nicht helfen. Eigentlich hatte er ja keinen Beruf, er gab es nur nicht zu. Für einen Beruf, sagte die Mutter, hockt er zu viel rum! Wenn sie ihn fragte, ob er nichts zu tun hätte, setzte er sich gerade und rief: Was heißt denn das nun wieder? Dann zeigte er auf ein Buch, das zufällig herumlag, und sagte: Nicht nur, daß ich das lese, so was werde ich auch schreiben!

Wann denn, fragte die Schwester.

Schon bald, sagte er. Na, ist das vielleicht nichts?

Aber du liest es ja gar nicht, sagte die Schwester. Du blätterst ja bloß drin rum.

Im Augenblick blättere ich vielleicht, sagte der Vater. Aber dabei mache ich was, was noch viel wichtiger ist. Ich denke drüber nach!

Wenn die Schwester dann fragte: Über welche Stelle denn?, zuckte er die Achseln und sagte: Über alles, was im Kopf so anfällt! Er hatte zwar schon manchmal was geschrieben, aber es war nicht gedruckt worden oder hatte nicht *eingeschlagen*. Ich werd's aufgeben, so nach und nach, sagte er manchmal. Er hatte im Leben »Fehler gemacht«. Wenn wir fragten: Wie viele denn?, sagte er: Ich zähl sie nicht mehr!, und wenn wir fragten: Und machst du nun keine mehr?, sagte er: Doch, nun mach ich neue! Zum Beispiel hatte er zu lange studiert, viel zu lange. Am Ende hatte er vergessen, eine Prüfung zu machen, nun war es zu spät. Alle anderen in seinem Alter hatten ihre Prüfung gemacht und waren irgendwo untergekrochen, bloß der Vater nicht. Da hatte er, um die anderen einzuholen, schnell die Mutter geheiratet, war mit ihr zusammengezogen und hatte... Beruf hatte er keinen. Er war Schriftsteller und mußte viel spazierengehen, manchmal ohne, manchmal mit Stock. Zu Haus war er bloß im Weg. Morgens sah er die Zeitung durch und rief, wie verlogen sie ist. Mittags kam die Mutter mit dem Einkaufsnetz. Statt sich etwas auszuruhen, mußte sie gleich wieder kochen.

Der Vater lag im Rohrstuhl und schaukelte, da konnte er sich die Wirklichkeit besser vorstellen. Eigentlich hätte er sie inzwischen kennen müssen, er war ja nun alt genug. Er kannte sie aber immer noch nicht und wunderte sich selber. Beim Schaukeln schlief er gern ein. Das gab er aber nie zu, er sagte, er dächte nach. Oder er hätte nachgedacht und müßte sich nun erholen. Manchmal hockte er in seiner *Denkecke*, da hatte er den Rücken frei. Denn die bösen Überraschungen kommen von hinten, sagte er, daran erkennt man sie! Mit allem mußten wir uns einschränken. Deshalb aß er auch so wenig: damit ihm die Mutter nicht einmal vorwerfen konnte, er hätte sie *armgefressen*. Lieber lebe ich von der Luft, sagte er.

Kann man von der Luft denn leben, fragte meine Schwester.

Ich kann, sagte der Vater. In endlosen, tief demütigenden Jahren habe ich's gelernt! Seit ein paar Wochen saß er beim Essen nicht mehr mit uns am Tisch, die Mutter schaute ihm zu viel auf den Mund. Wenn sie uns zu ihm schickte, damit wir ihn holten, sagte er: Danke, ich brauche nichts!

Aber mußt du denn nichts essen, fragte die Schwester.

Es geht auch ohne, sagte er, und wir gingen zur Mutter zurück. Wie stets stand ihr Fenster offen. Sie stand am Herd und war am Kosten. Sie tat aber, als rührte sie bloß. Na, fragte sie, als sie alles runtergeschluckt hatte, will der Herr sich nicht an den Tisch bequemen? Warum kommt er denn heute nicht?

Er hat keinen Appetit, sagten wir.

Ha, rief die Mutter, schön wär's! Während sie und die Schwester und ich die Servietten umbanden und uns ans Löffeln machten – Saure Flecke oder Würstchen mit Kartoffelsalat oder Wiegebraten –, verkroch sich der Vater in die tiefste Ecke seines Arbeitszimmers. Er konnte das Löffeln nicht hören und den Essensgeruch nicht riechen, es machte ihn ganz krank. Er lauschte, wie wir die Brühe löffelten und das Fleisch schnitten, und wartete ungeduldig, bis die Mutter und die Schwester und ich fertiggegessen und die Küche verlassen hatten. Das alles hatte ruckzuck zu gehen, die Mutter mußte wieder ins Büro. Aber das macht mir nichts, ich esse ja sowieso kaum was, sagte sie und lief aus dem Haus. Dann war es wieder still. Weiß Gott, was der Vater trieb und woran er dachte! Schließlich knarrte es in seinem Zimmer. Er war aufgestanden und kam aus seiner *Denkecke* hervor, langsam, sehr, sehr langsam. Er war mit Zigarettenasche bestreut. Weil die Mutter ihm nichts zu essen gab, mußte er sich mit Tabak vergiften! Langsam schlurfte er durch den Gang und steckte seinen Kopf in die Küche. Er wollte sicher sein, daß sie leer war. Er nahm den Topf mit dem Essen, seinen Teller und sein Besteck und machte es sich am Eßtisch gemütlich. Nun hatte er alles für sich allein: die Stühle, das Tischtuch, den ganzen Tisch und natürlich das ganze Essen. Weil die Mutter ihn einmal geliebt und zwei Kinder (uns!) von ihm hatte, kochte sie noch für ihn mit und ließ ihm die besten Bissen übrig. Sie hatte den Topflappen auf den Topf gelegt, da blieb alles schön warm. Der Vater kostete und aß zwei, drei Teller, damit er weiterschreiben und Geld verdienen konnte und nicht zusammenbrach. Ab und zu aß er gleich aus dem Topf, da sparte er der Mutter den Aufwasch. Manchmal setzte ich mich zu ihm, manchmal mit einem Buch. Ich las »Der Schatz im Silbersee«. »Und wo«, las ich, »liegt dieser Silbersee?« »Das weiß ich auch nicht. Sicherlich wird Brinkley erst davon reden, wenn er bestimmt hat, wen er mitnehmen will. Er darf sein Geheimnis doch nicht vorher ausplaudern.«

Wie, fragte der Vater und legte eine Hand ans Ohr.

Er darf sein Geheimnis nicht ausplaudern.

Wie wahr, sagte der Vater. Er hatte nicht hingehört. In unserer Stube, im Haus, im Universum wurde es still. Die Schwester war in den Garten gegangen und baute ein Waisenhaus. Ich war an den Vater herangerückt. Er war weich und warm. Lange sagten wir nichts. Wie, fragte er plötzlich, hast du was gesagt?

Nein, sagte ich, nichts.

Ich dachte, du hättest geredet?

Nein, sagte ich, ich war ganz still.

Der Vater schaute auf seinen leergegessenen Teller. Dann nahm er seinen Löffel und kratzte ein bißchen dran. Danach stand er auf und fing an abzudecken. Nun sah es so aus, als hätte der Vater gar nichts gegessen, als äße er nichts mehr. Das stimmte aber nicht. Der Vater aß so viel wie immer, vielleicht sogar noch mehr, nur eben ohne uns. Er war auch noch so dick wie immer, er wunderte sich selber. Wie das möglich ist bei den Sorgen, die ich habe, sagte er manchmal, eigentlich müßten die ja zehren! Nun, bei mir legen sie sich aufs Herz. Dann vergaß er, seinen abgegessenen Teller abzuräumen, und ging in sein Arbeitszimmer zurück. Ich nahm den »Silbersee« und folgte ihm, da war er nicht so allein. Nun hockten wir wieder nebeneinander, der Vater in seinem Rohrsessel, ich auf meinem Hocker. Manchmal schüttelte er den Kopf und murmelte etwas. Sonst kam nun nicht mehr viel. Nur seinen Atem konnte ich hören, denn er schniefte gern. Zuweilen hüstelte er auch. Das kommt vom Rauchen und bedeutet nichts Gutes, sagte er dann zu mir. Das hatte ihm Dr. Heidenreich gesagt, deshalb ging er nicht mehr hin. Ich griff wieder nach meinem Buch. »Gefährlich«, las ich, »ist die Sache auf alle Fälle!« »Warum?« »Denk doch an die Indianer.« »Dort wohnen nur zwei Rote, der Enkel und der Urenkel des Indianers, von dem die Zeichnung stammt. Und die sind mit zwei Schüssen weggeputzt.« »Wenn's so ist«, sagte er. Der Vater hatte die Augen geschlossen, er schlief aber nicht. Wenn ich ihm eine Frage stellte, sagte er: Du fragst zuviel! Du fragst mir ja ein Loch in den Bauch! oder: Schluß nun mit dem Gefrage! Dann gähnte er wieder. Wenn ich immer noch etwas fragen wollte, sagte er: Geredet haben wir heute schon. Versuchen wir's mal mit dem andern.

Mit welchem andern?

Mit Schweigen, sagte der Vater und machte die Augen zu. Ich hockte auf meinem Stuhl, während er in seinem Rohrsessel lag. Er schwieg so vor sich hin. Der »Silbersee« lag auf meinen Knien, manchmal blätterte ich drin. Wir starrten in die Zimmerluft, jeder in eine andere Richtung. Weil es so warm war und er so viel gegessen hatte, schlief der Vater nun gern ein. Das merkte man daran, daß er plötzlich so still war. Auch im Garten war es still, weit über unsere Stadt hinaus. Ich schaute zum Vater hin. Er blinzelte nun nicht mehr. Wie er nur so still sein konnte, so still, als wäre er schon tot! Das sagte ich natürlich nicht, ich schaute ihn bloß an. Er hatte seine Glieder weit von sich gestreckt, die Arme, die Füße, alles. Sein Hals war fett und nah. Eigentlich hatte er ja keinen. Die Augen hatte er fest geschlossen, fast wie für alle Zeiten, der Mund stand weit offen. Aus einem Winkel war ein Streifen Speichel gekommen und lief ihm übers Kinn, doch langsam, sehr, sehr langsam. Wie schade um den Vater, dachte ich. Dann erschrak ich und rief: Vater, was hast du? Warum redest du nicht? Ich beugte mich über ihn und packte ihn bei der Schulter. Sie war weich und breit und schien aufgequollen. Lange schüttelte ich den Vater, doch er rührte sich nicht. Das Herz blieb mir fast stehen. Am Ende war der Vater aber gar nicht tot, sondern riß die Augen auf und rief: Was stößt du mich so? Hast du was gesagt?, und als ich sagte: Nein, ich hab nichts gesagt!, rief er: Dann schrei nicht so, du Störenfried! Du siehst doch, daß ich nachdenke!

Hast du nicht geschlafen, fragte ich.

Ich und mitten am Tag schlafen, rief der Vater. Das kann ich mir nicht leisten. Kaum, daß ich ein wenig Kraft zu schöpfen versuche für das, was auf mich zukommt.

Was kommt denn auf dich zu?

Da wiegte der Vater den Kopf und sagte: Dies und das, aber nichts Schönes! Denkst du, mein Tag ist zu Ende? Er fängt gerade an! Siehst du nicht, daß ich mir etwas habe durch den Kopf gehen lassen? Was immer es gewesen ist, das hast du nun verscheucht. Schade, denn was da gegangen ist, kommt nie wieder. Wenn ich fragte: Was könnt's denn gewesen sein?, machte er eine großartige Armbewegung und sagte: Etwas über das Ganze, in das man uns hineingesetzt hat, mich und dich, du Armer! Oder er sagte: Über das, was mit zunehmender Geschwindigkeit auf mich einstürzt. Wenn ich dann fragte: Und was stürzt auf dich ein?, sagte er: Nichts Erfreuliches, also besser den Schnabel zu und nicht fragen! Dann döste er in den Nachmittag hinein, denn »der lag nun vor«.

Dafür schlief er nachts schlecht. Er wälzte sich viel rum. Manchmal stand er auf, ging in die Küche und trank ein Glas Wasser. Das mußte ganz kalt sein und so lange laufen, bis er uns alle geweckt hatte.

Das war früher anders gewesen, vor Herrn Herkenrath. Da hatte der Vater immer gut geschlafen und kein Wasser laufen lassen. Wenn er ein *Aufsätzchen* oder eine Geschichte abgeschlossen hatte, wurde bei uns gefeiert, mindestens eine Nacht. Zuerst zog er den Vorhang auf, da kam Licht herein. Der Vater blinzelte und gähnte und rieb sich die Augen. Tagelang hatte er sich in seiner *Arbeitsbude* verkrochen und sich die Finger wundgeschrieben. Jetzt trat er wieder unter uns, er sah richtig vergeistigt aus. Die Haare, die er noch hatte, hatte er auf eine Seite geschoben, da sparte er das Scheitelziehen. Um den Hals trug er das Seidentuch aus seinen wilden Tagen. An den Füßen waren die Pantoffeln. Trotzdem schien er größer als sonst. Er trat in den Gang und rief: Hallo, ist da keiner? Laßt ihr mich ganz allein? Wenn wir dann aus dem Kinderzimmer stürzten, faßte er uns bei den Armen. Stellt euch vor, sagte er, ich hab was abgeschlossen! Jetzt machen wir was Feines!

Was denn, rief meine Schwester, und der Vater sagte: Ein Fest! und zog uns in sein Zimmer.

Den Stift hatte er nun weggelegt, jetzt wollte er sich *belohnen*. Als erstes steckte er sich »was Ägyptisches zwischen die Zähne«. Wenn er sich's angezündet hatte, setzte er sich und machte die Beine breit. Auch die Schwester und ich mußten uns setzen. Dann wurde nach der Mutter geschrien. Sie war in der Küche oder in ihrem Zimmer und rief: Muß das sein? Sie hatte alle Hände voll zu tun, damit wir nicht verkamen. Der Vater war sehr höflich zu ihr. Er stand sogar wieder auf und sagte: Es muß sein, ich bitte darum! Wenn die Mutter dann kam, mußte sie sich sofort setzen, ob sie wollte oder nicht. Ist es bequem so, fragte der Vater. Hast du was für den Rücken?

Für den Rücken, sagte die Mutter, brauche ich nichts. Ich bin ja kein Greis.

Ich ja eigentlich auch nicht, sagte der Vater und holte ihr trotzdem ein Kissen. Er stopfte es ihr in den Rükken, da saß sie bequemer. Dann mußten ich und die Schwester auf einem Stuhl eng zusammenrücken und durften uns kein Wort entgehen lassen, denn nun erzählte er uns was. Zuerst erzählte er immer, wie er mit seinem neuen Werkchen hatte *ringen* müssen. Natürlich hätte der Vater lieber etwas anderes, etwas wie den »Zauberberg« geschrieben, doch fiel ihm im Augenblick in dieser Art nichts ein. Jedenfalls war die Qual nun erst mal vorbei.

Und jetzt, fragte die Schwester, was wird jetzt?

Da wurde der Vater traurig. Jetzt, sagte er, kommt mein Artikel an einer gut versteckten Stelle in die Zeitung, wo ihn keiner liest.

Warum nicht, fragte die Schwester, und der Vater, statt zu sagen: Weil die Welt mir übel will, sagte in plötzlicher Einsicht: Weil er nicht viel taugt!

Ach was, sagte die Mutter, die Herrn Herkenrath damals noch nicht kannte und noch mit dem Vater sprach und ihn trösten mußte, ein paar werden ihn schon lesen!

Ja, irgend so ein Dreckskerl wird einen Augenblick seine ungeputzte Nase drüberhängen und sich lustig machen, sagte der Vater. Ich kenne die Menschen doch!

Ein paar wird es schon gefallen, sagte die Mutter.

Wenigen, sehr wenigen, sagte der Vater. Dann holte er die Taschenlampe aus dem Küchenschrank und schickte die Schwester und mich in den Keller, damit wir eine Flasche Sekt holten, und wir feierten seinen Artikel trotzdem. Die Mutter hielt ihr Glas in die Höhe und rief: Auf deine nächste Arbeit! Vielleicht wird die etwas länger!

Das war das letzte, was ich geschrieben habe, sagte der Vater düster. Ich schreibe nichts mehr! Er hatte zwei Glas getrunken und war rot im Gesicht, als sei er schnell gelaufen. Dann fiel ihm etwas ein. Er klatschte in die Hände und rief: Schluß jetzt mit all dem! und schickte die Schwester und mich ins Bett.

Aber es ist ja noch ganz hell, sagte die Schwester, und der Vater sagte: Keine Widerrede! Dunkel wird's von selber!

Wir sind aber nicht müde, sagten wir.

Das ist mir egal, ob ihr müde seid oder nicht, sagte der Vater, verschwindet! Dann stand er auf. Er schwankte ein bißchen. Wenn ihr im Bett seid, werdet ihr schon müde werden, sagte er. Er nahm die Mutter bei der Hand – wochenlang hatte er sie nicht bei der Hand genommen – und zog sie ins Schlafzimmer. Dabei war es noch ganz hell. Wir jedenfalls gingen nicht ins Bett, wir trödelten noch rum. Als wir lange genug rumgetrödelt hatten, gingen wir an die Schlafzimmertür, hinter der wir den Vater und die Mutter hörten. Wir klopften leise. Der Vater und die Mutter antworteten aber nicht. Als wir stärker klopften, rief der Vater: Stört nicht! Verschwindet endlich! Wir wollen schlafen! Und macht eure Tür hinter euch zu! Dann ächzte er und rief: Diese Kinder, diese Last! Schließlich stand er noch mal auf und drehte den Schlafzimmerschlüssel rum. Nun hat die liebe Seele Ruh, sagte er und legte sich wieder zur Mutter ins Bett. Draußen war es nun etwas dunkler, aber der Vater und die Mutter konnten einfach nicht schlafen. Besonders die Mutter wälzte sich viel rum. Ach, sagte sie, laß es doch! Du siehst doch, daß es nicht gehen will!

Doch doch, knurrte der Vater verbissen, es muß gehen!

Vielleicht geht's morgen wieder, sagte die Mutter. Das ist manchmal so!

Doch davon wollte der Vater nichts hören. Nein, rief er, eher spring ich aus dem Fenster! Er versuchte es immer wieder. Wir hatten uns in unsere Betten gelegt, die Tür stand halb offen. Durchs Fenster fiel die Dämmerung. Wir hörten die Eltern noch lange.

5

Ehe der Vater am letzten Tag mit uns zur Schule ging, sagte er: Ich räum rasch auf!

Ach Gott, sagte die Schwester, das auch noch!

Nur keine Angst, sagte der Vater, es geht schnell!

In Wirklichkeit brachte er, statt aufzuräumen, alles immer mehr durcheinander. Die Mutter rief dann aus der Küche: Vorsicht, er räumt auf!

Der Vater stellte ein Buch an die falsche Stelle und sagte: Das ist die geheime Ordnung der Dinge, auf die alles hinauswill! Manchmal trug er die Baskenmütze auf dem Kopf, manchmal lag sie neben ihm. Manchmal hatte sie »Selbstmord begangen« und war »auf die Erde gesprungen«. Der Vater schaute sie sich lange an und schüttelte den Kopf. Dann zeigte er drauf und sagte: Da!, und wir mußten sie aufheben.

Da gehen wir also nun, fragte die Schwester.

Aus Gründen, die sich ein intelligenter Mensch leicht vorstellen kann, zögere ich noch, sagte er.

Warum?

Weil sie in dem Augenblick, wo ich ihnen den Rükken kehre, kommen!

Wer denn?

Die sich von mir verabschieden wollen, wer sonst, sagte er. Alle werden sie mir Adieu sagen wollen. Schließlich habe ich nicht umsonst mein halbes Leben hier verbracht. Jetzt bin ich bekannt hier wie ein bunter Hund. Hat noch keiner geläutet?

Nein.

Hast du auch gut hingehört?

Ich glaube.

Ich glaube, ich glaube, rief der Vater, das genügt mir nicht! Aber bitte, wenn ihr meint! Vielleicht hat tatsächlich noch keiner geläutet, vielleicht sind sie noch unterwegs!

Wissen sie denn, daß du dich scheiden läßt?

Ich lasse mich nicht scheiden. Sie läßt sich.

Wissen sie denn, daß sie sich scheiden läßt und du ausziehst?

So was spricht sich rum, sagte der Vater. Am Morgen weiß es vielleicht bloß einer, aber da fängt der Tag ja erst an. Mittags wissen es vielleicht zehn. Wenn er dann zu Ende geht, weiß es die ganze Stadt!

Du meinst, die ganze Stadt redet davon, daß du und die Mutter sich trennen?

Natürlich, was denkst du!

Und daß sie dich auf die Straße setzt?

Ja, sagte er, die ganze Stadt! Dann spielte er wieder

mit seiner Baskenmütze. Als sie wieder unten lag und die Schwester sie aufheben wollte, sagte er: Laß sie, wenn sie unbedingt möchte! Weil er Schriftsteller war, hatte er immer einen Stift in der Hand oder in der Tasche. Manchmal leckte er dran. Wir sollten längst losgezogen sein, er war nur noch nicht soweit. Innerlich, sagte er, bin ich bereit, das werd ich dir gleich zeigen! Und wirklich stand er plötzlich da, gestiefelt und gespornt. Er griff nach dem Spazierstock. Die Baskenmütze hatte er so aufgesetzt, daß man die kahle Stelle – als ihn die Mutter noch liebte, hatte sie: dein Glätzchen! gesagt – nicht sah. Achtung, rief er, wir kriechen los!

Und dann?

Erledigen wir, was wir zu erledigen haben. Dann kommen wir zurück.

Und?

Packen, in den Möbelwagen springen und hier nicht mehr gesehen werden, jedenfalls nicht in diesem Leben. Doch zuerst...

Ja?

...in die Hände spucken und toi-toi-toi rufen, sagte der Vater und stand an der Tür. Er legte eine Hand ans Ohr und lauschte.

Und warum gehen wir nicht, fragte die Schwester.

Weil ich was gehört habe, glaube ich. Es kommt einer die Treppe hoch.

Warum?

Er wird mir alles Gute wünschen wollen, sagte der Vater. Dann lauschten wir wieder, ziemlich lange.

Und warum klingelt er nicht und wünscht's endlich, fragte die Schwester nach einer Weile.

Weil ich mich wahrscheinlich getäuscht habe, sagte der Vater. Im Augenblick will mir, fürchte ich, keiner alles Gute wünschen. Es ist ihnen egal, was aus mir wird. Der Vater ging hin und her. Er mußte sich nach dem Sitzen – »Dahocken« – erst wieder ans Laufen gewöhnen und ließ die Stiefel knarren. Draußen änderte sich der Tag. Er wurde vor allem heller. Gehen wir in die Schule, sagte er. Sonst vergesse ich, was ich noch erledigen muß.

Was denn?

Etwas mit g, ich hab mir's hier notiert, sagte der Vater und klopfte sich an die Stirn. Doch statt sich endlich aufzuraffen, setzte er sich wieder hin. Die ganze Welt ekelte ihn an, weil sich keiner von ihm verabschieden wollte. Er war noch nicht mal weggezogen, und schon hatten sie ihn vergessen. Und wie es bei ihm aussah! Die Schwester fing an zu heulen. Ziehst du sie etwa an den Haaren, rief der Vater, schnell, sag mir die Wahrheit!

Ich hab sie nirgends gezogen, sagte ich, sie zieht sich selber.

Lüg nicht, rief der Vater, für so was ist jetzt keine Zeit! Dann erstarrte er. Er legte eine Hand an die Stirn und fragte: Zeit wofür? Er dachte nach. Er sagte: Nichts, nichts, gar nichts! Er schaute auf die Uhr. Es ging auf neun, und die Sache war: er hatte vergessen, wo er mit uns noch hatte hingehen wollen. In die Schule, gewiß, doch wohin noch? Er stand da, so wie er immer stand, mit zwei Fingern an der Stirn, aber er kam nicht drauf. Seltsam, sagte er und nahm seine Baskenmütze mit dem Trauerband wieder ab. Er spielte ein bißchen damit.

Und was machen wir nun, fragte die Schwester.

Moment, sagte der Vater, Moment. Er ließ seine Arme hängen und stand ratlos da. War es wichtig gewesen? Sachte schlurfte er durch sein Arbeitszimmer. Aus seiner Brusttasche schaute sein Ziertuch, das schönste, das er hatte. Es war gelb mit blau. Die Stiefel hatte er fest geschnürt, weil sie da schöner knarrten. Lange hielt er die Pfeife in der Hand, dann steckte er sie sich zwischen die Zähne. Er hatte sie schon gestopft und wartete auf ein Streichholz. Es kam aber keins. Verloren, mit etwas Platz um sich, stand er in seinem Zimmer und war kleiner geworden. Merkwürdig, sagte er, wollte ich nicht eben...? Ich muß es vergessen haben! Es hängt mit meinem Weggehen hier zusammen, mit dem Abbruch meiner Zelte. Nun, vielleicht kommt's wieder! Als er eingesehen hatte, daß es so bald nicht wiederkam, steckte er die Pfeife in die Jackentasche. So, Junge, sagte er, nun gehen wir noch mal durch unsere alte Stadt! Reiß also die Augen auf! Vielleicht siehst du noch was, das du nicht vergessen, sondern nach Rußdorf mitnehmen willst. Dann bückte er sich mühsam und lockerte seine Schuhbänder, damit die Zehen atmen konnten, besonders die kleine rechte. Vielleicht dachte er an sein Leben, wie's verlief und wie's hätte verlaufen sollen, an den Roman, den er hatte verfassen wollen und, obwohl er viel Geld damit hätte verdienen können, dann doch nicht verfaßt hatte, dann an seine schlimmen Zähne. Er zog seine Oberlippe zurück und sagte: Der dritte rechts oben! Oh, der dritte rechts oben! Na ja, ich bin nicht der einzige Künstler, der Schwierigkeiten mit den Zähnen hat. Es gibt da eine Geschichte, wo beim Zahnarzt sogar einer gestorben ist!

Die Schwester hatte von seinem Zahn schon gehört, sie hörte gar nicht mehr hin. Sie fragte: Also gehen wir?

Ich hatte gehofft, daß sich noch jemand von mir verabschiedet, sagte der Vater.

Also gehen wir oder nicht, fragte meine Schwester.

Gehen wir, sagte er, und wir zogen los.

6

Wenn der Vater beim Gehen reden wollte, redete er am liebsten mit sich selber. Ich fragte dann: Was hast du gesagt?, und er sagte: Das war nicht für deine Ohren, das war für mich! Er erzählte sich dann, wohin er ging, an wen er gerade dachte, was er sah, hörte, roch, et cetera, falls er gerade etwas dachte oder roch. Jetzt sagte er: Es ist dein letzter Auftritt in dieser Anstalt, was danach kommt, weiß keiner!, und ich sagte: Nein.

Das Leben, sagte der Vater, ist ein Schritt ins Ungewisse!, und ich sagte: Ich weiß!

Woher weißt du das, fragte der Vater.

Du hast mir's mal gesagt.

Deshalb, sagte er, gehst du jetzt voran!

Dann kam die Schwester mit den Puppen. Der Vater sagte: Dalli dalli! und ließ den Stock schleifen. Nun wird alles anders, sagte er und nahm ihn in die andere Hand. Da schleifte er auch sehr schön. Eigentlich hatte er, ehe sie ihn vor die Tür setzte, noch was schreiben wollen, so wie Thomas Mann gleich nach dem »Zauberberg« schnell noch »was Ägyptisches« geschrieben hatte. Es war auch fast schon fertig, im Kopf, sagte er, im Kopf! Aber nun ist ihr dieser Herkenrath über den Weg gelaufen, und ich habe mich ablenken lassen, und *mein Zauberberg* ist in einem unzugänglichen Winkel unter meinem Schädeldach liegengeblieben. Aber das wundert mich gar nicht, das gehört zu den Überraschungen des Daseins… Er lief auf dem gepflasterten Straßenstück, nicht auf dem asphaltierten. Hier hüpft es sich besser, sagte er und sprang von Stein zu Stein. Immer konnte er nicht springen, die Beine waren nicht lang genug. Jetzt wollte er die »letzte Amtshandlung hier« rasch hinter sich bringen, danach kam »das andere«. Er wollte dann versuchen, die Mutter »zu etwas zu überreden«. Wenn wir fragten: Zu was denn?, sagte er: Zu einem Gespräch mit Aussöhnung, was lange dauern kann!, und als die Schwester fragte: Wie lange denn?, sagte er: Stunden, vielleicht Tage. Aber da kannst du heute ja gar nicht ausziehen, wenn es Tage dauert, sagte die Schwester. Da wärst du morgen ja noch da.

Ja, sagte der Vater, da wär ich morgen noch da!

Du meinst, du würdest morgen noch hier rumsitzen, fragte die Schwester, und der Vater sagte: Ja, da würde ich morgen noch hier rumsitzen!

Jedenfalls wollte er heute das »letzte und tödliche, jedenfalls abschließende Gespräch – für sie abschließend, für mich tödlich!« – mit der Mutter führen. Als die Schwester fragte: Und was sagst du da zu ihr?, sagte er: Ich weiß noch nicht! und hüpfte weiter. Wieder drückte ihn ein Schuh, »aber kein allegorischer, sondern der linke«, sagte er. Als er ihn gelockert hatte, drückte ihn der rechte. Tatsache war, daß er nicht gehen *wollte*, deshalb drückten sie so. Dabei möchte ich raus aus dieser Lage, sagte er, es wird langsam Zeit! Dann streckte er den Finger in die Luft und fragte: Hört ihr sie?

Was denn?

Die Zeit, wie sie vergeht!

Aber wie kann man die denn hören?

Das ist nun mal so, daß man sie manchmal hört, wenn man etwas älter wird, sagte der Vater. Man muß dann nur sehr still sein, sagte er und blieb einen Augenblick stehen. Wir waren mucksmäuschenstill und lauschten. Habt ihr sie gehört, fragte er.

Ich ja, sagte die Schwester.

Und du, Junge, fragte mich der Vater, und um ihm einen Gefallen zu tun, sagte ich: Ich auch! (In Wirklichkeit hörte ich die Zeit damals noch nicht, das kam erst viel später.) Weil sie uns vor der Morgensonne schützten, liefen wir unter den Bäumen. Viele blühten, manche dufteten auch. Der Vater schaute zum Himmel hoch, da gab's immer was zu studieren. Weil er als Schriftsteller alles in Worte fassen mußte, sagte er: Ein schöner kleiner Tag!

Wie, fragte die Schwester, und der Vater sagte noch mal: Ein schöner kleiner Tag!

Schön versteh ich, sagte die Schwester, aber wieso klein?, und der Vater sagte: Keine überflüssige Fragerei, sondern die Augen und Ohren öffnen und über alles, was ich sage, nachdenken, denn alles hat seine Bedeutung.

Das schon, aber warum *klein*?

Weil das Wort in dem Satz hübsch klingt, sagte der Vater, und als aus der Ferne Herr Schröder-Jahn auf uns zukam, sagte er: Ach ja, nun fängt es an!

Herr Schröder-Jahn war in Hemdsärmeln und strahlend schwarzer Weste. Er trug einen Hut mit breiter Krempe, der seinen Kopf vor der Sonne schützte. In der Hand trug er ein Paket Kerzen, die ihm, sagte der Vater, durch seine alten Tage leuchten sollen. Weil er auf der anderen Straßenseite lief, winkte er zu uns herüber. Um in der Hitze Kraft zu sparen, winkte er bloß mit einem Finger. Er wußte noch nicht, ob er rüberkommen sollte. Er fragte sich, ob sich's lohnte. Soll er's probieren, sagte der Vater, das Risiko trägt er! Als Herr Schröder-Jahn dann doch auf uns zukam, stöhnte der Vater leise. Er ahnt noch nichts, sagte er, wir werden's ihm beibringen müssen.

Und warum zieh ich nicht weg, fragte die Schwester.

Die Tochter bleibt bei der Mutter, wenn eine Familie auseinandergeht, das ist ein ehrwürdiger alter Brauch, sagte der Vater. Nun ist kein Entkommen mehr! Er kommt rüber.

Herr Schröder-Jahn kam dann aber gar nicht, er machte an der Bordsteinkante halt. Der Vater winkte ihm ein bißchen. Wenn der Berg nicht zum Propheten kommt, muß der Prophet eben über die Straße zum Ochsen gehen, sagte er leise. Kommt, Kinder, bringen wir ihm die traurige Meldung, da hat er's brühwarm und kann's gleich seiner Frau erzählen. Wünschen wir ihm zum letztenmal guten Tag!

Wir gingen Herrn Schröder-Jahn über die Straße entgegen, der Vater vorneweg. Weil ich die längsten Beine habe, bis ihr heranwachst und eure womöglich noch länger werden, sagte der kurzbeinige Vater. Tag, sagte er.

Tag, sagte Herr Schröder-Jahn.

Schönes Wetter, sagte der Vater und rückte an seiner Baskenmütze.

Herr Schröder-Jahn rückte nicht an seinem Hut. Dann sah er etwas und erschrak. Was hast du denn an der Mütze kleben, fragte er, ich kann's nicht recht erkennen. Er zeigte auf den Trauerflor.

Ein Hinweis auf die Vergänglichkeit alles Irdischen, wie er bei uns üblich ist, sagte der Vater und zupfte dran.

In der Familie?

Aber fern, sehr fern.

War's in der Zeitung? Sollt ich's wissen?

Es wissen die wenigsten außerhalb des Familienkreises, und die sind weit verstreut.

Also Übersee?

So ungefähr.

Amerika?

Neuseeland.

Bißchen weit.

Auf der anderen Seite, sagte der Vater. Sprechen wir also nicht drüber! Dann kritzelte er mit seinem Spazierstock etwas Unleserliches auf das Straßenpflaster. Herr Schröder-Jahn folgte der Spazierstockspitze mit seinen Blicken und wollte es entziffern, konnte aber nicht. Da richtete sich der Vater auf, so hoch er konnte, und sagte laut und deutlich, daß er eine Überraschung für ihn hätte. Eigentlich, sagte er, wollte ich's keinem sagen. Du bist der erste, der's erfährt.

Ach so, sagte Herr Schröder-Jahn. Dann kam er noch näher und fragte: Hast du was zu Papier gebracht, oder willst du bloß?

Der Vater war etwas verlegen, weil ihm so wenig einfiel. Er sagte erst mal gar nichts. Dann nahm er seine Kraft zusammen und sagte: Es ist die Familie! Bei uns löst sich alles auf, das Zusamenleben, die Ehe, der Haushalt. Wir lassen uns scheiden.

Herr Schröder-Jahn fiel aus allen Wolken. Er rief: Was du nicht sagst!

Heute abend verlassen wir das Haus, ich und der Filius, sagte der Vater. Dann zog er mit seinem Spazierstock einen energischen Strich über den Boden und sagte: Die Schränke leer, die Truhen leer, alles leer, leer, leer! Den da, sagte er und zeigte auf mich, nehm ich mit. Nein, die bleibt, sagte er und zeigte auf meine Schwester, aber bei der ist's nicht so wichtig, die kriegt noch nicht viel mit. Nicht, daß es ihr an Intelligenz fehlte, ganz im Gegenteil. Nicht wahr, sagte der Vater, und die Schwester fragte: Was krieg ich nicht mit? Jetzt, sagte der Vater, liegt ein Gang abschließender Natur vor uns, eine Abschiedsrunde. Der da, sagte er und zeigte wieder auf mich, wird seine Zähne zusammenbeißen und zum letztenmal in seine Schule gehen. Er muß von einem Erziehungsberechtigten abgemeldet werden. Der Erziehungsberechtigte bin ich. Wie ich ihn kenne, trennt er sich nicht ungern. Seine Zeugnisse sind nicht die besten. Nun, der Junge gibt, was er hat, mehr ist eben nicht da. Vermutlich wird er gleichfalls Künstler, da kommt's auf den Kopf nicht so an. Jetzt lassen wir uns seine Papiere geben, damit sie nicht herumliegen!

Herr Schröder-Jahn stieß mit seinem Stock aufs Pflaster. Wenn das keine Sensationsmeldung ist, sagte er. Er hatte die Beine gespreizt, als sei er so aus dem Boden gewachsen. Er hatte viele Fragen. Was, um Himmels willen, soll aus den Kleinen denn werden, fragte er zum Beispiel und zeigte auf uns.

Sie werden auseinandergerissen, sagte der Vater, sie gehen getrennte Wege.

Und die Gnädigste, fragte Herr Schröder-Jahn. Habe ich sie letzte Woche nicht gesehen?

Das ist gut möglich!

Und wer rückt an deine Stelle an der Tafel und im Bett?

Ich kenne den Herrn noch nicht, sagte der Vater, er wird mir heute vorgeführt.

Von ihr?

Jawohl, persönlich.

Und wer, sagte Herr Schröder-Jahn und wollte weiterfragen, aber da zog der Vater mit seinem Spazierstock einen abschließenden Doppelstrich über den Fußsteig und sagte: Mehr möchte ich über diese Angelegenheit nicht preisgeben, weil das entscheidende Gespräch noch nicht stattgefunden hat. Vielleicht überlegt sie sich's noch mal und bleibt doch bei den Kindern und mir.

Und wann rechnest du mit der Entscheidung?

So in sechs, sieben Stunden, sagte der Vater und schaute auf seine Uhr. Vieles hängt von den Anwälten ab, die wir aufeinander loslassen werden. Also dann, sagte er und gab Herrn Schröder-Jahn nicht mal die Hand, vielleicht schwitzte sie zu sehr. Dann ließen wir ihn einfach stehen, gingen einfach weg. So, nun ist seine Neugier für den Augenblick gestillt, sagte der Vater. Wir haben genug Neuigkeiten auf ihn losgelassen, da hat er auf Monate zu grübeln. Und was kann ein Mensch sich Besseres wünschen? Und nun weiter, rief er, weiter!

Die Post war gelb angestrichen und hatte meistens zu. Dann standen wir immer vor der Tür und klopften, und der Vater rief: Ist wieder keiner da? Wenn er lange genug gerufen hatte, sagte er: Genau wie bei Thomas Mann: Wie oft ist der in der Poschinger Straße aufs Postamt gelaufen, und es war keine Post für ihn da! Dabei wäre heute für mich sicher was dagewesen, ich hab so ein Kribbeln in der Nase!, sagte er, und wir gingen wieder heim. Am nächsten Tag kamen wir wieder, traten, falls auf war, an den Schalter, und der Vater sagte: Ach, da sind Sie ja wieder mal!

Der Postbeamte sagte: Ich bin immer auf meinem Posten und tue meine Pflicht!, und der Vater, der nicht streiten wollte, wechselte das Thema und fragte: Haben Sie heut was für mich? Leider war für ihn selten was da. Es kommt noch so weit, daß ich mir selber schreiben muß, damit mir dieser Mann was aushändigt, sagte er zu uns, er behält lieber alles selber. Manchmal sagte der Vater: Jetzt wird alles anders! Denn er hatte an einem Preisausschreiben teilgenommen. Damit nicht gleich die ganze Stadt erfuhr, daß er was gewann, gab er sein Postfach an. Leider gewann er nichts.

Manchmal bekam er eine seiner Geschichten als »unverlangt eingesandtes Manuskript« zurück. Da holte er tief Luft und sagte: Ignoranten! Dummköpfe! Mistviecher! Na ja, sagte er, Thomas Mann hatten sie sein erstes Buch auch fünfmal zurückgeschickt, ehe es einer nahm! Also reden wir nicht drüber!, und stopfte sein armes Manuskript in seine Jackettasche. Da schaute es auf unserem Heimweg traurig raus. Wenn die Schwester fragte: Willst du nicht nachschauen, was in dem Kuvert ist?, sagte er: Ich weiß es schon, ich hab's ja selbst reingesteckt! Er wußte, daß die Verlage an seinen Sachen immer was zu mäkeln hatten, und konnte die Absagen nicht sehen. Er sagte dann zu dem Postbeamten: Ich brauch's heut nicht, was Sie mir da geben wollen. Lassen Sie's hier liegen. Morgen hol ich's ab.

Aber nehmen Sie's doch mit, um Himmels willen, was soll ich denn damit, rief ihm der Postbeamte nach, aber der Vater rief: Morgen, morgen! und war schon weg. Weil er gegen jedes abgelehnte Manuskript einen großen Widerwillen hatte, ging er dann wochenlang nicht mehr auf die Post, sondern machte einen Bogen drum, und seine schöne Geschichte lag einsam in einem Postfach, und er mußte auch noch dafür zahlen. Wenn seine Geschichte dann lange genug auf dem Postamt gelegen hatte – der Vater sagte »abhängen lassen« –, winkte er uns eines Tages zu sich und sagte: Also machen wir endlich Schluß! Holen wir sie ab! Dann setzte er seine Künstlermütze auf, und wir gingen sie holen. Wir gingen sehr langsam, damit wir noch umkehren konnten, falls der Vater es sich anders überlegte. Auf der Post klopfte er mit seinem Lindenstock auf den Boden, damit sie wußten, daß wir da waren, und uns endlich bedienten. Dann erkundigte er sich, ob inzwischen nicht was Besseres für ihn eingegangen sei. Es war aber sonst nichts gekommen. Traurig stand der Vater am Schalter und fragte: Sind Sie sicher?

Der Beamte sagte: Sicher bin ich sicher!, und der Vater sagte: Es sind da nämlich schon Irrtümer vorgekommen!

Nicht bei mir!

Dann muß es verlorengegangen sein, sonst kann ich mir's nicht erklären, sagte der Vater, und wir gingen wieder heim. Auch an unserem letzten Tag war für ihn nichts da. Als er das hörte, wurde der Vater zornig und rief: Gut, dann streichen Sie meinen Namen in Ihrem Kasten da! Der Postbeamte verstand ihn erst gar nicht. Streichen, mich streichen, rief der Vater, ich verschwinde, ich brauche Ihre Post nicht mehr. Dann, ehe der Beamte noch: Und wohin soll ich sie nachschikken? fragen konnte, standen wir schon auf der Straße, der *Sonnabendstraße*, wie der Vater sagte. Schau dich noch mal um, damit du weißt, was du hinter dir läßt, sagte er zu mir, und die Schwester fragte: Ich auch?

Du bleibst hier, sagte der Vater, du läßt nichts hinter dir!

Wir standen also auf der Straße und schauten uns noch mal um. Ja, da war die Post! Und da würde sie immer bleiben, jedenfalls noch lange. Dann würde eine andere kommen oder gar keine. Sie war immer noch gelb angestrichen, sonst gab's nichts über sie zu sagen. So, sagte der Vater, lassen wir sie hinter uns!, und wir gingen weiter. Als die Schwester fragte, ob ihn die Mutter *wirklich* loswerden und »den anderen nehmen wollte«, sagte er: Es schaut so aus!

Die Familie hatten sie schon aufgeteilt, im April, eines Sonntagmorgens. Es war schnell gegangen. Wir saßen am Frühstückstisch, jeder hatte einen Teller mit Hörnchen vor sich. Der Vater hatte auch einen mit Wurst. Er hatte eine Hand auf dem Herzen liegen, um zu fühlen, ob's noch schlug. Es schlug noch, aber schwach! Wenn wir etwas sagen wollten, rief er: Pst, ich kann's nicht hören! Als die Sonne schon hoch am Himmel stand, hatten der Vater und die Mutter immer noch nicht miteinander geredet. Wir spürten, daß sie im Wohnzimmer nie miteinander reden würden, und setzten uns auf die Veranda. Der Vater wollte draußen reden, weil da mehr Luft war, die Mutter, weil sie da Leute sah. Es kamen nur nicht viele, wir waren eine kleine Stadt. Wir saßen noch mal wie früher zusammen, einer eng am andern. In der gleichen Körperhaltung, aber mit anderen Gefühlen, weil es nun ausgesprochen werden muß, sagte der Vater. Seine Tasse war leer. Uns hatte die Mutter Schokolade gekocht, es hatte ein bißchen gedauert. Nun goß sie sie ein. Die Schwester konnte sich nicht beherrschen und trank ihre gleich, ich wartete auf die Haut. Der Vater trank seinen Kaffee zuckersüß und »männerstark«. Da würde er früher sterben und hatte seine Ruh. Denn mit so einem Kaffee macht es keiner lang! Schade ist's um keinen, am wenigsten um mich, sagte er und schob seine Tasse auf dem Tisch herum. Er schaute die Mutter an, als wollte er was fragen. Er fragte aber nicht, es war auch nicht mehr nötig. In Wirklichkeit war alles schon entschieden, nur nicht ausgesprochen. Der Vater und die Mutter würden sich trennen, wir würden auseinandergehen. Ich würde beim Vater bleiben, die Schwester bei der Mutter und Herrn Herkenrath. Als die Schwester hörte, daß sie bei Herrn Herkenrath bleiben sollte, fing sie zu weinen an.

Ich will nicht zu ihm, sagte sie.

Egal, was du willst, sagte ich, du mußt!

Damit die Mutter nicht sagen konnte, er säße die

ganze Zeit bloß rum, stand der Vater auf und ging in eine Ecke. Da schien er dann so wie immer, das stimmte aber nicht. Innen war er schon anders, außen aber auch. Sein Hemd stand weit offen. Er hatte weiße Haare auf der Brust, die er uns noch nie gezeigt hatte und die wir nun alle sahen. Ihm war jetzt alles gleich. Er wollte sich von der Mutter nicht trennen, er gab es nur nicht zu.

Zum Zeichen, daß er innerlich schon nicht mehr da war, holte er den Spazierstock. Ich bin ein Reisender, der mit einem Bein schon weg ist, sagte er an der Tür. Dann schwang er den Stock. Aber ich schlage zurück, falls nötig. Helft ihr mir dabei, fragte er uns.

Ja, sagte ich, und auch die Schwester sagte ja.

Brav, sagte der Vater, sehr brav!, und stellte den Stock wieder in die Ecke. Sonst redeten wir nicht viel an dem Tag, als die Mutter und der Vater beschlossen, sich für immer zu trennen. Ich war in unser Zimmer gegangen und dachte, wie es früher war, sonntags, nach dem Essen. Wenn es ihm geschmeckt hatte, standen dem Vater die Hosenknöpfe auf, meist einer, manchmal zwei. Er hatte zuviel gegessen, ohne Appetit, er hatte es *runtergezwungen*. Weil ich ein Pflichtmensch bin, bin ich auch ein Pflichtesser, kein Genußesser, sagte er. Für mich ist es eine Naturnotwendigkeit, daß man seine Nase dann und wann über einen Teller hängt. Der Mensch klappt sonst zusammen.

Und dann, fragte meine Schwester.

Dann ist's aus mit dem Appetit, sagte der Vater. Dann wird ihm noch mal die Nase geputzt, und er kommt unter den Rasen, wo er nun hingehört.

Beim Essen saß die Schwester zwischen der Mutter und mir, dem Vater gegenüber. Er hatte sein Seidentuch um. Leider hatte er drauf gekleckert, er wußte es bloß noch nicht. Wir würden es ihm sagen müssen. Die

Schwester klammerte sich an Mutters Hand, an die linke, die brauchte die Mutter beim Löffeln nicht so. Sie hatte eben Herrn Herkenrath kennengelernt und ihren alten Frühjahrshut wieder aus dem Schrank geholt. (Der Vater sagte *aufgewärmt.*) Dort hatte er die ganze Zeit im obersten Fach gelegen, unter anderen alten Klamotten. Die Mutter war inzwischen etwas älter geworden, aber noch nicht zu alt. Wenn die Schwester fragte: Zu alt für was?, sagte sie: Fürs Leben! und schaute den Vater herausfordernd an. Ihr Hut war schon vergilbt. Die Mutter bildete sich ein, daß er sie jünger machte. Deshalb setzte sie ihn nun wieder auf. Sie stand vorm Spiegel und sagte: Ein schöner Hut, oh ja! Und weil auch schönes Wetter war, sagte sie: Am besten, ich behalt ihn gleich auf! Dann habe ich das Stroh auf dem Kopf, andere haben's drin! Die Locken, die sie noch hatte, steckte sie nun nicht mehr weg, sie zeigte sie wieder. Der Vater legte seine Hand aufs Herz, als er die Locken sah. Dabei stand er neben ihr und war noch mehr eingegangen. War da nicht noch was, von dem wir hatten reden wollen, fragte er.

Ich glaube schon, sagte die Mutter und setzte sich gerade.

Ach ja, sagte der Vater, jetzt fällt mir's wieder ein! und setzte sich ebenfalls. Dann rückten sie weit auseinander und sprachen von Herrn Herkenrath.

7

Auch auf meinem letzten Schulgang redete der Vater von ihm, nur sprach er seinen Namen nicht aus. Wenn der Name hätte kommen müssen, spuckte er auf den Boden. Danach trat er drauf.

Warum machst du das, fragte meine Schwester, warum spuckst du so?, und der Vater fragte: Hab ich gespuckt?

Ja, sagte die Schwester, immerzu!, und der Vater sagte: Dann hatte ich was Schlechtes im Mund! oder: Ich mußte was loswerden!

Selbst wenn er an Herrn Herkenrath bloß dachte, wußte ich's sofort. Er legte dann die Hand aufs Herz oder rümpfte die Nase. Er hätte ihn gern umgebracht, doch das war verboten. Dabei kannte der Vater Herrn Herkenrath noch gar nicht, der hatte sich ihm »nie vorgestellt«. Die Mutter kannte Herrn Herkenrath besser, aus dem Kolonialwarenladen Stein. Dort kaufte er sich manchmal eine Flasche Bier oder Salmiakpastillen. Die lutschte er auf seinem Weg zur Arbeit oder im Büro. Wenn sie im Laden aufeinanderstießen, war Herr Herkenrath sehr höflich zur Mutter. Er sagte: Bitte, nach Ihnen! und ließ ihr den Vortritt. Dann wartete er und schaute zu, was sie alles kaufte. Wenn sie etwas kaufte, das er kannte, sagte er: Ausgezeichnet, da haben Sie einen guten Griff getan! Wenn sie mit Kaufen fertig war, trat er an den Ladentisch und kaufte dasselbe, aber in kleinen Portionen, weil er keine Familie – die Mutter sagte: Mitesser – hatte. Hatte sie ein Pfund Tomaten gekauft, kaufte er ein halbes Pfund Tomaten, hatte sie eine Tüte Speisesalz gekauft, kaufte er auch eine, aber eine kleine. Dann standen sie mit ihren verschieden großen Salztüten herum und plauderten miteinander. Das erzählte uns die Mutter alles, wenn sie wieder zu Hause war. Oft kam sie spät, so daß der Vater seinen Hunger schon übergangen hatte und am liebsten gar nichts mehr gegessen hätte. Er aß aber doch noch was. Wenn er dann wieder an seinen Arbeitstisch gegangen war, um seine Zeitung zu lesen oder ein paar Zeilen zu streichen, und wir mit der Mutter allein in der Küche waren, fragten wir sie: Wo bist du vorm Essen denn gewesen?

Ach, sagte die Mutter, ich habe mit jemandem geplaudert.

Mann oder Frau, fragte die Schwester, und die Mutter sagte: Mit einem Herrn, der zufällig im Laden war.

Schon wieder, fragte die Schwester.

Ja, schon wieder!

Und wie heißt er, fragte die Schwester, und die Mutter sagte: Woher soll ich wissen, wie die Leute alle heißen, die in den Läden stehen?

Du hast aber lange geplaudert, sagte die Schwester.

Ach Gott, sagte die Mutter, man plaudert sich rasch fest, wenn man sonst ein langweiliges Leben führt und mal jemanden nett findet.

Da findest du ihn also nett?

Wir haben über vieles dieselben Gedanken, sagte die Mutter. Das muß sie auch Herrn Herkenrath gesagt haben, als sie sich wiedersahen.

Und wieso meinen Sie, haben wir dieselben Gedanken, fragte Herr Herkenrath.

Weil wir beide Tomaten und Salz kaufen, sagte die Mutter.

Ach, so meinen Sie das, sagte Herr Herkenrath ernst. Dann standen sie wieder rum, sie hatten sich *festgeplaudert*. Er spricht, scheint mir, etwas langsam, so wie die meisten Männer, aber das hat auch sein Gutes, sagte die Mutter einmal. Er denkt gründlich nach, ehe er was sagt, im Gegensatz zu euch.

Ich denke auch nach, ehe ich was sage, sagte meine Schwester, und ich sagte: Aber nicht gründlich genug!

Herr Herkenrath war älter als die Mutter, aber nur drei Jahre. Er war viel jünger als der Vater, der war schon ein Fossil. Er hatte einen straffen Gang und hielt sich gerade. Mein Gott, sagte die Mutter, wenn ich da an andere denke!

An wen denn, fragte meine Schwester.

An andere eben, die ich kenne, sagte sie.

Manchmal schauten sie einander ohne Grund an, erst Herr Herkenrath die Mutter, dann die Mutter Herrn Herkenrath. Dann schauten beide schnell woanders hin, am liebsten in die Luft. Auch heimlich, aus den Augenwinkeln, schauten sie einander an. Dann hoffte jeder, der andere würde was sagen, es sagte aber keiner was. In vielem hatten sie den gleichen Geschmack, wie sich herausstellte. Einmal hatten sie sogar die gleichen Schuhe an, sie für Damen, er für Herren. Die Mutter merkte es zuerst.

Schauen Sie, rief sie und streckte ihren Fuß vor.

Was meinen Sie, fragte er.

Unsere Schuhe!

Tatsächlich, rief Herr Herkenrath und streckte seinen auch vor.

Unter den Tausenden von Schuhen, die es auf der Welt gibt, was für ein Zufall, sagte die Mutter, und Herr Herkenrath sagte: Hinter manchen Zufällen steckt was!

Meinen Sie, fragte die Mutter.

Seitdem hatte sie diese Schuhe immer an, wenn sie

damit rechnete, daß sie auf Herrn Herkenrath stoßen könnte. Sie hoffte, daß er seine auch anhätte.

Darfst du das denn, fragte die Schwester.

Na, was darf ich denn jetzt wieder nicht, fragte die Mutter. Wer will mir das schon verbieten, diese Kinderei? Was habe ich denn sonst vom Leben?

Sie sah Herrn Herkenrath nun ziemlich oft. Vielleicht hatte sie ihn früher auch gesehen, aber nicht wahrgenommen. Jetzt nahm sie ihn wahr. Wenn sie dann nach Hause kam, standen wir schon an der Tür und riefen: Na und? Hast du ihn gesehen?

Ich bin in ihn reingelaufen. Zufällig, sagte sie.

Und was hatte er für Schuhe an?

Natürlich meine, sagte sie. Sie erzählte Herrn Herkenrath nun allerlei, Herr Herkenrath ihr auch.

Interessiert ihn das denn, wo du so ein langweiliges Leben hast, fragte meine Schwester.

Er scheint zuzuhören, sagte sie.

Einmal gestand er ihr, er wäre gern »was Künstlerisches« geworden, vielleicht Dekorateur. Nun war Herr Herkenrath bald vierzig, und es war zu spät. Er war auf einem Amt.

Ach so, sagte die Mutter, auf einem Amt! Nun, auch die sind nötig!

Und wie, sagte Herr Herkenrath und beschrieb ihr sein Amt.

Weil die Mutter so auf seine Stimme lauschte, vergaß sie, was er sagte. Deshalb konnte sie uns von seinem Amt auch nicht viel erzählen. Es muß beide geben, Dekorateure und Beamte, sagte Herr Herkenrath, und die Mutter sagte: Das ist wahr! Einmal kam sie ganz aufgeregt nach Hause. Sie war ihm in seiner Arbeitskleidung begegnet, einem hochgeschlossenen schwarzen Büromantel. Darin bearbeitete er Akten, die ein einarmiger

Bürodiener ihm jeden Morgen auf den Schreibtisch legte. Wenn Herr Herkenrath eine Akte fertig hatte, schob er sich einen Zuckerwürfel in den Mund und trank einen Schluck Kaffee hinterher. Der kam aus seiner Thermosflasche, die er seine *Geheimwaffe* nannte. Manchmal trank er auch einen Schluck Bier, doch nie am Vormittag, da war er eisern. Doch irgend etwas brauchte er, sonst kam er nicht durchs Leben. Während der Vater in seinem Zimmer im Rohrstuhl lag und an seine Arbeit dachte, saß die Mutter auf dem Küchenstuhl und erzählte uns das alles. Eigentlich hatte sie es uns gar nicht erzählen wollen, doch war sonst keiner da, und sie hörte sich nun mal gern reden. Heute wollte ich Zimt für die Apfelstückchen kaufen, da habe ich ihn getroffen, sagte sie. Sie war noch ganz außer Atem.

Zufällig oder unzufällig, fragte meine Schwester, und die Mutter holte schon aus und wollte uns alles erzählen, aber da ging die Tür auf, und der Vater trat herein. Er hatte die Ärmel hochgerollt und wollte fragen: Gibt's heut nichts zu essen?, aber da hörte er den Namen Herkenrath, und nicht zum erstenmal.

Schon wieder der, sagte er.

Der Vater kannte ihn nicht persönlich und verzichtete auf das Vergnügen. Er konnte aber nichts dran ändern, daß die Mutter und Herr Herkenrath aufeinander gestoßen waren und sich näherkamen. Nun gehörte Herr Herkenrath in sein Leben und ging nicht mehr weg. Er war neben ihn getreten, »ein Mensch mit großen Füßen«. Deshalb holte der Vater tief Luft, drehte an einem Barthaar und begann, sich über ihn lustig zu machen. Er fing bei seinem Namen an. Wenn er ihn hörte, zog er die Brauen hoch und sagte: Wie heißt dieser Mensch?

Herkenrath, glaube ich, sagte die Mutter.

Wie?

Herkenrath!

Der Vater sagte: Ach so! und tat, als hörte er den Namen zum erstenmal.

Spiel doch kein Theater, sagte die Mutter. Du weißt doch, wie er heißt!

So wahr ich hier stehe, sagte der Vater und setzte sich, ich habe diesen Namen noch nie gehört! Dabei blinzelte er uns zu. Manchmal tat er auch, als hätte er den Namen falsch gehört, und nannte ihn *Heldenrath*.

Ach, rief die Mutter, so heißt der Mann doch gar nicht!

Sie hätte lieber von etwas anderem gesprochen, aber der Vater ließ nicht locker. Manchmal stürzte er zu uns herein. Er war ganz aufgeregt. Er behauptete, Herr Herdenlahm stünde unten und wollte die Mutter besuchen, er hätte solche Sehnsucht nach ihr. Dann lief er in den Gang und rief: Treten Sie doch näher, lieber Herdenlahm, Sie werden schon erwartet! Oder er riß das Fenster auf, lehnte sich hinaus und rief: Heldenlahm, Heldenlahm, warum kommen Sie nicht hoch? Immer reinspaziert in die gute Stube, die Frau wartet schon! Die Schwester und ich liefen ans Fenster und schauten hinaus. Wir sahen Herrn Herkenrath natürlich nicht, weil er gar nicht da war. Aber auch wir taten so, als stünde er unten, und riefen: Guten Tag, Herr Herdenlahm! Die Mutter wartet schon! Sie saß auf dem Küchenstuhl und schüttelte den Kopf.

Daß du dich vor den Kindern nicht schämst mit deinen Geschmacklosigkeiten, sagte sie. Was sollen sie von dir denken?

Aber der Vater schämte sich nicht. Er war eher traurig. Er mußte immer wieder dran denken, daß die Mutter mit Herrn Herkenrath so viel spazierenging. Doch statt still und traurig dreinzuschauen, tat der Vater ausgelassen und fröhlich. Er soll auf den Namen Benno hören, dieser Herr Heldenglanz, wie ein Foxterrier, den ich mal kannte und der Pfötchen geben konnte, sagte er. Er soll ein gewaltiger Dummkopf sein, falls ich richtig unterrichtet bin, sagte er, wenn die Schwester und ich mit ihm alleine waren. Die Mutter war »ums Haus«, kam aber bald zurück, denn sie hatte der Schwester versprochen, ihr einen Gutenachtkuß zu geben. Benno, rief der Vater, ist der Name nicht widerlich?

Sehr widerlich, sagte meine Schwester.

Und du, was meinst du, fragte der Vater mich. Gefällt er dir vielleicht?

Ich wollte dem Vater eine Freude machen und sagte auch: Widerlich!

Zuerst ging die Mutter mit Herrn Herkenrath vor dem Kolonialwarenladen Stein immer auf und ab. Sie sagte: Er hat eine weiche Jacke!, weil sie sich manchmal berührten.

Ist die vom Vater nicht so weich, fragte die Schwester, und die Mutter sagte: Es ist mir nicht aufgefallen! Sie konnte nicht so lange mit ihm auf der Straße stehen, weil die Leute sich da »das Maul zerrissen«. Deshalb ging sie mit ihm um Steins herum, das dauerte vielleicht zehn Minuten. Noch später ging sie mit Herrn Herkenrath, weil dort Anlagen waren, ein paar Straßen weiter und »drehte eine Ehrenrunde«. Er hatte seinen grauen Zweireiher an, grau konnte man immer tragen. Dazu trug er blanke Halbstiefel, die angeblich auch ganz weich waren und nach Schuhcreme rochen. Daran merkte man, daß er sie pflegte. Er scharrte mit seinen Stiefeln über die Pflastersteine. Man soll ihn meilenweit hören, sagte der Vater, wie ein altes Pferd! Aber ich will mich über den Herrn nicht äußern, ich kenne ihn Gott sei Dank nicht, sagte er und machte sich Notizen für etwas, »das bestimmt mal ein Roman wurde, aber was für einer!« Dafür hatte er sich grünes Papier gekauft, weil das die *Hoffnungsfarbe* war und weil Thomas Mann auch solches Papier hatte. Aus Gründen, die wir nicht verstanden, schrieb der Vater den Roman dann aber nicht.

Nun, das habe ich kommen sehen, daß er den Roman auch wieder nicht schreibt, sagte die Mutter, die viel über den Vater redete, oft auch mit sich selber. Wenn die Schwester dann fragte: Und warum redet sie mit sich selber?, sagte der Vater: Eine Frau muß über alles reden, sonst nimmt sie es nicht richtig wahr! Deshalb redete die Mutter auch so viel über Herrn Herkenrath. Als es einmal regnete, mußte sie mit ihm in seine Zweizimmerwohnung in der Völkerschlachtstraße steigen, sonst wäre sie bald durch gewesen. Hier zeigte Herr Herkenrath ihr dann alles. Er hatte seinen Zweireiher an und nannte seine Wohnung seine *Bleibe*. Dann kochte er für die Mutter Kaffee und holte aus dem Schrank Milch und Zucker. Die Milch war aber schon *hinüber*. Er selber trank abends keinen Kaffee. Er wollte sein Herz nicht überlasten.

Ich, sagte die Mutter, kenne einen, der hat dasselbe Problem!

So, fragte Herr Herkenrath, wen denn?, aber die Mutter winkte ab und sagte: Ein entfernter Bekannter!

Herr Herkenrath war ans Fenster getreten. Hier fiel das Licht auf ihn. Er war nervös, weil er dachte, er müßte die Mutter nun unterhalten. Sie hörte aber gar nicht hin, sie war selbst aufgeregt. Herr Herkenrath hatte bei den Frauen kein Glück gehabt, dafür fehlte ihm etwas. Er löste in ihnen nichts aus.

Was sollten Sie in ihnen denn auslösen, fragte die Mutter, und Herr Herkenrath sagte: Ich dachte an Gefühle.

Das geht bei Frauen nicht so schnell, sagte die Mutter. Man muß etwas warten.

Inzwischen sammelte er etwas, das nun in vielen Exemplaren bei ihm im Wandschrank lag.

Kommen Sie, sagte er.

Es war ein lila Vorhang vor dem Schrank, den er beiseite ziehen wollte. Leider hat er es dann vergessen, sagte die Mutter zu uns und wollte weiterreden, doch da stand der Vater wieder da.

Gibt's denn heut nichts zum Abendbrot, fragte er, und die Mutter, die, seit sie Herrn Herkenrath kannte, zum Vater viel freundlicher war, sagte: Ist schon im Anmarsch! und trug rasch alles auf: das große Holzbrett mit dem Brot, die Butter, die Wurst, den harten und den weichen Käse. Der Vater rieb sich die Stirn und danach die Hände und sagte zu uns: Ihr dürft die Mutter mit diesem Herrn, dessen Namen ich mir nicht merken kann, nicht so quälen. Sie kennt ihn ja selber kaum.

Natürlich kenne ich ihn, sagte die Mutter, warum sollte ich es leugnen? Es ist nun mal so, daß man im Laufe seines Lebens eine Reihe von Bekanntschaften macht, die alle mehr oder weniger an der Oberfläche bleiben!, und die Schwester sagte: Nicht, du hast ihn nur einmal gesehen, und das war aus der Ferne?

Auf jeden Fall ist es eine vollkommen unschuldige Bekanntschaft, wie jeder Mensch sie in seinem Leben zu Hunderten schließt. Wenn du willst, sagte sie zum Vater, kann ich ihn gern mal einladen, dann siehst du selber, wie unschuldig die Sache ist!

Du meinst, hier in unsere Wohnung, fragte der Vater.

Warum nicht?

Der Vater dachte nach. Meinetwegen brauchst du ihn nicht einzuladen, das führt nur zu Mißverständnissen, sagte er. Ich kann ihn mir auch so gut vorstellen. Und dann habe ich im Augenblick zuviel zu tun. Ich könnte meinen Schreibtisch nicht verlassen, und das wäre nicht höflich.

Wie du meinst, sagte die Mutter, es war nur ein Vorschlag! Nur damit du siehst, daß ich nichts zu verbergen habe, vor keinem!

Von so einer unschuldigen Bekanntschaft hat mal was in der Zeitung gestanden, sagte der Vater. Da war bei einem Mann ein Hosenknopf abgesprungen, und eine junge Frau, die zufällig im gleichen Haus wohnte, wollte ihn wieder annähen und hatte sich gerade vor ihm hingekniet, als die Ehefrau des Mannes, dem der Knopf abgesprungen war...

Du solltest dich vor den Kindern schämen, wenn du dich vor mir schon nicht schämst, rief die Mutter, pfui, pfui, pfui! Dann sprang sie auf und lief in ihr Zimmer. Sie knallte die Tür hinter sich zu. Drei Tage sprach sie mit dem Vater nicht, nicht ein einziges Wort. Abends war sie selten zu Haus. Sie zog sich nun immer schön an, viel schöner als früher, für den Fall, daß sie auf der Straße oder in einem Geschäft auf Herrn Herkenrath stoßen sollte. Schon morgens machte sie sich schön, und zwar »auf jugendlich«. Der Vater merkte das natürlich und sagte: Dieser Herrenglanz ist ihr lieb und teuer! Jedenfalls kostet er uns viel Geld! Das mußte die Schwester der Mutter natürlich gleich weitererzählen. Da sagte die Mutter: Aber nicht seins! Ich würde mir lieber einen Finger abbeißen, als auch nur ein Markstück von eurem Vater in eine der kleinen Lebensfreuden zu stecken, die mir noch geblieben sind!

Sie kaufte sich Nylonstrümpfe und Cremes und einen neuen Lippenstift, weil der alte »nicht mehr zu halten war«. Der Vater spielte mit seinem Messer und fragte: Und was macht sie nun? Sitzt sie wieder vorm Spiegel? Schmiert sie sich auch den neuen Stift ins Gesicht?

Ja, sagte die Schwester, auf die Lippen!

Wie sie das nur fertigbringt, sagte der Vater, das könnte ich nicht für Geld! Wißt ihr nicht, warum ein Lippenstift so rot ist? Habt ihr das in der Schule nicht gelernt? Er ist aus Läuseblut, daraus wird er hergestellt, in Paris, da machen sie das Zeug!

Die Mutter stand nun noch länger vorm Spiegel, und wir standen neben ihr, und die Schwester fragte: Brauchst du die Stifte denn alle?, und die Mutter sagte: Die braucht jede Frau, die etwas auf sich hält!

Werd ich auch mal welche brauchen, fragte die Schwester, und die Mutter sagte: Bis dahin ist's noch lang!

Sie langweilte sich nun auf der Arbeit, aber auch zu Hause. Damit sie ihr Elend nicht so spürte, ging sie noch öfter weg und sagte: Ich geh bloß ums Haus!

Kommst du bei Herrn Herkenrath vorbei?

Auf jeden Fall bin ich gleich zurück!

Du willst bloß sehen, ob er da ist?

Ach, er ist ja doch nicht da, sagte die Mutter. Er wird noch auf Arbeit sein, um Geld zu verdienen, wie es sich für einen Mann gehört. Dann küßte sie die Schwester auf eine Wange, manchmal auch auf beide. Mich küßte sie nur noch selten. Dann wollte sie gehen, doch da hörten wir den Vater nebenan, wie er vom Rohrstuhl hochkam. Er wollte endlich mit der Mutter reden. Was, wollte er sie wahrscheinlich fragen, soll denn nun aus uns werden? Du wirst doch die Kinder nicht auseinanderreißen und mich alleinlassen, nach so vielen Jahren! Doch da hatte die Mutter schon die Tür hinter sich zugemacht und war nicht mehr im Zimmer.

Als die Mutter nicht mehr im Zimmer war, standen der Vater und die Schwester und ich lange rum. Die Schwester ließ die Arme hängen, der Vater machte eine Faust. Ich war an die Tür gegangen, war aber wie sonst. Später öffnete der Vater die Faust wieder, und wir traten ans Fenster. Die Straße war leer. Es gab keine Vögel mehr im Garten oder auf dem Baum. Unten kam die Mutter aus dem Haus. Sie trug den Frühlingshut. Nicht genug, daß sie mit einem wildfremden Menschen stundenlang spazierengeht! Jetzt setzt sie für ihn auch noch den Hut auf, sagte der Vater. Er trat zurück vom Fenster. Er wollte nicht von ihr gesehen werden, noch wollte er sie sehen.

Meinst du, der Hut steht ihr nicht, fragte die Schwester. Meinst du, sie sollte keinen aufsetzen?

Ach, soll sie doch tun, was sie für richtig hält, sagte er und ging an seinen Schreibtisch. Er schob ein paar Zettel herum. Später, nach Wochen, stand der Vater immer noch am Schreibtisch und schüttelte den Kopf. Nicht genug, daß sie für diesen Herrn einen Hut aufsetzt, sagte er. Jetzt will sie ihn auch noch heiraten!

Heiraten, rief ich und erschrak.

Ist sie denn nicht schon verheiratet, fragte die Schwester. Darf sie denn noch mal?

Auf dieser Welt tut jeder, wozu er Lust hat, solange er nicht erwischt wird, sagte der Vater. Er konnte seinen »Zaubertisch« nicht mehr riechen und schrieb nichts mehr. Dafür rauchte er viel. Er saß dabei vorm Aschenbecher und rief: Schutt und Asche! Die Schwester hatte was im Mund, auf dem sie immer kaute. Sicher würde sie noch dran ersticken. Was ißt du denn jetzt wieder, fragte der Vater. Na, darf man's erfahren?

Sie ißt nichts, sagte ich. Sie kaut nur.

Und was kaut sie?

Papier.

Schon wieder, rief der Vater und stöhnte. Bald wird sie einen ganzen Zeitungsladen gefressen haben, sagte er. Spuck's raus, rief er, spuck's raus! Die Schwester spuckte alles aus, es war ein ganzer Haufen. Sie mußte es aufklauben, in ein Stück Zeitung wickeln und in den Papierkorb werfen. Der Vater sagte: Ach, was für ein Leben das arme Wurm führt, ohne das aufmerksame Auge einer guten Mutter! Die schielt in eine andere Richtung. Ach, was für ein Leben wir alle führen! Nun, lassen wir's! Vorbei, vorbei!

Weil wir in die Schule mußten, rückte der Vater seine Trauermütze zurecht. Seine Fingerspitzen waren braun.

Zeig mal, sagte die Schwester, und der Vater sagte: Ich hab sie euch schon gezeigt.

Dann zeig sie noch mal!

Der Vater blieb stehen. Da, sagte er und zeigte sie uns noch mal.

Pfui, sagte die Schwester. Und wie sie stinken!

Die Kopfhaut juckte ihm. Alles Zeichen, sagte er, daß einer nicht im Takt marschiert. Oder mit einem Menschen, mit dem er übereinstimmen sollte, nicht übereinstimmt. Die Sonne stieg höher. Heute kommt was auf uns zu, sagte er, ich meine an Erwärmung! Wenn er uns über die Wange strich, zitterte seine Hand. Einmal sagte die Schwester leise zu mir: Aber die Mutter ist doch schon verheiratet!

Man kann zweimal, wenn man vom ersten wegläuft, sagte ich.

Von welchem ersten, fragte sie.

Vom Vater, sagte ich.

8

Später war der Sommer da, aber ordentlich. Der Vater zeigte in den Himmel und sagte: Na, was sagt ihr nun? Der Sommer kam aus den Gärten. An manchen Ecken war er noch nicht, doch wurde er erwartet. Wegen Herrn Herkenrath hatte der Vater den Sommer gar nicht wahrgenommen. Ich habe andere Sorgen, sagte er. Nun war er trotzdem da. Die Luft, sagte der Vater, ist eine Sommerluft, die Gärten sind Sommergärten, die Mädchen sind…

Sommermädchen, fragte meine Schwester.

Meinetwegen, sagte er. Sie hatten dünne Kleider und kurzärmelige Blusen an. Wenn die Schwester vor mir lief, sah ich sie die Arme schlenkern. Sie waren schrecklich dünn, viel dünner als meine. Manchmal fuhr der Vater drüber und rief: Haut und Knochen! Dabei schüttelte er den Kopf. Jetzt gingen wir zur Sommerschule, wir konnten sie schon riechen. Der Vater hatte jahrelang – er sagte: Jahrhunderte! – keine Schule mehr gerochen, er mußte in keine mehr rein. Die Mutter, wenn wir sie nach ihrer Schule fragten, sagte: Laßt mich damit in Frieden! Die Schwester roch die Schule *noch nicht*, sie kam aber auf sie zu. Ich wußte gut, wie eine Schule roch, ich würde es nicht vergessen. Der Vater lief jetzt an unserer Spitze und hätte gern was gesagt, er wußte bloß nicht, was. Es fielen ihm keine *Sätze* ein, sondern nur noch *Wörter*. Manchmal sagte er eins, wie: Ja! oder: Vielleicht! oder: Vielleicht nicht!

Wir hofften dann, daß noch was käme, es kam aber nichts mehr. Das war beim Zeitungsladen Schimmel, wir traten in die Ladentür. Die Schwester sagte guten Tag, der Vater sagte: Schönes Wetter!

Wie gestern, sagte Herr Schimmel.

Nein, sagte der Vater, viel schöner! Dann fragte er: Erlauben Sie einem alten Kunden einen raschen Griff...

In meine Ladenkasse, scherzte Herr Schimmel.

Nein, sagte der Vater, in Ihre Auslage. Ich werde sie fein säuberlich zurücklegen, falls ich sie nicht kaufen sollte.

Dann greifen Sie mal, sagte Herr Schimmel.

Der Vater trat an den Stand. Dann zog er eine Zeitung von heute heraus und blätterte sie langsam durch. Er las nur die Überschriften und sah sich die Bilder an. Als er sich die Finger schön schmutzig gemacht hatte, sah er Herrn Schimmel vorwurfsvoll an und sagte: Druckerschwärze! Er wischte die Finger in die Hose. Sie muß sowieso in die Wäsche, sagte er. Dann schaute er, ob in der Umgebung jemand ermordet worden war, das interessierte ihn immer. Manche Frauen brachten ihre Männer um und manche Männer ihre Frauen. Oft brachte sich auch jemand selber um. Heut fand er aber nichts.

Wollen Sie die Zeitung nun, oder wollen Sie sie nicht, fragte Herr Schimmel und legte sie noch mal zusammen, aber viel ordentlicher.

Der Vater schüttelte den Kopf. Sie ist mir zu dick heut, sagte er. So viel Zeit hab ich nicht mehr.

Sie, rief Herr Schimmel, seit wann haben Sie denn keine Zeit?

Seit ich wegziehe, sagte der Vater.

Wohin denn?

Ins Freie, wo ich atmen kann. Mit dem da, sagte der Vater und zeigte auf mich. Der braucht die Freiheit auch.

Und wohin zieht man, wenn man Freiheit braucht?

Nach Berlin!

Nach Berlin?

Nach Berlin! Hier ist mir's zu eng.

Und der Rest der Familie? Was wird aus dem?

Der bleibt, wo er sich eingegraben hat, sagte der Vater, nur den Jungen nehm ich mit. Nun möchten Sie natürlich mehr wissen, aber mehr sage ich Ihnen nicht. Vielleicht steht's morgen in der Zeitung. Ich wollte nur schauen, ob schon eine Anspielung drin ist. Sie kommt aber wohl erst morgen.

Was kommt morgen? Daß Sie wegziehen?

Was sonst, sagte der Vater. Dann sah Herr Schimmel den Trauerflor und erschrak natürlich. Er fragte: Ist bei Ihnen alles in Ordnung?, und der Vater sagte: Ich red nicht drüber, es geht mir zu nah! Ich weiß, daß Sie mir verzeihen, wenn ich nicht mehr sage. Dann tippte er an seine Baskenmütze, sagte: Das war alles!, und wir sagten auf Wiedersehen und zogen weiter.

Die Schwester war ganz verstört. Seit wann ziehst du denn nach Berlin, fragte sie. Ich dachte, du ziehst nach Rußdorf?

Das stimmt, sagte der Vater, vielleicht ziehe ich auch nach Rußdorf. Ich behalte mir vor, meinen Aufenthaltsort jederzeit zu verlegen.

Nach Berlin?

Zum Beispiel.

Oder nach Afrika?

Auch nach Afrika.

Aber du bist doch noch nie in Afrika gewesen.

Das kommt noch, sagte der Vater, und wir zogen weiter. Es gab ein paar Fabriken hier, die alles verpesteten und krank machten. Aber an dieses Kapitel will ich jetzt nicht denken, sagte der Vater leise, und die Schwester fragte: Redest du jetzt wieder mit dir selber, oder redest du mit uns?, und der Vater sagte: Ich rede mit jedem, der Verstand, mir zuzuhören.

Und wenn keiner, fragte die Schwester, sag mal, wenn keiner... Warum sperrst du eigentlich dein Zimmer immer ab, wenn du drin bist, fragte sie später, und der Vater sagte: Da bin ich sicher, daß ich in der besten Gesellschaft bleibe. Dann ging er in seinen Bart, als hätte er was drin versteckt, das er uns jetzt zeigen wollte. Manchmal fand er ein Härchen, das länger war als die anderen und an dem sich gut zupfen ließ. Nach einigem Schnaufen sagte er: Außerdem habe ich einen Beruf! Dann holte er tief Luft und sagte: Ich bin ja Schriftsteller!

Warum?

Na hör mal, sagte der Vater. Dann fiel er in sich zusammen und sagte: Ein Lebensirrtum, denn das Schreiben ist kein Beruf, sondern etwas, in das einer reintritt, wenn er arglos durchs Leben zieht.

Bist du auch reingetreten?

Ich auch, sagte der Vater traurig. Dann gingen wir weiter. Ich habe als junger Mensch bei der Frage »Was wollen Sie mal werden?« an der falschen Stelle ein Kreuz gemacht, sagte er und zupfte an einem langen Schnurrbarthaar. Viele waren grau. Weil die Mutter nun Herrn Herkenrath kennen- und liebengelernt hatte, waren manche sogar weiß. Deshalb konnten ihn die Leute aus der Ferne nicht mehr an seinem Bart erkennen. Sie erkannten ihn nun an seiner Stimme, daran würde man ihn immer erkennen oder doch noch lange. Jetzt schaute er vor sich auf den Boden. Das hieß: Ich werd gleich was sagen, vielleicht eine Wahrheit, vielleicht einen Witz. Als wir lange genug gewartet hatten, fragten wir: Und was willst du sagen?, und er sagte: Sätze, immer Sätze! Wißt ihr, was das ist, ein Beruf, fragte er.

Nein.

Ein Beruf, sagte der Vater, ist das Bein, auf dem einer durchs Leben humpelt, die Hände in den Hosentaschen. So, sagte er und legte sein ganzes Gewicht auf ein Bein. Da stand der Vater schief. So steht man und stützt sich auf seinen Beruf, sagte der Vater, der keinen Beruf hatte. Dann schaute er wieder auf die Uhr. Die Zeit, die Zeit, rief er und sah uns betreten an. Ihr wachst mir zu schnell, ihr armen Hascherln! Was soll mal aus euch werden?

Ach, sagte meine Schwester, irgendwas wird schon!

Wenn wir an unserem letzten Tag so nebeneinander liefen, streiften sich unsere Arme. Verzeihung, junger Mann, sagte der Vater. Dann schaute er mich an und sagte: Es wird nicht leicht sein, aber wir schaffen's! Ich muß dir noch manches beibringen, damit du trotz der Widerwärtigkeiten, die auf uns zukommen, ein komplettes Menschlein wirst. Ich glaube, daß ich als Alleinstehender mit dir ausgezeichnet zurechtkomme. Dann schaute er auf den Boden und fragte leise: Wir werden doch miteinander zurechtkommen, oder? Und nun, sagte der Vater, gehen wir in die Schule und führen ein abschließendes Amtsgespräch. Vorher aber gehe ich noch mal in meine Hosentasche...

Wie kannst du in deine Hosentasche gehen, fragte die Schwester, du paßt doch gar nicht rein.

Damit ich nicht den Eindruck habe, ich hätte nicht...

Das ist doch nicht nötig, sagte ich.

...ich hätte nicht genug für euch getan, sagte er. Damit ihr in dem großen Kuddelmuddel nicht leer ausgeht. Das werdet ihr sowieso: leer ausgehen, sagte der Vater und lächelte uns an. Dann griff er in seine Hosentasche, fischte seine letzten zwei Fünfzigpfennigstücke heraus und drückte jedem eins in die Hand. Ein Heckpfennig, sagte er, also nicht verlieren! Und zeigt ihn eurer Mutter nicht, die braucht nicht zu wissen, daß ich euch so verwöhne!

Dann bogen wir um eine Ecke und hatten die Schule vor uns. Die Schule, sagte der Vater, ist immer das häßlichste Gebäude der Welt, für jeden seine. Er ging langsamer, damit wir ihren Anblick tief in uns einsinken lassen konnten. Es ist ihnen gelungen, das Bedrückende von hundert Millionen Schulstunden in diesem Anblick zu vereinen, das muß man ihnen lassen. Ein Anblick, der, wenn man näherkommt, auch riecht. Oder riecht ihr's nicht?

Die Schwester wollte dem Vater einen Gefallen tun und sagte, daß sie's röche. Ich hatte nun schon so oft ja gesagt, ich sagte nur: Vielleicht.

Die Schule stand einsam in der Landschaft, am Rande unserer Stadt. Hier hatten sie sie hingestellt. Ein bißchen Gras wuchs drum herum, wir hatten es zertrampelt. Wie immer, wenn ich mich der Schule näherte, hatte ich »ein Gefühl«. Weil die Schwester noch nicht zur Schule ging, hatte sie das Gefühl auch noch nicht. Der Vater hatte das Gefühl nicht mehr. Er sagte: Ich bin drüber raus! Später würde ich es auch nicht mehr haben.

Der Vater und die Schwester und ich gingen über den Schulhof. Der war wegen der Kastanien- und der

Ahornbäume dunkel und fast kühl. Der Vater sagte: Er ist poetisch! Die Ecken waren vollgepinkelt, man konnte es riechen. In den Lampen fehlten die elektrischen Birnen, wir hatten sie mit Steinen rausgeschossen. Auf der Seite, wo ich Fußball gespielt hatte – nie mehr, nie mehr, nie mehr! –, waren mit Kreide Linien gezogen, die Mittellinie, der Strafraum, das Tor. Die Schule hieß nach Hindenburg. Die Klassenfenster standen offen, da ging Luft hinein. Als höflicher Mensch – »mit Höflichkeit hält man sich das Pack vom Leibe« – grüßte der Vater alle, die er kannte. Er kannte ziemlich viele. Weil er so viel spazierenging, grüßten die anderen auch ihn. Manchmal verwechselte er einen. Dann grüßte er, schüttelte den Kopf und sagte: Nein, den nicht! Danach kam schon der nächste, und der Vater sagte: Aber den! und grüßte mit seinem Stock. Der Tag, sagte er, könnte nicht geeigneter sein für einen kleinen Streifzug durch Wald und Flur, meinen Sie nicht? Dann zeigte er auf seinen Trauerflor und wollte etwas zusammenschwindeln, vielleicht daß sein Bruder – er hatte gar keinen – beim Taubenfüttern vom Dach gestürzt sei. Doch da der Vater vor uns nicht gern so ausführlich schwindelte, sagte er bloß: Ein entfernter Verwandter! Hoffentlich ist in der eigenen Umgebung alles, wie sich's gehört!

Soweit mir bekannt ist, sagte der andere.

Bei mir auch, bis auf eine kleine Sache, die ich Ihnen am liebsten gar nicht erzählen möchte, sagte der Vater. Meine Frau und ich, sagte er und stellte sich fest hin, gehen von heut an getrennte Wege. Wenn ich Richtung Osten gehe, geht sie Richtung Westen. Deshalb gehe ich mit dem Steppke jetzt in seine Schule, zum letztenmal. Sein Gastspiel hier ist beendet. Ich melde ihn ab und ziehe mit ihm nach Wüstenbrand.

Wohin?

Nach Wüstenbrand, sagte der Vater, da soll das Leben billiger und die Luft reiner sein. Dann erklärte er dem Mann, wie man nach Wüstenbrand kam, falls er uns mal besuchen wollte. Ich selber kenne es noch nicht, ich hab mir's beschreiben lassen. Kommen Sie mal vorbei, wenn wir uns eingenistet haben, sagte er. Aber Sie kommen ja doch nicht!

Doch doch, sagte der andere, ich komme!

Dann standen wir wieder rum. Plötzlich zeigte der Vater auf mich und sagte: Ich schicke ihn dort zur Schule und lasse ihn die letzten Jahre seines Martyriums auf dem platten Land verbringen. Er sieht seinen Geburtsort nie wieder.

Also wieder eine Familie, die auseinanderbricht!

Nur die da lasse ich hier, sagte der Vater und zeigte auf meine Schwester. Sie bekommt einen neuen Vater, der Höllenrath heißt. Ich kann ihn aber nicht beschreiben, er hat sich mir noch nicht vorgestellt. Der da hat ihn angeblich gesehen, sagte er und legte mir die Hand auf die Schulter. Dann schüttelte er mich und sagte: Sag, daß du den Mann gesehen hast!

Ich hab ihn gesehen, glaube ich, sagte ich.

Und sei nicht so maulfaul, sagte der Vater. Sag dem Herrn, wie er aussieht!, und ich sagte: Ich hab's vergessen!

Das wundert mich nicht, sagte der Vater. Immer, wenn er was erzählen soll, erinnert er sich nicht. Ich hätte es gar nicht erwähnt, aber er macht uns heute seine Aufwartung, falls er's nicht vergißt. Ich soll ihn auch gesehen haben, aber ich erinnere mich nicht. Auf mich hat er keinen besonderen Eindruck gemacht, nur auf meine Frau. Jetzt sind wir natürlich alle gespannt, wie er aussieht! Dann zog der Vater mit seiner Spazierstockspitze einen Kreis, sagte: Nein, ich kenne ihn nicht! und strich den Kreis wieder durch. Für meine Frau, sagte er, ist er kein Unbekannter, sie besucht ihn manchmal abends. Er soll in der Völkerschlachtstraße wohnen und ein regelmäßiges Einkommen haben, das monatlich gezahlt wird. Das spricht natürlich für ihn! Sie sollen sich schon eine Weile kennen. Nicht so lange wie sie und ich natürlich, aber immerhin! Wahrscheinlich hat die ganze Stadt sie schon in allen möglichen Winkeln ineinander hineinkriechen sehen, nur ich nicht, weil mich meine Arbeit ans Haus fesselt. Ich schreib wieder was, log er.

Was denn?

Ich kann noch nicht drüber sprechen, es wird aber was Feines.

Es fängt mit einem R an.

Eine Romanze?

Unsinn, sagte der Vater, einen Roman! Haben Sie das mit der Scheidung gewußt, fragte er.

Ich falle aus allen Wolken.

So wird's den meisten gehen, sagte der Vater, aber so ist die Liebe. Sie kommt bei Nacht, schlägt derb zu und verschwindet bei nächster Gelegenheit wieder, ohne eine Spur zu hinterlassen. Sogar vor mir hat sie ihn lange geheimgehalten, aber heute läßt sie ihn aus dem Sack. Heute dürfen wir ihn uns zu Gemüte führen und ihn begutachten, damit wir wissen, in was für Hände sie fällt. Und jetzt müssen Sie uns entschuldigen, sagte der Vater. Keine Schule wartet ewig. Also dann, sagte er und tippte an seine Baskenmütze. Auf Wiedersehen im nächsten Leben, falls eins stattfindet und wir wieder mit von der Partie sind, sagte er lustig. Also dann, trabtrab! Dann stieß er uns herzlich in die Rippen, und wir ließen den Mann einfach stehen.

Und wieso ziehst du jetzt plötzlich nach Wüstenbrand, fragte meine Schwester.

Das, sagte der Vater, ist mir beim Sprechen eingefallen. Da kommt stets das beste.

Das schon, sagte sie, ich meine aber *wirklich*!

Es wird sich bald zeigen, wohin ich ziehe, sagte der Vater. Am Schultor grüßte er noch ein paar. Ich blieb ein Stückchen hinter ihm, damit sie nicht sahen, daß ich zu ihm gehörte. Immer schön brav und fleißig sein und die Aufgaben ohne zu klecksen machen, sagte der Vater zu ihnen.

Kennst du die denn, fragte die Schwester.

Wahrscheinlich nicht, sagte der Vater, aber nun kennen sie mich und werden mich nie vergessen! Der lügnerische Trauerflor war ihm peinlich, er nahm die Mütze ab. Dann standen wir vor dem Schulgebäude und holten tief Luft. Davon kann einer nie genug kriegen, solang er über der Erde ist, da hat eure Mutter mal recht, sagte der Vater und schob mich in die Schule. Die Schwester kam von alleine. Es war noch Unterricht. Eine Klasse wollte singen, der Lehrer ließ sie aber nicht. Mit seinem Taktstock klopfte er auf sein Pult, da fingen sie von vorne an. Weil ich wegzog, war ich drei Tage nicht in der Schule gewesen, ich hatte zu Hause gehockt. Ich hatte mir gedacht, da streiten sie nicht so. Sie hatten aber trotzdem gestritten. Das ist das letzte Mal, daß du deine Schule betrittst, sagte der Vater zu mir. Schau dir also alles gut an, damit du eine Erinnerung behältst und später nicht wie der Hottentotte spurlos durchs Leben gezogen bist. Das ist das Schlimmste, was dir passieren kann: Keine Spur zu hinterlassen!

Was denn für eine Spur, fragte meine Schwester.

Eine Spur eben, egal, was für eine, sagte der Vater, und wir stiegen die Schultreppe hoch. Damit wir uns ein paar Beine brachen, hatte der Hausmeister sie frisch gebohnert. Es stank bis in den letzten Winkel. Wir gingen am Oberlehrer Schindler – die Schwester sagte: Überlehrer – vorbei, der vor seinem Klassenzimmer stand und nicht reindurfte, weil noch ein anderer Oberlehrer drin war. Herr Schindler hatte Bücher unterm Arm und wartete aufs Klingeln. Der Vater ging dicht an ihm vorüber. Er zeigte mit seinem Stock auf mich und sagte: Das ist mein Ältester, wenn ich recht unterrichtet bin. Erinnern Sie sich noch, er war in Ihrer Klasse? Er dürfte Ihnen durch seine Interesselosigkeit aufgefallen sein. Von nun an brauchen Sie nicht mehr mit ihm zu rechnen. Ich ziehe mit ihm ins Ausland, wir haben in Hamburg ein Schiff gebucht. Jetzt schauen wir zum Himmel hoch und hoffen, daß das Wetter hält. Wir sind keine Freunde von hohem Seegang, weder er noch ich.

Ach so, sagte Herr Schindler. Er war zusammengefahren, weil der Vater ihn so plötzlich angesprochen hatte. Dann sah er den Trauerflor.

Ein flüchtiger Bekannter, weder verwandt noch verschwägert, sagte der Vater. Ein übler Charakter, dem man keine Träne nachweinen muß.

Ach so, sagte Herr Schindler noch mal, dann ließen wir ihn hinter uns.

Ein Dummkopf, wie er im Buche steht, sagte der Vater.

Aber du gehst doch gar nicht nach Übersee, oder, fragte die Schwester, und der Vater sagte: Das weiß keiner, ehe er dort ist!

Herr Schindler sah uns lange nach. Wir bogen um die letzte Ecke. Der Vater nickte froh. Wir zwei machen uns ein schönes Leben, wenn wir die Formalitäten erledigt haben, ein ganz neues, sagte er und blinzelte mir zu. Er hatte wirklich nicht viel Haare. Ein Junggesellenleben, sagte er und schnalzte mit der Zunge.

Und die Mutter, fragte meine Schwester.

Die Mutter, sagte der Vater, macht sich auch ein schönes Leben und ißt jeden Tag Apfelkuchen. Da braucht sie uns nicht mehr. Dann steckte er sich schnell noch eine Zigarette an, etwas anderes fiel ihm nicht ein. Damit er besser rauchen konnte, hatte er die Baskenmütze wieder aufgesetzt. Er hatte sie über ein Ohr geschoben, da sah er fast weltmännisch aus. Als ob er auf einer Reise wäre und bei uns nur kurz reingeschaut hätte. Er rauchte ein paar Züge und sagte: Rauchen hilft auch nicht! Man möchte sich verflüchtigen in dem Qualm, damit einen die Wirklichkeit nicht findet, wenn sie mal wieder schaut. Deshalb qualmt man wie ein...

Schlot, fragte meine Schwester.

Wie eine Dampfmaschine, sagte der Vater. Wir waren nun vorm Rektoratszimmer. Manchmal kam ein Schüler vorbei und fragte sich, wer der dicke Mann war, der so traurig neben mir stand und rauchte. Ich rückte wieder vom Vater weg.

Gehen wir rein, da haben wir's hinter uns, sagte er und ging nicht rein. Er fühlte sich noch nicht schön genug und zupfte an sich herum. Denn so, wie einer sich fühlt, wird er mit der Zeit auch, sagte er. Ich weiß nicht, ob ihr diese Erfahrung auch gemacht habt?

Ich schon, sagte die Schwester, und ich sagte: Gehen wir endlich rein!

Man soll seinem Unheil nicht entgegenstürzen, sondern es geduldig auf sich zukommen lassen. Ungefähr so, sagte er und machte es uns vor.

Und dann?

Warten, in welcher Gestalt es uns diesmal entgegentritt, sagte der Vater. Er schaute auf seine Schuhe, deren Spitzen er über seinen Bauch hinweg gerade noch sah. Wie immer stellte er sie jeden Abend zu den anderen Schuhen, die die Mutter putzen wollte, aber sie putzte sie nun nicht mehr mit. Und ich, sagte der Vater, habe zum Schuheputzen einfach zuviel am Hals! Dafür habe ich mein schönstes Hemd angezogen, sagte er. Er zupfte an seinem Kragen und rief: Zur Feier des Tages, wie eure Mutter immer sagte, als sie noch mit mir sprach. Und uns einen Streuselkuchen gebacken hatte und anfing, ihn in kleine, aber gerechte Stücke zu zersägen. Aber über mein Hemd brauchen wir nicht zu reden, ihr seht es ja. Man muß, sagte er, wenn man zum letztenmal durch eine Gegend zieht, wo man seine Zelte für immer aufgeschlagen hatte, wie man meinte... Gehst du eigentlich lieber rechts oder links, fragte er mich.

Lieber links, sagte ich.

Gut, da wollen wir es auch künftig so halten, sagte der Vater. Gehen wir also rein, sagte er, rührte sich aber nicht. Wir können tun, was wir wollen, der Riesenabschied kommt, sagte er. Die halbe Stadt wird uns die Hände schütteln und uns sagen wollen, wie sehr wir ihnen fehlen werden. Wir werden ihnen sagen, wie sehr wir ihr Geschwafel immer genossen haben und wie sehr wir...

Und warum gehen wir nicht *wirklich* ins Rektoratszimmer, fragte die Schwester, und ich fragte: Wirst du ihnen die Wahrheit sagen oder wirst du wieder schwindeln?

Welche Wahrheit, fragte der Vater.

Daß ihr euch scheiden laßt.

Die Wahrheit, sagte der Vater, ist ein eigenartiges Gewächs. Hier sind wir aber in der Schule, hier wird von der Wahrheit nicht geredet. Jedenfalls werden sie aus allen Wolken fallen, wenn ich ihnen sage, daß du von hier verschwindest.

Wir traten an die Rektoratstür, der Vater schwankte ein bißchen. Seine Schritte waren eigenartig. Erst machte er einen kurzen Schritt, danach einen langen. Es sah wie Hopsen aus. Warum gehst du so, fragte meine Schwester.

Wie geh ich denn, fragte er.

So eigenartig!

Ach, sagte der Vater, ich gehe doch nicht eigenartig! Ich gehe doch, wie alle gehen. Ja, wie alle gehe ich, sagte er und klopfte an die Tür. Eine Frau rief: Herein!

9

Ich nahm nicht Abschied von der Klasse, ich wollte den Unterricht nicht stören. Ich wollte sie auch nicht wiedersehen, auch nicht *wiederriechen*. Ich hörte die altbekannten Stimmen, die von Malz, von Jässing, von Hirschberg. Sie sagten etwas auf. Sie *sollten etwas aufsagen*, konnten aber nicht. Im Rektoratszimmer stand der Vater neben mir, die Schwester stand dahinter. Er hatte die Mütze abgenommen und hielt sie ganz still. Er hatte sich an die Wand gelehnt, *aus Gleichgewichtsgründen*, sagte er immer. Er redete nicht viel. Er sagte der Sekretärin nicht mal, was für eine schöne Bluse sie anhatte. Er wurde nun doch älter. Er sagte: Wir ziehen weg, ich und der Kleine da! Dann ließ er sich meine Schulpapiere heraussuchen und steckte sie in seinen Rock. Als wir auf Wiedersehen sagen wollten, war die Sekretärin gerade nicht im Zimmer, und wir zogen ohne Aufwiedersehen los. Dann die vierunddreißig Stufen, ich habe sie gezählt. Nun würde die ganze Schule wissen, daß ich von hier verschwand.

Auf dem Heimweg lief der Vater in der Mitte, das war mal was anderes.

Wißt ihr, wie das ist, wenn man was sagen will, und es fällt einem nichts ein, fragte er. Man sagt dann: Es liegt mir auf der Zunge!, das stimmt aber gar nicht! Es schwebt irgendwo im Raum herum oder auf der Straße. Na, schön ist der Zustand nicht! Jedenfalls ist die Katze nun aus dem Sack oder wo immer sie sich bisher aufgehalten hat. Ach, sollen sie's ruhig wissen! Wenn der Möbelwagen kommt, wissen sie's sowieso!

Und was machen wir jetzt, fragte sie.

Ich muß was erledigen.

Was Wichtiges?

Es könnte wichtig sein, sagte der Vater. Dann gingen wir aus der Stadt hinaus und in den Hohen Hain.

Ist es noch weit, fragte die Schwester, als wir im Hohen Hain waren. Sie lief nicht gerne mit so vielen Puppen. Früher hatte der Vater die Schwester und die Puppen getragen, doch dafür war sie nun zu schwer. Wir gingen weiter, teils durch das Gras, teils durch den Staub. Die Schuhe, die der Vater trug, sahen traurig aus. Über den rechten war er mit dem Lappen gefahren, über den linken nicht. Wenn er sich Mühe gab, konnte er den rechten grade noch erreichen, ohne ihn auszuziehen.

Und den linken, fragte die Schwester, kannst du den nicht erreichen?

Zum linken, sagte der Vater, ist mir was im Weg.

Was denn?

Ach, was wird mir da schon im Weg sein, sagte der Vater. Etwas, was da rausgewachsen ist und mich viel Geld gekostet hat.

Das, was so schwer in die Hose geht, fragte die Schwester, und der Vater sagte: Das ist gut möglich! Wir standen dann im Hohen Hain, dort, wo die Gleise waren. Der Weg wurde schmaler. Weiter, weiter, rief der Vater und trieb uns mit seinem Spazierstock an. Ihm war was eingefallen.

Was denn, fragte die Schwester, und er sagte: Das werdet ihr gleich sehen!

Ist es was mit a oder mit b?

Weder noch.

Ist es was Schönes oder was Häßliches?

Was Schönes, sagte der Vater. Wir wollen der Mutter eine Freude damit machen.

Oh ja, sagte die Schwester.

Meint ihr, daß sie das verdient, fragte der Vater, und die Schwester sagte noch mal: Oh ja!

Gut, sagte der Vater, machen wir ihr eine Freude!

Und womit?

Der Vater blieb stehen. Er brauchte fürs Steigen viel Luft. Als er endlich genug hatte, holte er etwas aus. Ich denke, sagte er, an einen Blumenstrauß, den wir ihr schenken könnten. Sie mag Blumen so gern. Er braucht ja nichts zu kosten. Wir könnten einen pflücken. Dann könnten wir ihn in ihr Zimmer stellen, wenn sie mal nicht schaut. Dann kommt sie und sieht den Strauß und wird's erst gar nicht glauben. Dann wird sie's glauben müssen!

Was denn?

Daß wir an sie denken und ihr Blumen schenken, sagte der Vater. Wie wär's mit Lupinen?

Die halten doch nicht!

Das ist nicht gesagt, sagte der Vater. Wenn sie richtig behandelt werden, halten sie auch, wie alles, was man richtig behandelt.

Sie schlängeln sich und verwelken, sagte ich. Das ist ein Naturgesetz, aber der Vater schüttelte den Kopf. Jedes Gesetz hat seine Ausnahmen, sagte er. Ich glaube nicht an Naturgesetze, die die Lupinen und mich in unserer Freiheit einschränken und uns weismachen wollen, daß wir nicht halten. Was man mit Liebe behandelt, hält auch!

Wir gingen den Bahndamm entlang. Der Schotter knirschte unter unseren Füßen. Der Vater hatte die Jacke ausgezogen und über den Arm gelegt. So zog er durch die Natur. Am Bahndamm stellte er uns an einem sicheren Fleck ab, weit von den Gleisen. Wir mußten ihm versprechen, uns nicht von der Stelle zu rühren und hier auf ihn zu warten. Dann kletterte der dicke Vater mit seinem Stock noch höher, wir konnten ihn schnaufen hören. Oben pflückte er für die Mutter einen riesigen Arm voll Lupinen, unter Lebensgefahr, wie er uns zurief. Er kam aber gesund zurück. In der Linken hielt er seinen Stock, in der Rechten die Lupinen. Dreimal war er über die Gleise gesprungen, und kein Zug hatte ihn überrollt. Wir halfen ihm auf den Weg zurück. Er hielt uns seine Blumen vor die Nase.

Sie riechen nicht, sagte die Schwester, und halten werden sie auch nicht!

Da zog der Vater meine Schwester nahe zu sich heran, schaute ihr tief und kurzsichtig in die Augen und sagte: Diesmal halten sie!

Du meinst, sie werden nicht krumm?

Diesmal nicht, weil wir dran glauben!

Es war ein wunderschöner Tag, dieser letzte! Wir

schleppten die Lupinen heim. Wir wollten sie im rechten Augenblick hervorziehen und der Mutter überreichen. Einmal schleppte sie der Vater, einmal die Schwester, einmal ich. Wenn er sie schleppte und uns ein Bekannter entgegenkam, winkte der Vater damit. Manchmal winkte der andere zurück. Oder der Vater streckte die Lupinen in die Höhe und rief etwas. Oft rief er bloß: Lupinen! Ich mußte seine Jacke tragen, ich hängte sie mir um die Schultern. Der Vater schwitzte sehr. In der Jacobsstraße keuchte er und schrie nach einem Glas Wasser, aber einem großen! Als wir das Wasser erst laufen lassen wollten, rief er: So lang halt ich's nicht aus! und trank es in einem Zuge aus. Es war noch ganz lau. Dann sagte er: So! und schlüpfte in seine Pantoffeln, als bliebe er noch ewig hier. Die Mutter war in ihrem Zimmer, wir konnten sie trällern hören. Der Vater ging in die Küche und holte die blaue Vase. Er stopfte die Lupinen hinein. Und nun gebt acht, sagte er und stellte die Vase auf unseren Kinderzimmertisch. Dann schaute er die Lupinen scharf an.

Und jetzt, fragte meine Schwester.

Still sitzen und die Augen offenhalten, dann seht ihr's selber, sagte der Vater und ging mit seinen kurzen Beinen vor seinen Lupinen auf und ab. Die Hände hatte er auf dem Rücken gekreuzt. Dann blieb er vor den Blumen stehen. Sie fingen schon an, sich zu krümmen. Aufpassen, was ich jetzt mache, sagte er, jetzt beschwöre ich sie! Schaut zu, wie das gemacht wird, das könnt ihr im Leben noch gebrauchen! Dann fuchtelte er ein bißchen mit den Händen und murmelte etwas. Man muß nur dran glauben, sagte er, probieren kann man's immer, weil's nichts kostet! Dann ging er in sein Arbeitszimmer, als zöge er gar nicht aus. Wir waren wieder unter uns.

Und drückten unsere Nasen ans Gartenfenster und standen wieder rum. Bald waren wir nicht mehr zusammen. Nur die Schwester war dann noch hier, aber wo war ich? Wir sagten uns, wir warten auf nichts, warteten in Wirklichkeit aber auf Herrn Herkenrath, der die Mutter kriegte. Wenn wir den Vater fragten: Wie sieht er denn aus?, sagte er: Wie ein Nashorn! Ein Nashorn, sagte er, ist ein Säugetier, das...

Jaja, sagte die Schwester, ich weiß!, und wenn sie fragte: Und wieso wie ein Nashorn?, wußte es der Vater auch nicht und sagte: In so einem Fall sagt man so!

Er kannte Herrn Herkenrath nur aus den Erzählungen der Mutter. Die lagen nun schon etwas zurück, denn in letzter Zeit erwähnte sie ihn nicht mehr. Wenn sein Name bei uns fiel, sagte sie: Kenne ich nicht!, oder: Wer soll das denn sein? Das war aber gelogen. Natürlich kannte die Mutter Herrn Herkenrath, sie gab es bloß nicht mehr zu. Auch der Vater hatte ihm vielleicht mal zugenickt, als er noch nicht wußte, daß er sein *Lebensunglück* war. Heute mußte er ihm sein Arbeitszimmer und die Mutter geben. Wenn wir ihn fragten, welche Möbel jeder bekam, sagte er: Wir müssen erst noch drüber reden! Als die Schwester sagte, daß sie Herrn Herkenrath gern mal sehen würde, sagte der Vater, sie sähe ihn noch häufig genug. Dann dachte er nach und sagte, daß sie ihn wahrscheinlich auch schon gesehen hätte, »diesen grundhäßlichen Menschen«. Die Schwester erinnerte sich aber nicht. Jetzt stand ich mit ihr am Fenster und hoffte, daß er käme. Wir fragten uns, wie er *wirklich* aussah, ob er rund war oder eckig, noch mit Haaren oder auch schon eher ohne. Die Schwester kaute wieder Papier. Sie machte die Augen zu und stellte ihn sich vor. Dabei drückte sie sich an mich.

Nicht so nah, sagte ich und schob sie weg.

Ich bin doch gar nicht nah, sagte sie.

Doch, sagte ich, du bist nah!

Unsinn, sagte sie, ich bin überhaupt nicht! und kam immer wieder. Ihr Herz schlug etwas schneller als meins. Sie preßte die Nase an die Fensterscheibe und sagte: Ich lauf weg!, und als ich fragte: Warum?, sagte sie manchmal: Weil ich ihn hasse! und manchmal: Nur so! Wenn ich fragte: Und wohin willst du laufen?, sagte sie: Ich weiß noch nicht! Und du, fragte sie, was machst du?

Ich verschwinde sowieso, sagte ich, dann kam die Mutter rein.

Sie sagte zu meiner Schwester: Stell dich jetzt bitte nicht an! und zog ihr das blaue Sommerkleid über. Erst mußte sie mit den Armen in die Ärmel fahren, dann mit dem Kopf in den Halsausschnitt. Das Kleid war ihr schönstes. Die Mutter wollte, daß sie nach was aussah für Herrn Herkenrath. Dann ging sie wieder weg. Als sie draußen war, spuckte meine Schwester auf das Kleid. Erst spuckte sie auf die Ärmel, dann auf ihren Bauch. Sie hätte auch gern auf den Rücken gespuckt, da kam sie aber nicht hin.

Als ich fragte: Warum machst du das?, sagte sie: Nur so!

Denkst du dir nichts dabei, fragte ich, und sie sagte: Doch, ich sag dir aber nicht, was!

Als wir lange genug rumgestanden hatten, gingen wir wieder zur Mutter. Wir klopften nicht einmal.

Na, fragte die Mutter, was ist jetzt wieder?, und die Schwester sagte: Ich muß dich was fragen!, und die Mutter sagte: Bitte!

Es ist aber was Schweres, sagte die Schwester, und die Mutter sagte: Hauptsache, du faßt dich kurz!

Wirst du diesen blöden Mann heiraten, fragte die Schwester, ich meine: wirklich?

Falls du Herrn Herkenrath meinst und er mich mag, dann ja, sagte die Mutter.

Mag er dich denn?

Es sieht so aus.

Aber du bist doch schon verheiratet, oder?

Das läßt sich ändern.

Und was macht dann der Vater?

Um den mach dir keine Sorgen, sagte die Mutter, der hat viel Phantasie, dem fällt schon was ein.

Und wenn ihm nichts einfällt, fragte meine Schwester, aber da winkte die Mutter ab und sagte: Dem fällt immer was ein, wie ich ihn kenne.

Und wenn nicht, fragte die Schwester, sag mal, wenn nicht?

Weil sie auf Herrn Herkenrath einen guten Eindruck machen sollte, ging die Mutter in den Schrank und holte ihr ein paar Bänder. Sie sagte: Ich werd zu alt für Bänder! und wollte ihr eins ins Haar knüpfen, ein blaues. Die Schwester wollte aber kein blaues, sie wollte ein rotes. Da gab die Mutter ihr das rote, und die Schwester fragte: Ist das für das Herdenschwein?

Du, sagte die Mutter, sag das nicht noch mal!, und die Schwester sagte: Ich hab mich bloß versprochen!

Du willst doch hübsch aussehen, oder, sagte die Mutter.

Aber nicht für die Herkenschlange, sagte die Schwester ganz leise, und die Mutter fragte: Was hast du gesagt?, und die Schwester sagte: Gar nichts!, und die Mutter sagte: Das rote magst du bestimmt!

Nein, auch kein rotes, sagte die Schwester und wollte sich das Band schon wieder abreißen, aber da sah sie sich im Spiegel und wurde manierlich. Sie zupfte ein bißchen dran herum und sah sich lange an. Sie kam sich so schön vor, daß sie es gar nicht rausreißen *konnte*. Immer wieder sah sie sich an. Bis die Mutter: So, jetzt langt's! sagte, und wir mußten zurück in unser Zimmer. Die Schwester ging sofort an den Spiegel, während ich wieder ans Fenster ging. Ich dachte an mein Fahrrad. Meine Koffer waren noch nicht alle gepackt, aber doch die Hälfte. In einem lag das Anziehzeug, im anderen das Schulzeug. Weil Herr Herkenrath erst abends kam – Wie ein Verbrecher schleicht er sich im Dunkeln in mein Haus, sagte der Vater –, schauten wir viel in den Himmel und hofften, daß die Zeit verging. An diesem allerletzten Tag verging sie aber nicht. Weiß Gott, wie das Leben sich hinzieht, sagte der Vater oft und schaute auf seine zwei Uhren. Wir sahen entweder zum Fenster raus oder in die Luft. Gott sei Dank kam der Vater dann. Er war beim Räumen – »Räubern« – auf sein grünes Seidentuch gestoßen und hatte es nun um. Er wollte es uns zeigen.

Und wie steht mir's, fragte er, und die Schwester fragte: Packst du nicht?, und er sagte: Wenn ich nicht packe, wer dann?

Also ziehst du doch aus, fragte die Schwester, und er sagte: Das hängt von eurer Mutter ab!

Und der geht mit, fragte die Schwester und zeigte auf mich.

Auch das hängt von ihr ab, sagte der Vater, alles hängt von ihr ab! Er hatte sich auf einen Stuhl gesetzt und zog ein finsteres Gesicht. Denn nun war was Neues passiert.

Was Gutes oder was Schlechtes oder was Mittleres, fragte die Schwester, und der Vater sagte: Was Schlechtes! Er seufzte ein paarmal. Er wollte es uns erst gar nicht sagen, dann sagte er es doch. Es ist lächerlich, sagte er, aber seit sie sich von mir scheiden lassen will, passieren mir nur lächerliche Dinge. Jetzt zum Beispiel fallen mir die Gründe nicht mehr ein, weshalb sie mich nicht verlassen darf, sondern bei mir bleiben muß. Ist das nicht wie verhext? Dabei gibt es solche Gründe, ich weiß es ja, ich hatte sie im Kopf auch alle schon zusammengestellt, einen nach dem anderen. Und jetzt, mit dem Möbelwagen vor der Tür...

Aber der Möbelwagen ist ja noch gar nicht vor der Tür, schau doch, rief meine Schwester und zog ihn ans Fenster. Sie zeigte auf die leere Straße, aber der Vater sagte: Doch doch, er ist gleich da!

Und wenn er nicht kommt?

Doch doch, sagte der Vater, er kommt! Er griff nach seinem Taschentuch und fuhr sich über die Stirn. Wenn die Mutter ihm doch Zeit lassen würde! Er hoffte, daß ihm der eine oder der andere Grund dann wieder einfallen würde. Aber allein schaff ich's nicht, sagte er, könnt ihr mir nicht helfen? Dann lief er durch unser Zimmer und sah sich meine Koffer an. Wohin mit den Lebensresten, die keiner will, rief er. Ich werf sie zum Fenster raus! Dann wollte er uns was erklären und holte etwas aus. Die Lage, sagte er, in die eure Eltern geraten sind... Die Lage, in die eure Mutter mich gebracht hat... Der Vater schaute auf den Boden, um über diese Lage zu brüten. Der Graben, sagte er, in den ich gerissen werde... Das Grab, sagte er. Dann lief er wieder ein Stück. Merkst du was, fragte er mich, und als ich fragte: Was sollte ich denn merken?, sagte er: Nicht wahr, du merkst gar nichts? Du merkst nicht, wie der Tag sich hinzieht? Weißt du, wie ich das in einem meiner Bücher einmal genannt habe?

Wie denn?

»Die falsche Ewigkeit«, sagte er.

Und, fragte die Schwester, hast du's verkauft?

Ich hab's wieder gestrichen, sagte er. Dann ging er in sein Arbeitszimmer, und wir waren wieder allein. Mit Grauen stellten wir uns Herrn Herkenrath vor, wie er in unsere Wohnung einbrach. Die zwei oder drei Male, die wir ihn vielleicht gesehen hatten, hatten wir am Fenster gestanden, so wie jetzt. Ich hatte ihn bloß von hinten gesehen, die Schwester angeblich von der Seite. Sie schwindelte aber wohl. Wahrscheinlich hatte sie ihn gar nicht gesehen, sondern ihn sich bloß *vorgestellt*. Wenn ich fragte: Wie sieht er von der Seite denn aus?, konnte sie ihn mir nicht beschreiben und sagte: Wie alle Männer!

Und wie sehen alle Männer aus?

So wie das Herkenschwein.

Und wie sehen seine Haare aus?

Auch so wie bei allen.

Du lügst, sagte ich, du hast ihn gar nicht gesehen!

Von hinten, auf der Straße, sah er nicht nach viel aus, eigentlich nach gar nichts. Wir lehnten in der Zimmerecke und stellten ihn uns vor. Dann gingen wir in eine andere Ecke und fragten uns, was die Mutter an ihm wohl fand. Falls der Vater ihr nicht mehr gefiel, hatte sie ja uns! Da Herr Herkenrath noch nicht mit uns gesprochen hatte, fragten wir uns, was er sagen und wie er es ausdrücken würde. Wir fragten uns, ob er kurze Sätze wie die Mutter oder lange wie der Vater machen würde. Dann fragten wir uns, ob er Tintenfinger haben oder die Nägel kauen würde.

Du meinst, so wie ich, fragte die Schwester. Sag mal, so wie ich?

Ich schaute zum Fenster raus. Herr Herkenrath kam aber nicht.

Die Mutter liebte den Vater nicht mehr, das war nach und nach so gekommen. Man sah es beiden an. Dem Vater sah man es mehr von vorne an, der Mutter von der Seite. Da sah man sie besser die Nase rümpfen, wenn er sie um was bat. Einmal standen wir im Kinderzimmer, wir spielten aber nicht. Der Vater und die Mutter standen im Korridor, unsere Tür war angelehnt. Da sagte die Mutter es ihm ins Gesicht. Zwar sagte sie es nicht sehr laut, ich hörte es aber trotzdem. Ich verstand es auch. Falls die Schwester es auch gehört haben sollte, hatte sie es nicht verstanden. Sie fragte: Was hat sie gesagt? Sag mal, was hat sie gesagt? Der Vater, der es verstanden hatte, fiel in sich zusammen. Er setzte die Baskenmütze auf und *rannte spazieren*. Dabei dachte er wahrscheinlich über sein Leben nach. Weil er keine Antwort fand, ging er wieder heim und hängte seinen Stock und seine Baskenmütze wieder an den Haken. Dann ging er in sein Arbeitszimmer und arbeitete nicht. Er legte seine Hände vor sich hin, mal auf den Tisch, mal auf die Knie. Die Beine hatte er ausgestreckt, damit sein Blut kreisen konnte. Dann griff er in die Hosentasche, wo sein Klappmesser stak, das *mehr als Stifte spitzen* konnte. Er seufzte. Als er es gefunden hatte, zog er es heraus. Er prüfte, ob es noch dasselbe war, das er hineingesteckt hatte. Ja, es war dasselbe! Er klappte es auf. Es hatte eine schmale Klinge und war besonders spitz. Damit spieße ich Fliegen auf, falls ich mal welche brauche, sagte er zu uns.

Brauchst du heute welche, fragte meine Schwester dann immer, und der Vater sagte: Man weiß am Morgen nie, was man am Abend braucht! Ach ja, seufzte er und lehnte sich zurück. Dann knöpfte er sein Hemd auf und setzte sich die Messerspitze aufs Herz. Statt zu packen, dachte der Vater nun an den Tod. Erst dachte er an den Tod im allgemeinen, dann an den von Leuten, die er kannte. Zuletzt, nach einem langen Zögern, dachte er an seinen. Ja, da gab es viel zu denken, da war nie Zeit genug! Bis er die Mutter nebenan lachen hörte, erst mit, dann ohne Pausen. Da konnte er an seinen Tod nicht mehr denken. Er nahm das Messer von der Brust und fing an, sich die Nägel zu schneiden. Er ließ sie auf den Boden fallen, wo er sie vergaß. Wenn die Schwester einen Nagel fand, zupfte sie den Vater am Ärmel. Da liegt was von dir, sagte sie, das ist ja ekelhaft!

Der Vater schob ihre Hand zurück und sagte: Das tritt sich ein! Dann griff er nach dem Stift und schrieb was auf einen Zettel. So, sagte er und legte ihn wieder weg, den hab ich!

Wird's diesmal was Längeres, fragte die Schwester.

Das wird sich noch erweisen!

Und wann kommt dieser Mann?

Wie ich ihn kenne, kommt der, wenn er kommt, sagte der Vater. Er ist nun mal so einer.

Und was hast du aufgeschrieben?

Etwas Unerhebliches, das, weil es nun mal in der Welt ist, gehätschelt und hochgehalten werden muß, sagte er. Dann saßen wir wieder rum, und der Tag ging weiter. Das, sagte der Vater, wird jedenfalls behauptet, obwohl alles stehenbleibt.

Nur die Vögel und die Fliegen zogen hin und her.

Ziehst du nun aus, das will ich wissen, sagte die Schwester, und der Vater sagte: Ausziehen? Heute? Warum?

Weil die Mutter sich von dir scheiden läßt.

Ach ja, sagte er. Ja, vielleicht!

Ziehst du da keine schöne Jacke an?

Falls ich dran denken sollte.

Und keine schöne Hose?

Nein, das ginge zu weit!

Und woran denkst du jetzt, fragte meine Schwester, und der Vater sagte: An meine krumme Lebenslinie, woran sonst? Dann dachte er wieder nach und sagte: Und wie es nach und nach dazu gekommen ist!

Zu der Linie, fragte die Schwester.

Nein, sagte der Vater, zu der Krümmung.

Ach, so meinst du das!

Da ging es auf Mittag, und ich saß da und dachte. Zum Beispiel an das, was ich zurücklassen und nie wiedersehen würde. Jetzt sah ich alles noch. Das Bett mit der rosa Decke sah ich und würde es zurücklassen, die Tapete mit den aufgeklebten Äffchen sah ich und würde sie zurücklassen, meine Nachttischlampe, alles sah ich noch, und alles würde ich zurücklassen! Ich stieß meine Schwester an und wollte sagen: Die Decke nehm ich nicht mit, die kannst du haben!, aber da kam der ruhelose Vater wieder herein. Mein Gott, sagte er, wie uns die Zeit davonläuft!

Die Sonne kroch durch die Gardinen. Es wurde immer wärmer. Wir zogen den Vorhang vor, da konnte die Sonne nicht rein. Doch auch sonst kam keiner. Weil uns alle vergessen hatten, saßen wir alleine rum. Daß keiner kommt, sagte der Vater traurig und ging in sein Zimmer zurück. Wir gingen gar nicht gern zur Mutter, doch was sollten wir sonst tun?

Komm, sagte ich, doch die Schwester sagte: Ich will nicht!

Du mußt, sagte ich und zog sie.

Die Mutter saß an ihrem Toilettentisch. Wo sollte sie sonst sitzen? Sie fragte sich, wann der Vater endlich verschwand. Vielleicht dachte sie auch: Und wann kommt der andre? Beim Reden sah sie gar nicht erst auf. Sie wußte, wer wir waren.

Klopft ihr nicht, wenn ihr ein fremdes Zimmer betretet, fragte sie.

Wir haben geklopft, sagten wir.

Na, wenn ihr das Klopfen nennt, sagte die Mutter und sah uns immer noch nicht an. Wir schauten uns bei ihr um. Ihr Vorhang war aufgezogen, die Sonne schien herein. Sie machte ihr Zimmer größer. Die Schwester sagte: Fünfmal so groß!, doch sie übertrieb. Die Mutter hatte eine Flasche Parfüm in der Hand. Die hatte ein Vermögen gekostet und war klein und bauchig. Als ich neben die Mutter trat, roch sie nach dem Parfüm.

Na, wenn ihr das Klopfen nennt, sagte sie noch einmal, und die Schwester sagte: Ja, da sind wir wieder!

Und was wollt ihr diesmal?

Nichts, sagte die Schwester, diesmal wollen wir nichts!

Ach, sagte die Mutter, ich kenn euch doch! Sicher wollt ihr was! Sie war aus dem Schlafzimmer, das sie mit dem Vater geteilt hatte, nun ausgezogen und hatte ihn in dem riesigen zweischläfrigen Bett alleingelassen. Da wälzte er sich nachts herum und rief: Ich friere so! Daß er im Bett und mit der Decke mitten im Sommer so fror! Die Schwester, die nie fror, konnte es kaum glauben. Warum nimmst du dir da nicht noch eine Decke, fragte sie. Soll ich dir eine holen?, aber der Vater sagte: Die hilft mir auch nicht! Ich friere so und so!

Die Mutter wußte, daß der Vater fror, aber er tat ihr nicht leid. Sie hatte mit keinem Mitleid, nicht einmal mit uns. Sie zog die Augenbrauen nach und sagte: Jeder ist seines Glückes Schmied! Ich hätte schon lange aus seinem Schlafzimmer ausziehen sollen, da wäre jetzt Ruhe. Sie hatte aber nicht dran gedacht. Immer wieder hatte sie sich an den Kopf gegriffen und gefragt: War da nicht noch was?, aber wir wußten es auch nicht. Als sie dann eine Zeitlang nicht mehr daran gedacht hatte, fiel es ihr wieder ein, und sie sagte: Ach ja, ich wollte bei ihm ausziehen! Nun schliefen der Vater und die Mutter jeder für sich in einem Zimmer und in einem Bett. Jeder hatte sein eigenes Kissen und seine eigene Decke. Jeder hatte sein eigenes Fenster mit seinem eigenen Blick nach draußen und konnte nun sagen: Das ist mein Fenster, meine Tür, mein Blick nach draußen! Die Fenster und die Türen gingen in verschiedene Himmels-, *nein, Höllenrichtungen*, sagte der Vater. Als wir die Mutter einmal fragten: Warum bist du denn beim Vater ausgezogen?, sagte sie: Das Bett war für zwei Erwachsene zu eng! Ein andermal sagte sie: Euer Vater schläft zu geräuschvoll! Das kann keine Frau vertragen! oder einfach: Ich will das andere Bett mal probieren!

Natürlich wollte die Schwester, daß der Vater und die Mutter wieder in einem Bett schliefen, doch die Mutter schüttelte den Kopf und rief: Zu laut, zu laut! Er denkt zwar, daß er leise schläft, aber auch in dem Punkt irrt er sich. Sie schlief nun in ihrem Zimmer, der Vater sagte: Ihr *Boudoir*! Dort stand für sie kein richtiges Bett, sie schlief auf der Couch. Abends zog sie ein Bettuch drüber, da sah die Couch wie ein Bett aus. Morgens, ehe sie aus dem Haus ging, trank sie dort ihren Kaffee und aß »ein Krüstchen, damit das Maschinchen weiterläuft«. Der Vater hatte in dem leeren Ehebett schlecht geschlafen und blieb noch etwas liegen. Er sagte: Vielleicht schlaf ich noch mal ein, vielleicht kehren die Kräfte dann zurück, die ich zum Schreiben brauche! Oder ich wach nicht mehr auf, was noch besser wäre! Wir standen in Mutters Zimmer. Ich war noch im Schlafanzug, die Schwester im langen Nachthemd. Ich fühlte, wie die Mutter an Herrn Herkenrath dachte, die Schwester fühlte gar nichts. Ich wollte die Mutter von ihm ablenken und fragte: Ist deine Couch nicht hart?, doch die Mutter sagte: Mir ist in meiner Ehe eine dicke Haut gewachsen. Da fiel der Schwester Herr Herkenrath wieder ein. Damit die Mutter nicht dauernd an ihn dachte, nahm sie ihre Hand und legte sie sich auf die Stirn. Sie fragte: Bin ich kalt, oder bin ich heiß?, und die Mutter sagte: Laß den Unfug! und nahm ihre Hand wieder weg. Später vergaß sie, den Vorhang vorzuziehen, und zog sich fertig an. Da sah man von draußen alles. Wenn die Schwester das merkte, lief sie zu ihr hin und rief: Aber man kann ja alles sehen!

Ach, sagte die Mutter, wen interessiert das schon bei so einer alten Frau!, und die Schwester sagte: Aber du bist doch gar nicht alt!

Na, ich weiß nicht, sagte die Mutter und zog den Vorhang vor. Ihr Zimmer roch besser als das Zimmer, in dem der Vater nun so schlecht schlief. Wonach es bei ihm roch, wußte keiner, auch er selber nicht. Manchmal zupfte ihn die Schwester am Ärmel und fragte: Sag doch mal, wonach! Da dachte der Vater einen Augenblick nach und sagte: Nach etwas Lächerlichem! Nach einem unglücklichen Menschen! Bei der Mutter roch es nach keinem Menschen, sondern nach Parfüm.

Der Vater schnupperte und sagte: Das Glück! Ach ja!

Wenn er dann rausgegangen war, sagte die Mutter: Die traurige Wahrheit ist, ich kann ihn nicht mehr riechen! und versprühte noch mehr Parfüm. Dann dachte sie an ihre Ehe und wie sie *hineingeschlittert* war. Wie, fragte sie sich, hab ich auf ihn reinfallen können, wo er mich so behandelt?

Wie behandelt er dich denn, fragte die Schwester, und die Mutter sagte: So, daß man's nicht aushält! Was macht er denn jetzt, fragte sie, und die Schwester sagte: Vielleicht denkt er nach!

Die Mutter lachte und sagte: Diese Ausrede kenne ich! Hat er denn gepackt, und die Schwester sagte: Er ist am Überlegen!, und die Mutter sagte: Es wird auch Zeit! Ich will nicht, daß er seinen alten Kram in meiner Wohnung läßt!

Er wird's schon einpacken, wenn's Zeit ist, sagte die Schwester, und die Mutter sagte: Zeit ist's schon lange, er hat bloß kein Gefühl dafür! Er denkt, ein Tag dauert ewig. Dem ist aber mitnichten so. Besonders in seinem Alter nicht, da hat die Zeit Flügel bekommen. Steht also nicht rum, sondern geht zu ihm und sagt ihm noch mal, daß er packen soll. Aber sagt nicht, daß ich euch schicke! Tut, als kämt ihr von alleine. Und jetzt laßt mich! Ich muß Klarheit schaffen in meinem Kopf!

Das sagt er auch.

Daß er in seinem Kopf Klarheit schaffen muß?

Daß wir ihn in Frieden lassen sollen, sagte die Schwester, und die Mutter sagte: Da wißt ihr ja, was ich meine!

Sie hatte nun Herrn Herkenrath, der Vater sagte: auf der Seite.

Die Schwester fragte: Auf welcher denn? Sag doch mal, auf welcher.

Herr Herkenrath hatte blitzende Schuhe an und behandelte die Mutter besser. Leider hatte er nicht viel Humor. Er hatte ein ernstes Leben gehabt ohne viel zum Lachen, und es ist ein Wunder, daß er es bis jetzt ausgehalten hat, sagte die Mutter zu uns. Wenn er auf der Straße an ihr vorbeiging, verbeugte er sich und grüßte. Wenn er den grünen Hut aufhatte, nahm er ihn ab und schwang ihn durch die Luft. Hatte er die Mütze auf, tippte er mit einem Finger dran und rief: Weil sich eine Männermütze so schlecht korrekt aufsetzt, tippe ich mal bloß dran! Sie trafen sich nun ziemlich oft, der kleine Herr Herkenrath und die eher füllige Mutter. Aber das wird abgeschafft, sagte sie und aß nun keine Schokolade mehr. Gebt zu, daß ich weniger werde, Kinder, sagte sie und strich sich über die Hüften. Meist stand sie dabei vorm Spiegel. Nach der Arbeit kam sie schnell nach Haus, um sich die Hände zu waschen und in eine andere Bluse zu schlüpfen. Die hatte sie frisch gewaschen, sie roch nach Seife und Parfüm. Die Bluse vom Tag war ganz verschwitzt, weil die Mutter so viel zu tun hatte und dabei so viel an Herrn Herkenrath dachte. Für uns hatte sie nie Zeit.

Und wenn du zurückkommst, hast du dann welche, fragte die Schwester.

Das glaube ich kaum, sagte die Mutter. Da muß ich mich, Sklave, der ich bin, für euch an den Herd stellen und kochen.

Und morgen?

Vielleicht.

Oder hast du lieber übermorgen Zeit?

Ja, sagte die Mutter, lieber übermorgen! Sie hatte sich nun umgezogen, die Bluse, die Strümpfe, den Hut. Jetzt sah sie noch mal in den Spiegel, ob sie abgenommen hatte. Sie hatte aber nicht. Sie sah auf ihre Armbanduhr und rief: Wie die Zeit vergeht! Dann trällerte sie was vor sich hin, was, wußte sie alleine! Ja, sagte sie, so ist das Leben! Und so wird's ewig bleiben!

Wie denn, fragte die Schwester, aber da ging die Mutter schon wieder aus der Tür. Wir standen am Küchenfenster und schauten hinterher. Wie denn, rief ihr die Schwester nach, sag mal, wie wird das Leben bleiben?

An unserem letzten Tag war die Mutter wie sonst, nur etwas aufgeregter. Die Schwester weinte viel. Der Vater war in seinem Zimmer und ließ die Zeit vergehen. War wirklich schon Mittag? Mußte die Mutter wirklich schon ans Kochen denken? Die Schwester lehnte in ihrer Ecke und kaute wieder was. Weil er packen mußte, sagte der Vater: Ich bin wie gelähmt! Dann strich er durch sein Arbeitszimmer, und da er es für Mutters neuen Mann in gutem Zustand zurücklassen wollte, hängte er ein Bild gerade, das verlangte sein Ordnungssinn. Alles, was wir jetzt nicht packten, ließen wir zurück. Hilfst du mir also, fragte er mich.

Ja.

Braver Junge, sagte er.

Weil er so viel schreiben mußte, hatte er keine Zeit, sich auch noch um sein Zimmer zu kümmern. Die Mutter sagte: Er läßt es verkommen! Der Teppich zum Beispiel war abgetreten. Der Vater zog ihn gerade. Damit der, der nach uns drübergeht, sich nichts bricht, sagte er. Oder sollte man...? Die Schreibtischlampe stellte er an die Tür, die nahm er also mit. Den Rohrstuhl, sagte er, wahrscheinlich auch, doch wie soll ich den transportieren? Dann fiel ihm Herr Herkenrath wieder ein, er konnte ihn sogar hören. Langsam kroch er die Treppe hoch und schniefte dabei. Er war es dann aber gar nicht, sondern... Plötzlich sagte der Vater: Wartet hier! und ging ins Badezimmer, um sich schnell noch frischzumachen. Wie meist, wenn er ins Badezimmer ging, vergaß er, die Tür hinter sich zu schließen. Dann rief die Mutter immer: Dieser Mensch ist ein Ungeheuer, und stieß sie hinter ihm zu. Sogar wenn er das Bad benutzte und sein *kleines Männergeschäftchen* machte, schloß er sich nicht ein, sondern behauptete, er hätte an Wichtigeres zu denken. Das glaubte die Mutter aber nicht. Wichtigeres, als auf dem Örtchen die Tür hinter sich zu verriegeln, gibt es auf der ganzen Welt nicht, sagte sie. Sie hatte Angst, sie könnte auf ihn stoßen, wenn er auf dem Örtchen saß, und rief vorm Eintreten immer: Ist schon einer drin? Sie meinte natürlich den Vater. Erst wenn lange keine Antwort gekommen war, trat sie ein, sonst stürzte sie schreiend davon. Da lachte der Vater tief und zufrieden und rief: Schaut, wie die Dame läuft! Im Bad trat er vor den Spiegel und sah sich lange an. Da lachte er nicht mehr. Wenn er sich im Spiegel sah, wurde er eher traurig. Wenn wir ihn fragten, warum er sich so viel ansah, wo er doch bloß traurig wurde, sagte er: Ich will wissen, mit wem ich es heute zu tun habe!

Weißt du das denn nicht, fragte die Schwester, und der Vater sagte: Nicht immer!

Jetzt standen die Schwester und ich an der Badezimmertür und hörten den Vater schnaufen. Wir hofften, daß er uns rief. Lange rief er aber nicht, er stand bloß herum. Zum letztenmal sah er sich die Wanne, die Brause und die Handtücher an, die die Mutter für uns immer an die Wand hängte. Jeder von uns hatte sein eigenes. Nur der Vater sagte: Das ist nun mal meine Natur! und benutzte sie alle. Wenn die Mutter ihm dann ihr nasses Tuch unter die Nase hielt und fragte: Was hast du damit gemacht?, runzelte er die Stirn und fragte: Sollte ich das gewesen sein? Jetzt trat er zur Waage. Mit einer Hand stützte er sich gegen die Badezimmerwand, dann kletterte er drauf. Obwohl er immer sagte, er wöge nur noch die Hälfte, schlug der Zeiger gewaltig aus. Der Vater schüttelte den Kopf und sagte: Immer noch so viel! Dann fiel ihm seine Lage wieder ein. Kinder, rief er, es ist das letzte Mal! Wollt ihr noch mal schauen, wie ich mich wiege? Kaum daß wir seine Stimme hörten, stürzten wir zu ihm.

Das letzte Mal was, fragte die Schwester.

Daß ich bei euch auf der Waage stehe, sagte der Vater. Da, wie ich immer weniger werde! Das ist kein gutes Zeichen! Dann mußten wir ihm die Hände reichen, und er stieg wieder runter. Er sagte: Also dann! und schob uns aus dem Bad und wollte endlich baden, und wir mußten die Tür hinter uns zumachen. Dann standen wir wieder rum. Auf der einen Seite des Ganges seufzte der Vater, auf der anderen lachte die Mutter. Dann hörten wir, wie der Vater das Badewasser einlaufen ließ und ein bißchen planschte. Hatte er sich schon ausgezogen, oder hatte er noch nicht? Stand er noch in seiner Wanne, oder lag er schon? Plötzlich fing der Vater zu brummen und zu poltern an. Er stampfte sogar mit den Füßen. Er war also noch nicht im Wasser, er stand noch davor. Nein, rief er, für ihn bade ich nicht! Dann hörten wir, wie der Vater den Stöpsel wieder rauszog und das Wasser ablaufen ließ. Er schien wieder in seine Kleider zu steigen, in ein Stück nach dem anderen. Ich habe zuviel an, rief er, wozu der ganze Kram? Und das im Sommer, wo alles blüht, wo alles sich erneuert! Dann schlang er wahrscheinlich den Schal um und kam aus dem Bad wieder raus.

Abbruch, rief er, Abbruch, schnell!

Und was heißt das nun wieder, fragte die Schwester.

Der Zelte, sagte der Vater, aber erst muß ich noch...

Der Sommer hatte sich nun gleichmäßig auf die Jacobsstraße, die Steingasse, den Finkenweg, die Königsstraße, den Herderplatz et cetera verteilt. Der Vater sagte: Wie früh in diesem Jahr alles gekommen ist, und wie schnell es zu Ende gehen wird! Auf der Straße waren wenig Leute. Viele hatten Hüte auf, um sich vor der Sonne zu schützen. Manche hatte der Sommer schon böse zugerichtet, sie hatten einen Sonnenstich.

Schaut sie an, sagte der Vater, da kriechen sie!

Und jetzt, fragte die Schwester.

Wir hockten immer noch herum. Der Vater hatte nicht gebadet. Trotzdem fühle ich mich frisch, weil ich die ganze Zeit ans Baden gedacht habe, sagte er. Er trat an seinen Arbeitstisch. Auf den hatte er seinen Bleistift gelegt, auf den vorderen Rand, ganz links. Nun, wo ihm ein Satz eingefallen war – »und was für einer!« –, lag er nicht mehr da. Aber das überraschte ihn nicht. Nichts überraschte ihn mehr, es sah schlimm aus in seinem Zimmer, noch schlimmer als am Morgen. Dabei wollte der Vater längst fertig sein »zur Ausfahrt an neue Ufer«. Die Bücherbretter waren noch lange nicht leer, sie hatten aber ein paar Lücken. Der Vater zeigte auf die Lücken und sagte: Da schaut die Wand heraus! Dann klopfte er dran, es klang hohl und leer. Es kann Jahre dauern, bis ich wieder eine Wand finde, an der ich mich ausbreiten kann! Falls ich überhaupt noch mal eine finden sollte, sagte er.

Ich stand mit der Schwester am Fenster. Schau, sagte ich und zeigte auf Malz, der vorüberging. Er hatte den Ranzen auf dem Rücken, die Schule war aus. Die Schwester hatte Malz schon oft gesehen und sagte bloß: Na und! Still, ohne zu uns hochzuschauen, zog Malz vorüber. Auf dem Kinderzimmerboden, wo meine Schwester stand, lag zerbröckelter Kitt. Er stammte aus dem Fensterrahmen, in dem sie immer bohrte. Wenn ich fragte: Warum tust du das?, sagte sie: Ich weiß nicht!, und wenn ich fragte: Wirst du das wieder tun?, sagte sie: Wahrscheinlich! Ich dachte an meinen Schulweg, an meine Ritterburg und an Vaters Bücherbretter.

Dann dachte ich an alles durcheinander, die Ritterburg, den Schulweg, die Bretter. Wenn wir verschwunden waren, würde die Mutter sie abräumen und mit Seifenwasser abwaschen. Das desinfiziert, würde sie sagen. Tagelang würden sie danach riechen. Wir würden über alle Berge sein, der Vater und ich. Statt des Vaters würde der andere Mann in unserer Wohnung sein. Die erste Zeit würde er ratlos in Vaters Arbeitszimmer herumstehen und alles beschnüffeln und begaffen. Er würde auch Pantoffeln tragen, weil das den Boden schonte. Er würde erst in der, dann in jener Ecke lehnen und schauen, wo's ihm besser gefiel. Dann würde er sich einen Ruck geben und sich *ausbreiten*. Mit seinen zudringlichen Blicken würde er Vaters Arbeitszimmer beschmutzen, bis in die tiefsten Winkel hinein. Dann würde er an die Bücher, die der Vater nicht mehr hatte retten können, herantreten und sie anatmen. Auch die Zimmerwand würde er anatmen, den Lichtschalter, das Fensterbrett. Die Nachbarn, die von Herrn Herkenrath nie was gehört hatten, würden sich über das neue Gesicht wundern, das aus Vaters Fenster hing. Sie würden schnell nach Hause laufen und allen erzählen, was Herr Herkenrath für eine Nase hatte, wie er hieß, wo er früher gewohnt hatte und womit er sein Brot verdiente. (Beim Vater hatten sie nie gewußt, womit er sein Brot verdiente.) Mit der Zeit würden sie sich an sein Gesicht gewöhnen. Falls er auch ein paar Bücher haben sollte, würde er sie in Vaters Regal stellen und Vaters Bücher daraus vertreiben. Ab und zu würde er in einem blättern. Die Mutter würde Ordnung reinbringen und sie der Größe nach aufstellen, falls Herr Herkenrath sie ließ. Der Vater hatte sie nicht gelassen, deshalb sah's bei ihm so aus.

Weil er nun bald nicht mehr aus seinem Fenster

schauen konnte – da schaute dann Herr Herkenrath raus –, hatte er seinen Rohrsessel noch mal ans Licht gezogen. Da konnte er »den Ausschnitt der Welt, der ihm für diese Jahre zugeteilt war«, besser überschauen. Er zeigte hinaus und sagte: Hier habe ich gewohnt! Dann verbesserte er sich und sagte: Hier werde ich gewohnt haben! Zusammengesunken, mit mächtigem Bauch, die Hände auf den Knien, hockte er da, »wie auf einer Klosettschüssel«, und kontrollierte zum letztenmal die Jacobsstraße. Es kam aber keiner. Alle wußten, daß wir wegzogen, es hatte sich rumgesprochen. Als sich ein Lastwagen zu uns verirrte und nicht wußte, wohin, kam der Vater in unser Zimmer und rief: Kinder, schaut euch das an, schnell! Wir stürzten an sein Fenster und schauten hinaus. Der Lastwagen keuchte und ächzte und hätte gern gewendet, die Straße war aber zu schmal. Na, sagte der Vater stolz, was sagt ihr nun? Ich stand da und sagte gar nichts, es fiel mir nichts ein. Auch die Schwester sagte lange nichts. Als sie sagte: Aber das ist doch bloß ein Lastwagen!, sagte der Vater: Ja, aber immerhin! und zeigte auf den Qualm, den er machte. Da sahen wir seinen Finger, der uns schon wieder entfallen war.

Zeig mal, sagte die Schwester, und der Vater fragte: Was?

Deinen Finger!

Warum?

Zeig mal die Kuppe!

Der Vater stöhnte und rief: Nicht schon wieder! Dann sagte er: Na schön! und hielt uns den Mittelfinger seiner Rechten hin. Da, sagte er.

Doch nicht den, sagte die Schwester, den anderen!

Der andere hat keine Kuppe.

Eben.

An seinem letzten Tag, ehe er ans Packen ging, zeigte uns der Vater überhaupt noch dies und das. Er zeigte uns ein altes Schulzeugnis, auf das er beim Packen gestoßen war und das bewies, daß er gar nicht so ein guter Schüler gewesen war, wie er immer behauptet hatte. Eigenartig, sagte er. Er zeigte uns eine Gummiwärmflasche, die er gleich einpackte, »falls ich mich mal erkälte«, ein Päckchen Butterbrotpapier und sein altes Haarnetz. Das, sagte er, werf ich besser weg, damit ist nicht viel verloren! Dann stöhnte er wieder und sagte: Na schön! und zeigte uns den *richtigen* Finger. Den nehm ich mit, sagte er, vielleicht will ihn in Rußdorf einer sehen! Wir zogen den Finger näher und studierten ihn lange. Dann nahm ihn der Vater wieder weg und steckte ihn in seinen *Hosensack*. Wovon hatten wir gesprochen, fragte er.

Von dem Lastwagen.

Ach ja, sagte der Vater und fing wieder zu sinnieren an. Als Thomas Mann aus Studiengründen mal mit einem Lastwagen gefahren ist... und die Schwester sagte: Das hast du uns schon erzählt!

Na, dann eben nicht, sagte der Vater. So ein Lastwagen, wenn er umlenkt, sagte er, ist ein gewaltiger Sinneseindruck. Man reißt Augen und Ohren auf, oh ja!

Siehst du denn nie Lastwagen, fragte meine Schwester.

Nicht, wenn ich am Schreibtisch sitze und mich mit einem Wort quäle, von einem ganzen Satz will ich gar nicht reden, sagte der Vater. Da beschäftige ich mich mit Dingen, die noch viel schwieriger sind, weil es sie nicht gibt.

Und warum beschäftigst du dich dann damit?

Das ist nun mal mein Leben: die Dinge, die es nicht gibt, sagte er. Da ist man froh, wenn dann und wann ein

Lastwagen kommt und ein bißchen stinkt. Das ist dann wenigstens wirklich! Bis auf den Lastwagen gab es von seinem Fenster aus an unserem letzten Tag nichts zu sehen. Zum Vater wollte keiner. Außer es verfährt sich jemand und wendet, das ist ein Glücksfall, das passiert nicht oft, sagte er.

Weil der Vater und die Mutter sich so viel stritten, wurde das Fenster nun kaum mehr aufgemacht. Ihr Streiten sollte man draußen nicht hören. Gewaschen hatte die Mutter die Vorhänge schon lange nicht mehr, sie kümmerte sich nicht mehr drum. Ich habe es satt, nach dem Büro auch noch eure Vorhänge und Tischtücher und Unterhosen zu schrubben und mir damit die Nägel zu ruinieren, sagte sie, vierzehn Jahre Sklaverei sind genug! Dann hielt sie uns ihre Hände hin, damit wir die Nägel sahen. Die armen Nägel! Nur weil der Vater, statt einer geregelten Tätigkeit nachzugehen, die ganze Zeit zu Hause sitzen und schreiben wollte! Da konnte die Mutter sich niemand leisten und mußte alles selber machen. Aber das wurde nun anders! Kein Wunder, daß sie trällerte!

Hört ihr, wie sie trällert, rief der Vater und legte eine Hand ans Ohr.

Das schon, sagte die Schwester, aber warum trällert sie?

Sie stellt sich ihr Leben mit Herrn Herkenrath vor und ist, in Verkennung der Gegebenheiten, glücklich. Na ja, sagte der Vater, wenn alles gut geht...

Was ist, wenn alles gut geht?

Dann darf sie von Montag an seine Socken waschen.

Und die Unterhosen, fragte die Schwester.

Die auch, sagte der Vater und lachte. Er war voll Schadenfreude. Und die vielen Teller und Löffel und Kaffeetöpfe, die wir immer benutzt hatten und die die

Mutter nun mit Herrn Herkenrath benutzen würde, dachte ich. Doch lassen wir das, sagte der Vater, ich muß nachdenken! Da, schaut noch mal zum Fenster raus, bald ist's damit vorbei!

10

Später war es später, und ich ging in die Stadt, ohne meine Schwester. Sie atmete mir zu laut. Der Vater hatte den Umzug im Kopf und schob ihn hin und her. Manchmal tippte er sich an die Stirn und sagte: Hier ist er, genau hier! Er wollte von seinem Arbeitszimmer, in dem er so oft gesessen und nicht gearbeitet hatte, Abschied nehmen, aber alleine. Die Schwester war in unserem Zimmer und wußte nicht, was geschah. Sie sah und hörte und roch zwar alles, verstand es aber nicht. Was ist eigentlich los, fragte sie, sag mal, was ist eigentlich los? Dann fraß sie Papier. Manchmal vergaß sie, daß sie uns *auseinanderrissen*, und war so wie immer. Sie trällerte sogar. Dann fiel es ihr wieder ein, und sie sagte: Ja, natürlich! Als ich sagte: Ich geh nun vors Haus!, sagte sie: Ich komm mit!, und als ich sagte: Nein, ich muß was erledigen, *allein!*, sagte sie: Das darfst du nicht!

Und warum darf ich das nicht, fragte ich, und sie sagte: Weil ich es dem Vater sage!

Ich sagte: Der weiß es schon!, und sie sagte: Da sag ich's eben der Mutter! Die weiß es noch nicht!

Da nahm ich einfach den Schlüssel vom Haken und sagte: Ich geh!, und als sie noch was sagen wollte, war ich schon draußen.

Es war halb zwölf, mit warmer Luft, Sonnenstrahlen, Vögeln, die schrien, alles wolkenlos. Ich war müde, denn ich hatte, glaube ich, drei Nächte nicht geschlafen. Zwar war ich jeden Abend in meinen Schlafanzug gekrochen und hatte mich ins Bett gelegt und das Licht ausgeschaltet, die Decke über den Kopf gezogen, die Augen zugemacht, et cetera. Aber dann hatte ich was getan, was ich auf keinen Fall hätte tun sollen: Ich hatte angefangen zu denken. Dabei hatte ich an die Decke geschaut. Im Laufe der folgenden Stunden war die Decke erst hell, dann dunkel und dann wieder hell gewesen. Das war eine Nacht. Je mehr ich gedacht hatte, um so weniger hatte ich schlafen können, nur hätte mir das keiner geglaubt. Wenn ich am Morgen zur Mutter gegangen wäre und sie gefragt hätte: Was soll ich tun, ich kann nicht mehr schlafen!, hätte die Mutter bloß gelacht. Sie hätte in ihren Spiegel geschaut und: Du und nicht schlafen? gesagt. Und das sagt so ein Knirps zu einer Frau, die tatsächlich nicht schlafen kann! Du bist ein Kind, hätte sie gesagt, und ein Kind kann immer schlafen, wenn es die Augen schließt. Also mach die Augen zu und schlaf! Oder sie hätte gesagt: Ach, du also auch nicht!, und wäre zu Herrn Herkenrath gelaufen, um ihn zu fragen, ob *er* schlafen kann. Wenn ich zum Vater gegangen wäre und ihm gesagt hätte, daß ich nicht schlafen kann, hätte er mich traurig angeschaut und gesagt: Das sind die Sorgen, die auf unserem Bettrand sitzen und uns alle um den Schlaf bringen! Aber ich habe doch keine Sorgen, hätte ich gesagt, ich kann bloß nicht schlafen!, und der Vater hätte den Kopf geschüttelt und gesagt: Doch doch, du hast Sorgen, du weißt es bloß noch nicht, weil sie an einer bestimmten Stelle deines Hinterkopfes sitzen, in den du nicht hineinschaust. Wenn ich dann gefragt hätte: Aber hat man die Sorgen denn im Hinterkopf?, hätte er gesagt: Ich schon! Dann hätte er: Schluß jetzt! gerufen und: Es sind die Sorgen, und damit basta! Na schön, hätte ich gesagt und wäre zur Schwester gegangen. Wenn ich ihr gesagt hätte, daß ich nicht schlafen kann, hätte sie die Puppe geholt, die gerade ihre Lieblingspuppe war, und hätte gesagt: Schau, sie hat bloß ein Auge! Ich hätte gefragt: Warum sagst du mir das?, und sie hätte gesagt: Weil sie auch nicht schlafen kann, so wie du! Dann hätte sie sie mir an den Mund gehalten und gesagt: Du mußt ihr einen Kuß geben!, und ich hätte gefragt: Warum?, und sie hätte gesagt: Weil sie bloß ein Auge hat! Wenn ich ihr den Kuß dann gegeben und gesagt hätte: Darum geht es nicht! Es geht darum, daß ich nicht schlafen kann!, hätte sie geweint und gerufen: Aber ich kann ja auch nicht schlafen! Am besten, man sprach mit ihr nicht drüber. Am besten, man sprach mit keinem drüber, dachte ich und zog in die Stadt.

Seit ich wußte, daß sie uns trennten und ich beim Vater blieb, machte ich mir so meine Gedanken. Ich fragte mich, was nun käme. Denn irgend etwas kommt immer, weil das Leben kein Schweizer Käse ist und keine Löcher hat, sagte der Vater manchmal. Ich stand also da und überlegte, von wem ich mich verabschieden sollte. Dutzende von Leuten fielen mir ein, aber ich hatte keine Lust, mich von allen zu verabschieden. Im Grunde hatte ich keine Lust, mich auch nur von einem zu verabschieden. Es lohnt sich nicht, dachte ich, ein Abschied ist nur peinlich! Außerdem ging es keinen was an, daß ich nun verschwand. Trotzdem überlegte ich mir, was ich beim Abschied sagen sollte. Oder sollte ich alle überraschen und einfach nicht mehr da sein? Ich stand da, die Hände in den Taschen, und stellte mir vor, wie meine halbe Klasse vor unserem Haus stand und nach mir rief. Ich war aber schon nicht mehr da, ich war auf dem Weg nach Rußdorf. Überall, wo ich bis jetzt gewesen war, war nun ein Loch, zu Hause war das größte. Nur die Mutter und die Schwester und Herr Herkenrath waren jetzt noch da. Sie würden am Fenster stehen und herunterschauen und rufen, daß ich nicht mehr da war. Meine Klasse würde unten stehen und schreien: Und wann kommt er wieder?, und die Mutter und Herr Herkenrath und die Schwester würden antworten, daß ich nicht wiederkäme, daß ich für immer weg sei. Meine Klasse, besonders Rösler und Malz, würde nach oben schauen und fragen: Nie?, und Herr Herkenrath würde nicken und rufen: Ja, nie! Da würde meine Klasse: Schade! rufen, doch würde mich keiner vermissen, jeder dachte nur an sich selber. Jeder wünschte sich auch selber was, keiner hatte meine Wünsche nötig. Wenn ich sagen würde, daß sie mich von nun an nicht mehr sähen, würden alle: Nie mehr? rufen, besonders natürlich Malz.

Ja, würde ich antworten und mit meinem Schlüssel spielen, nie mehr!

Und wieso nicht?

Weil ich verschwinde, würde ich sagen. Dann würde ich tief Luft holen und ihnen die Hand geben, einem nach dem andern. Meine wäre feucht. Ich würde sie bis zur Hilserschen Ecke bringen und dann sie mich zurück zu unserem Haus und dann wieder ich sie zur Hilserschen Ecke und sie mich wieder zu unserm Haus. Keiner würde sich vom anderen trennen wollen, keiner hätte den Mut dazu. Schließlich würden wir doch auseinandergehen, jeder in eine andere Richtung. Das alles, besonders das Händeschütteln, wollte ich mir ersparen. Deshalb wollte ich, wenn sie kamen, lieber nicht mehr da sein. Ich wollte es ihnen überlassen, ob sie sich an mich erinnerten oder nicht. Ich wollte mich an keinen erinnern. Deshalb nahm ich mir vor, außer zu Hutsche zu keinem zu gehen und bei keinem zu klingeln und zu keinem hochzurufen, daß ich nun verschwand. Ich würde einfach nicht mehr in meiner Bank sitzen, meine Schultasche nicht mehr auspacken, vor der Stunde meinen Bleistift nicht mehr spitzen, und so fort. Ich würde einfach nicht mehr da sein, sondern... Ein Mann kam auf mich zu.

Der Mann, der vielleicht Meier hieß – wie soll man wissen, wie die Leute alle heißen? –, war alt und gebrechlich. Er wollte sich noch mal die Füße vertreten und ging um sein Haus herum. Er war etwas eingegangen, die Beine, der Kopf, alles. Die Frau hatte er schon verloren, nun war er bald dran. Seine Kinder waren weggezogen, der Hund, den er mal gehabt und den ich gut gekannt hatte, hatte es bei ihm nicht ausgehalten und war weggelaufen und hatte sich im Großen Teich ertränkt. Das alles wußte ich von der Mutter, sie hatte es uns erzählt. Dieser Mann hatte eine Glatze und fragte sich jeden Morgen, warum er noch da war, er jedenfalls wußte es nicht. Er konnte aber auch nicht sterben, vielleicht wollte er es nicht genug. Er ging lieber spazieren. Eitel war er aber noch. Zum Beispiel wollte er nicht, daß man seine Glatze sah. Seine letzten sieben Haare hatte er sich ganz lang wachsen lassen, damit es nach was aussah. Sie reichten von einem Ohr zum anderen. Ich hatte in einem Nasenloch mehr als er auf seinem Schädel. Als er bei mir war, blieb er stehen und wollte, daß ich auch stehenblieb. Deshalb stampfte er mit seinem Spazierstock auf und rief: Hallo, Junge! Er hatte vergessen, wie ich hieß, oder er hatte es nie gewußt.

Moment mal, Junge, rief er, und als ich immer noch nichts sagte, sagte er: Du bist doch der und der und wohnst in der und der Straße in dem und dem Haus, nicht?

Das schon.

Und dein Vater, sagte er, ist doch der und der?

Das schon.

Der, sagte er, keine feste Stelle hat und immer mit einem Notizbuch rumläuft und goldene Worte sammelt, oder?

Im Moment, sagte ich, hat er sonst nichts.

Hat er denn mal was gehabt?

Ja, sagte ich, so ab und zu.

Na ja, sagte Herr Meier, lassen wir das! Was ich dich fragen wollte, sagte er und tat, als wäre er mit mir in einem langen Gespräch gewesen, das unterbrochen worden war und das er nun wieder aufnahm, da gehst du also auf eine Reise?

Keine Reise, sagte ich, bloß ums Haus.

Herr Meier stutzte. Er dachte nach und glaubte, ich hätte ihn nicht verstanden. Das meine ich nicht, Junge, sagte er. Ich meine, was jetzt vor dir liegt. Er wartete wieder. Oder zieht ihr vielleicht nicht weg, du und dein Vater, fragte er.

Ich schüttelte den Kopf. Hier zieht keiner weg, sagte ich. Und tatsächlich konnte ich mir in diesem Augenblick nicht vorstellen, daß ich je von hier wegziehen würde.

Wieso nicht, fragte Herr Meier streng. Er war ganz aufgeregt.

Warum sollte ich wegziehen?

Ja, trennen sich deine Eltern denn nicht?

Aber überhaupt nicht.

Und wieso nicht?

Warum sollten sie?

Weil sie nicht glücklich miteinander sind.

Aber natürlich sind sie glücklich miteinander, sagte ich. Und wie!

Eigenartig, sagte Herr Meier. Er begriff es nicht. Hat eure Mutter denn keinen guten Freund, der gern zu ihr ziehen möchte?

Aber er könnte ja gar nicht, sagte ich. Der Vater und ich sind ja da.

Also zieht ihr gar nicht weg, fragte Herr Meier.

Aber überhaupt nicht, sagte ich. Und die Mutter und die Schwester auch nicht. Alle bleiben hier. Auf immer und ewig.

So?

Ja, auf immer und ewig!

Und wo ist er jetzt, dein Vater?

Zu Haus.

Also ist er nicht in Rußdorf auf Wohnungssuche, weil deine Mutter ihn rauswirft?

Aber gar nicht, sagte ich. Er ist in der Küche.

In der Küche, sagte Herr Meier. Was macht er denn da?

Er brät sich einen grünen Hering.

Wieso denn?

Weil er den gern ißt. Er hat noch nicht gefrühstückt.

Eigenartig, sagte Herr Meier. Ich war überzeugt, daß deine Eltern sich auseinandergelebt hätten.

Warum sollten sie?

Nun, es kommt vor!

Ach, es wird so viel geredet, sagte ich. Die sind nun mal verheiratet, sagte ich, für immer und ewig. Selbst wenn sie tot sind, bleiben sie beisammen. Sie haben sich ein Grab gekauft, da kommen sie beide rein, erst der eine, dann der andere. Das ist nun mal so! Und nun muß ich rennen, also auf Wiedersehen, sagte ich und ließ Herrn Meier mit seiner eigenartigen Frisur und dem Stock – alle alten Männer gingen damals bei uns mit einem Stock – einfach stehen.

He, Junge, rief mir Herr Meier nach und wollte noch reden, aber ich lief weiter. Und wohin lief ich am letzten Tag? Zu meinem Lieblingslehrer Friedrich Wilhelm Förster, wohin sonst? Ich hatte ihn drei Jahre gehabt, nun würde ich ihn nicht mehr haben. Ich glaube, er mochte mich. Er legte mir gern die Hand auf die Schulter und sagte: Du bist gar nicht so dumm, wie man denkt, wenn man dich so herumstehen sieht. Kannst du auch die Hände aus den Taschen nehmen, wenn ich mit dir rede?

Doch.

Und warum nimmst du sie nicht heraus?

Ich denke manchmal nicht dran.

Ja, sagte Herr Förster, denken muß man schon, wenigstens ab und zu!

Bei ihm mußte ich in der vordersten Reihe sitzen, damit ich was lernte. Ich durfte die Kreide holen und die Hefte einsammeln, wenn wir eine Arbeit geschrieben hatten, weil bei mir drauf Verlaß war, daß ich sie nicht fallen ließ. Wenn er eine Frage stellte, meldete ich mich nie, und wenn er mich trotzdem fragte, sagte ich immer was. Da schüttelte Herr Förster dann den Kopf und sagte: Diesen Jungen kann man fragen, was man will, er hat immer eine Antwort, wenn auch nie die richtige! Wenn vorm Klingeln noch Zeit war, erzählte er uns was. Damit wir besser zuhörten, sagte er, er hätte es *selbst erlebt*, aber da schwindelte er, denn oft kamen Hexen und Zwerge vor wie im wirklichen Leben nie. Wir taten trotzdem, als glaubten wir ihm. Ich wußte, wo er wohnte, und ging oft an seinem Haus vorbei. Ich hoffte, er würde am Fenster oder im Garten stehen und mir etwas zurufen, wie: Ah, da kommt sie ja, unsere kleine Leuchte! oder: Für mich bist du ein ausgezeichneter Schüler, weißt du das? Solche wie dich wünschte ich mir noch mehr! Schade, daß sie so selten sind! Leider stand Herr Förster nie am Fenster und rief mir auch nichts zu. Er war lieber hinterm Haus. Er war ein »unverbesserlicher Rosenzüchter« und sagte: Mein Haus ist zwar ein enger Kasten, doch der ist an Rosen gelehnt! Jetzt wollte ich zu ihm. Damit er mich nicht erst groß fragen mußte, wollte ich ihm gleich an der Tür zurufen, daß ich wegzog und beim Packen war. Dann würde ich mich bei ihm für den Unterricht, den er mir gegeben hatte, bedanken. Ich wollte sagen, wie viel ich bei ihm gelernt – die Mutter sagte *profitiert* – hatte und daß ich mich immer daran erinnern würde. Dann würde ich tief Luft holen, ihm in die Augen schauen und sagen: Sie sind der beste Lehrer, den ich je gehabt habe! Da würde er sich stets an mich erinnern. Nur wollte ich ihm das nicht in der Schule sagen, wo hunderttausend andere herumstanden und jedes Wort hörten, sondern bei ihm zu Hause, unter vier Augen, jetzt. Er wohnte in der Fichtenstraße in einem kleinen Haus, wie es kinderlose Schullehrer mit ihren Hunden und Katzen und Aufsatzheften bei uns manchmal bewohnten. Herr Förster hatte keinen Hund, er hatte eine Katze. Wir liebten sie alle sehr. Wir hatten ihr in der Dämmerung eine Blechdose an den Schwanz binden wollen, sie hatte aber nicht gewollt. Ich kannte die Katze ganz genau, würde sie aber bald vergessen. Dann würde ich nicht mehr wissen, wie sie aussah, wenn ich mal an sie denken und sie mir vorstellen wollte. Aber das ist immer so, mit allen Katzen, die man kennt.

Ich klingelte nicht, ich klopfte lieber, das war nicht so laut. Jemand schlurfte an die Haustür. Es war Herrn Försters Frau. Sie wirkte noch älter als Herr Förster, so um die zwanzig Jahre. Sie hatte eine Schürze um. Ich trat etwas zurück, damit sie sah, daß ich kein Räuber war. Sie erkannte mich trotzdem nicht. Ich sagte also, daß ich in Herrn Försters Klasse war. Ich sagte ihr nicht, was für ein großartiger Lehrer er war, sie wußte es wohl schon. Sicher hatte ich sie und ihren Mann bei etwas gestört, wahrscheinlich beim Mittagessen. Dreimal fragte sie: Ja und?, ehe sie auf den Gedanken kam, mich reinzulassen. Ich wollte ihr nicht sagen, daß das mein letzter Tag war. Ich sagte es dann doch. Deshalb will ich mich von Herrn Förster verabschieden, weil er mein Deutschlehrer war, sagte ich. Ich hätte sagen können: Mein Lieblingslehrer!, doch das ging die Frau nichts an. Vielleicht würde ich es Herrn Förster selber sagen. Ich bereute eigentlich schon, daß ich geklopft hatte. Ich hätte zu Hause bleiben sollen, aber da stritten sich der Vater und die Mutter oder schwiegen sich an. Vielleicht war inzwischen auch Herr Herkenrath da und hatte sich in Mutters schönstem Sessel breitgemacht. Vielleicht hatte er die Jacke ausgezogen und die Hemdsärmel hochgerollt, damit alle die Haare auf seinen Armen sahen, falls er welche hatte. Überall würde es nach ihm riechen. Nach Hause konnte ich also nicht, aber in die Stadt konnte ich auch nicht, weil mich alle fragen würden, warum ich nicht in der Schule war. Nur in den Hohen Hain hätte ich noch gehen können. Morgen würden Herr Herkenrath und die Mutter dann auch vom Hohen Hain Besitz ergreifen. Überall, wo die Mutter mit dem Vater und der Schwester und mir gewesen war, würde sie dann mit Herrn Herkenrath sein. Nirgends konnte ich mehr hin.

Dann kam Herr Förster. Er hatte ein Pflaster auf der Wange und war frisch rasiert. Er war in Hemdsärmeln und sah gleich, daß ich es bloß war. Er war beim Mittagessen gewesen und hielt eine Serviette in der Hand. Mit der schlug er sich auf einen Schenkel. Am Ringfinger hatte er einen fetten Ehering, den er uns manchmal zeigte. Dabei erklärte er uns immer, was hinter einem Ehering steckte. In Afrika, sagte er, wißt ihr, was das ist? Ja, riefen wir, ein Land! Falsch, sagte Herr Förster, es ist ein Erdteil. In diesem Erdteil, sagte er, tragen die Sklaven... Wißt ihr, was das ist? Ja, riefen wir, die Neger! Falsch, sagte Herr Förster, die Schwarzen! Die, sagte er, tragen in Afrika den Ring in der Nase. Wir tragen ihn an der rechten Hand. Und dann, um zu sehen, ob wir's auch begriffen hatten, fragte er noch mal: Wo tragen die Sklaven in Afrika den Ring?, und wir riefen: In der Nase! Und wo, fragte er, tragen die Sklaven bei uns den Ring?, und wir riefen: An der rechten Hand! Richtig, sagte Herr Förster. Dann ging der Unterricht weiter. Auch Herrn Förster hatte ich gestört, nicht nur seine Frau. Er hatte noch etwas im Mund, an dem er tapfer kaute. Ich wußte nicht, was es war, doch hatte er schwer damit zu kämpfen. Wenn ich den Vater gefragt hätte, hätte er gesagt: Ein Stück von einem toten Tier! Das tote Tier war weder so weich, daß er's runterschlucken, noch so hart, daß er's rausspucken konnte. Es war so in der Mitte. Herr Förster war kurz angebunden, genau wie seine Frau. Er sagte: Wir sitzen beim Essen, wie du siehst!

Ich entschuldigte mich wie ein Verrückter. Am liebsten hätte ich ihm die Füße geküßt. Ich sagte, daß ich ihn und seine Frau niemals gestört hätte, wenn ich gewußt hätte, daß... Am liebsten hätte ich mir die Hand abgehackt, mit der ich geklopft hatte, ich hatte bloß kein Beil. Herr Förster schob seinen Bissen im Mund herum. Er roch nach Fleisch und Soße. Ich dachte: Gleich springt ihm was raus!, doch nach und nach schluckte er's runter. Ich sah seinen Augen an, daß er was sagen wollte, und sagte: Ja?, und Herr Förster fragte: Ist bei dir zu Haus was nicht in Ordnung?

Ich kratzte mich am Kopf, dabei juckte es gar nicht. Ich wollte Herrn Förster bloß zeigen, wie verlegen ich war. Dann kratzte ich an einer anderen Stelle, um zu zeigen, daß ich überlegte. Ich bereute längst, daß ich mich von Herrn Förster hatte verabschieden wollen. Ich hätte ihm eine Postkarte schreiben und ihn dann rasch vergessen sollen. In den Hohen Hain hätte ich gehen sollen, zu den Rehen. Herr Förster nahm seinen Mut zusammen und schluckte alles runter. Nun konnte er wieder reden. Also komm, sagte er, aber nur ganz kurz! Ich hab noch andere Dinge zu erledigen, sagte er und meinte sein Mittagessen.

Herr Förster hatte eine Weste an. Die Weste stand halb offen. In der Weste steckte das Buch mit unseren Noten. Herr Förster trug es immer bei sich. Er ging mir voran in sein Studierzimmerchen. Ein Goethebild hing an der Wand, schief über seinem Schreibtisch. Ein Stoß Schulhefte lag auf dem Tisch. Er mußte sie korrigieren. Setz dich dahin, wenn du schon mal da bist, sagte er und zeigte auf einen Stuhl. Der war aber nicht leer. Herr Förster stöhnte und mußte die Hefte, die auf dem Stuhl lagen, alle beiseite räumen. Ein paar fielen ihm auf den Boden. Er sagte: Verflucht!, und ich hob sie wieder auf. Daß ich ihm so viel Mühe machte! Entschuldigen Sie, Herr Förster, sagte ich. Dann reichte ich ihm noch die Hefte, die er übersehen hatte. Ich wollte mich nicht draufsetzen. Entschuldigen Sie, sagte ich. Herr Förster hatte Hausschuhe an, er war noch nicht draußen gewesen. Er hatte keine guten Augen und trug eine Brille. Ist bei dir das Fenster auf, fragte er.

Es ist zu, Herr Förster.

Dann mach's auf, Junge, mach's auf! Dann saßen wir, jeder auf seinem Stuhl, und er sagte wieder was. Da willst du uns also verlassen, so mir nichts, dir nichts, fragte er, mitten im Sommerhalbjahr? Ich setzte mich gerade, Brust raus, Bauch rein, das sah Herr Förster gern. Er sagte immer: Alle gerade sitzen! Alle Brust raus, Bauch rein! Jetzt sagte er noch mal: Verlassen!

Leider, sagte ich, ich muß!

Zieht ihr weg?

Ja.

Wann denn?

Heute abend.

Mir hat diesbezüglich aber keine Benachrichtigung vorgelegen.

Vielleicht ist eine unterwegs.

Das hoffe ich, sagte Herr Förster. In einer Schule kann keiner kommen und gehen, wie er gerade möchte. Wo kämen wir denn da hin?

Ich weiß, sagte ich, und Herr Förster fragte: Und dein Vater, wie geht's dem?

Danke. Sehr gut.

Hat er endlich eine passende Tätigkeit für sich ausfindig gemacht, fragte er, und ich sagte: Leider noch nicht.

Also sitzt er zu Hause rum?

Leider.

Ja, die fallen nicht vom Himmel, die passenden Tätigkeiten, sagte Herr Förster zufrieden. Da muß man sich umtun! Da muß man Anzeigen studieren und Bewerbungen aufsetzen und an fremde Türen klopfen, bis sich mal eine auftut. Monatelang muß man die

Zähne zusammenbeißen und von Haus zu Haus ziehen und suchen, immer suchen. Sucht er denn, dein Vater?

Ich weiß nicht, sagte ich. Ich seufzte.

Ein großer Sucher ist er wohl nicht, was?

Vielleicht kein *sehr* großer.

Er wartet lieber, bis ihm was in den Schoß gelegt wird?

Ja, eigentlich schon.

Sucht er überhaupt, oder hat er's aufgegeben? Hat er je gesucht?

Er hat gesucht, und er sucht auch noch, glaube ich, jedenfalls ein bißchen. Früher hat er noch mehr gesucht.

Das liegt wohl schon etwas zurück, fragte Herr Förster, und ich sagte: Vielleicht ein bißchen. Doch doch, sagte ich, er hat gesucht, er hatte bloß kein Glück. Jetzt hat er den Mut verloren und sagt sich: Ich finde doch nichts! Deshalb hat er in letzter Zeit nicht mehr *so* gesucht, wie er vielleicht sollte.

Und was macht er statt dessen?

Er steht am Fenster und schüttelt den Kopf.

Und warum schüttelt er den Kopf?

Weil er nichts findet. Dann setzt er sich wieder und denkt sich was aus.

So, sagte Herr Förster, was denn?

Etwas, das er niederschreiben und dann verkaufen kann. Eine Geschichte oder so.

Und die will wohl keiner?

Meistens.

Herr Förster, statt mit dem Vater Mitleid zu haben, lachte höhnisch auf. Eine Geschichte, rief er.

Ja, sagte ich fest, eine Geschichte!

Und was macht er sonst im Leben?

Ach, eigentlich nichts. Er sagt, er arbeitet sowieso zu viel.

Herr Förster lachte wieder. Er hatte braune Zähne. Das kam vom Rauchen, wie beim Vater. Dabei rauchte Herr Förster gar nicht viel, verglichen mit dem Vater. Er hatte nun alles runtergeschluckt und konnte gleich viel besser lachen. Und was ist das für eine Tätigkeit, hinter der er angeblich so her ist, fragte er.

Ach, sagte ich, eigentlich ist er ja Schriftsteller. Ich wiegte bedenklich meinen Kopf und zuckte mit den Achseln.

Behauptet er das immer noch?

Manchmal.

Ein Künstler also?

Ja.

Und was sagt deine Mutter dazu, daß sie plötzlich einen Künstler hat?

Sie hat sich dran gewöhnt.

Schriftsteller, na ja, sagte Herr Förster fröhlich. Da ist er ja was Rechtes! Erst kürzlich hat mir's jemand erzählt, wer war das gleich? Da hat dein Vater im Tabakladen gestanden und den Leuten auch erzählt, daß er Schriftsteller ist, ungefragt. Da soll in dem Laden ein betretenes Schweigen geherrscht haben.

Ja, sagte ich, manchmal sagt er nichts. Manchmal schweigt er.

Und nach was anderem will er sich nicht umschauen?

Er schaut sich schon um, sagte ich, aber vielleicht nicht genug. Er sollte sich noch mehr umschauen, noch viel mehr.

Allerdings, sagte Herr Förster, das meine ich auch!

Aber dann, sagte ich, hat er ja auch Schüler, um die er sich kümmern muß.

Nanu, sagte Herr Förster, wie das denn?

Privatschüler, sagte ich.

Also gehen immer noch welche zu ihm?

Ja.

Wieviel hat er denn?

Nicht sehr viele, sagte ich, ab und zu kommt mal einer. Der Vater drückt es bloß anders aus.

Wie denn?

Er sagt, es ist besser, als mal in die Hosen machen. Entschuldigen Sie, sagte ich, aber so drückt er's aus.

Und was lernen die bei ihm?

Verschiedenes, sagte ich, zum Beispiel Englisch.

Kann er das denn?

Das kann er noch am besten.

Ich habe gefragt: Kann er Englisch?

Eigentlich nicht sehr gut, sagte ich. Er hat es mal angefangen, dann aber nicht fertigstudiert.

Und warum nicht?

Es war ihm nicht logisch genug. Deshalb hat es ihn nicht mehr interessiert.

Aber unterrichten tut er's?

Er braucht manchmal Geld.

Ach, rief Herr Förster höhnisch, er braucht Geld?

Ja, sagte ich, leider.

Und das ist alles, was er macht, um zu Geld zu kommen?

Nein, sagte ich, er ist doch Schriftsteller.

Ach ja, rief Herr Förster, und es klang wieder sehr höhnisch. Nun, er ist ein Glückspilz! Wenn ich da an andere denke, zum Beispiel an mich und was an einem Arbeitstag so auf mich einstürzt! Die Unterrichtslasten, die ich trage, die zahllosen mir auferlegten Nebentätigkeiten, die nicht mal honoriert werden!

Ja, sagte ich und seufzte, es ist schwer!

Verlassen wir diesen unergiebigen Gegenstand, und sprechen wir von was anderem, sagte der Lehrer Förster. Da willst du uns also Adieu sagen?

Ich will nicht, sagte ich, ich muß.

Und weshalb so plötzlich?

Der Vater zieht weg mit mir.

Und deine Mutter? Laßt ihr die hier allein?

Die bleibt bei meiner Schwester.

Wieso das denn?

Das hat sich so ergeben, sagte ich und machte eine Pause. Sie trennen sich, mein Vater und meine Mutter, sagte ich.

Also eine Familientragödie, fragte Herr Förster streng. Eine Scheidung, oder?

Das kann schon sein.

Hat dein Vater was anderes?

Bis jetzt noch nicht.

Er sucht noch?

Vielleicht.

Also hat deine Mutter einen anderen Mann?

Ich glaube.

Kennst du ihn nicht?

Ich hab ihn mal auf der Straße gesehen, aber bloß von hinten.

Und?

Er ist ziemlich klein.

Und wo zieht dein Vater mit dir hin?

Nach Rußdorf, sagte ich, nach Rußdorf.

Um Himmels willen!

Ja, nach Rußdorf!

Herr Förster stieß etwas Luft durch die Nase. Wie ist er denn auf Rußdorf verfallen?

Durch Zufall, sagte ich. Er ist durch Zufall auf Rußdorf verfallen. Da waren zwei Zimmer frei.

Na, sagte Herr Förster, das ist wenigstens nicht aus der Welt! Rußdorf, sagte er und schüttelte sich. Kennst du's?

Ich bin mal mit dem Rad durchgefahren.

Ein Nest, in das man seinen schlimmsten Feind nicht schicken möchte, sagte Herr Förster, gräßlich! Und da will dein Vater mit dir hinziehen und sich seinen verschiedenen Tätigkeiten widmen?

Ja, sagte ich, als Schriftsteller! Nach Rußdorf!

Nun, er muß wissen, was er tut! Er ist ja alt genug. Wie alt ist er jetzt eigentlich?

Das sagt er nicht.

Wieso denn nicht, fragte Herr Förster. Kokettiert er mit seinen Lebensjahren? So alt wie ich ist er allemal, wenn nicht noch ein paar Jahre älter. Nur habe ich noch Haare auf dem Kopf und Zähne in meinem Schnabel. Dabei habe ich, im Gegensatz zu anderen Leuten, ein arbeitsreiches Leben geführt und Hunderten von jungen Flegeln Manieren beigebracht. Und sie für die menschliche Gesellschaft genießbar gemacht, jedenfalls habe ich's versucht, während andere... Herr Förster käste noch ein bißchen, bis er nicht mehr wußte, was er sagen sollte. Er putzte seine Lehrerbrille. Dann fiel ihm alles wieder ein, und er sagte: So! und griff in die Westentasche. Da werden wir uns, bedingt durch die Umstände, also nicht mehr oft sehen, sagte er.

Gar nicht mehr.

Nun, vielleicht treffen wir uns mal auf der Straße.

Ja, sagte ich, vielleicht.

Herr Förster hatte nun alles gesagt, was er hatte sagen wollen, und war eine Zeitlang still. Wenn wir uns nicht mehr sehen, sagte er, wirst du natürlich wissen wollen, wie ich deine Leistungen im letzten Halbjahr bewertet habe. Wahrscheinlich bist du deswegen überhaupt gekommen. Sag die Wahrheit, Junge!

Ja.

Und sei nicht so maulfaul! Das Grunzen überlaß dem Borstentier! Du aber bist ein Mensch oder versuchst, einer zu werden. Als solcher spricht man in Haupt- und Nebensätzen. Deshalb sagst du: Ich bin gekommen, weil ich unbedingt erfahren muß, wie Sie im letzten Halbjahr meine schulischen Leistungen bewertet haben. Also!

Ich bin gekommen, weil ich unbedingt erfahren muß, wie Sie meine Leistungen bewertet haben, sagte ich.

Na also, sagte Herr Förster, jetzt weiß ich wenigstens, was in deinem Kopf vorgeht. Du willst wissen, wie ich im laufenden Halbjahr deine Gesamtleistung bewerte. Deine Gesamtleistung, hier steckt sie, sagte Herr Förster und klopfte auf seine Westentasche. In der steckte das harte Heft, das er die ganze Zeit mit sich herumtrug. Wenn er Semmeln holen ging, ging das Heft mit ihm mit, wenn er mal ein Bier trank, auch. Manchmal stak es in seiner Lehrerweste, manchmal im Jackett. All unsere Namen standen drin, Jässings, Hirschbergs, meiner. Also, rief Herr Förster, willst du nun wissen, wie ich deine Leistungen im laufenden Halbjahr bewertet habe, oder nicht? Sehr gespannt scheinst du ja nicht zu sein!

Doch. Vielen Dank. Ich will. Ich bin auch gespannt.

Vielleicht solltest du lieber warten, wie meine Beurteilung ausgefallen ist, ehe du dich bedankst.

Ja, vielleicht sollte ich warten.

Sag also: Egal, wie's ausgefallen ist, ich will es wissen, mir geht's um die Wahrheit!

Mir geht's um die Wahrheit, sagte ich.

Na schön, wenn du es unbedingt wissen willst, sagte Herr Förster. Nun, sagte er, daß du nicht zu den Feuerköpfen deines Jahrgangs zählst, dürfte dir ja nicht verborgen geblieben sein.

Nein.

Sag: Ich gehöre leider nicht zu den Feuerköpfen meines Jahrgangs.

Ich gehöre leider nicht zu den Feuerköpfen meines Jahrgangs!

Keine Bildung, sagte er, nur Einbildung!

Ja.

Na, da wollen wir mal nachschauen, wo das Schicksal im laufenden Halbjahr am härtesten zugeschlagen hat, sagte Herr Förster. Er hatte zwei Finger in seiner Westentasche und fuhr damit über die Notizen, die er sich über jeden von uns gemacht hatte. Die Zensuren, die ich meinen Schülern verpasse, fallen nämlich nicht vom Himmel, sagte er. Jede geht auf tatsächlich erbrachte Leistungen zurück. Oder auf nichterbrachte Leistungen, sagte er. Auf, wie es leider oft der Fall ist, eine lange und gründliche Teilnahmslosigkeit, die mit Faulheit eng verwandt ist. Und jetzt sag mir, sagte der Lehrer Förster, womit ich rechnen muß, wenn ich mein Büchlein aufschlage, damit ich keine Überraschungen erlebe.

Ich zuckte die Achseln. Mir war alles egal. Fast hätte ich gegähnt. Wie Schuppen fiel es mir von den Augen: Herr Förster war ganz anders, als ich immer gedacht hatte! Ich hatte mich in ihm getäuscht. Er war widerlich.

Na, nun will ich dich nicht länger auf die Folter spannen, sagte Herr Förster. Schauen wir uns die Bescherung mal an!

Ich nickte und dachte, jetzt zieht er das Heft endlich

raus, aber er zog es immer noch nicht raus. Statt dessen nahm er sein Taschentuch und wischte sich die Finger ab. Vielleicht waren noch Krümel dran. Er wollte mir unbedingt sagen, was für ein Schüler ich gewesen war. Doch das interessierte mich nicht mehr. Ich schaute schon nicht mehr hin, jedenfalls nicht auf seinen Mund. Ich schaute auf die lila Hausschuhe, die er trug, damit er an den Füßen schön schwitzte. Er ließ sich nicht mehr bremsen. Er nahm das Heft mit unseren Namen raus und legte es auf seine Knie. Es waren Altmännerknie, vollkommen knochig. Das Heft war rot und dick. Ein Gummiband hielt es zusammen. Mit dem Heft war Herr Förster immer durch die Klasse gelaufen, hatte drin geblättert und gerufen: Und jetzt suche ich jemand, der mir sagen kann... Eine schreckliche Stille hatte geherrscht. Dann hatte Herr Förster leise einen Namen gesagt, aber gleich vier- oder fünfmal hintereinander. Natürlich hätte jeder gern gewußt, welche Noten hinter seinem Namen standen, aber Herr Förster hielt das Heft immer so, daß keiner sie lesen konnte.

Also, sagte Herr Förster. Er kaute längst nicht mehr, er war nun beim Verdauen. Er hatte die Lesebrille auf, die mit dem dicken Rand. Also, sagte er und fing zu blättern an. Er suchte meinen Namen. Jetzt brauchte er nur noch... Ich setzte mich gerader. Er sagte: Aha, da ist er ja! Ich hörte nicht mehr hin.

II

Bei der Mutter herrschte kein Durcheinander, bei ihr war alles hell und klar. Bei ihr war alles *aufgeräumt*, nirgends war ein Stäubchen. Kein Mensch wäre auf den

Gedanken gekommen, daß wir uns heute trennten. Es sah aus, als ginge alles weiter wie bisher, als würde der Vater seinen Stock und seine Baskenmütze immer weiter an die Wand hängen, sich zwischen den Mahlzeiten in der Küche immer weiter ein Leberwurstbrot streichen, in seinem Arbeitszimmer immer weiter in die Pantoffeln fahren und weiter und weiter schreiben. Im Garten würden die Vögel schreien.

Das Zimmer der Mutter hatte ein großes helles Fenster ohne Baum davor. Vorm Fenster duldete sie keine Bäume, sie stahlen ihr das Licht. Das Fenster hatte durchbrochene Gardinen, daran durften wir nicht ziehen. Die Mutter stand gerne hier und zog nicht daran. Sie zeigte in den Garten und sagte: Mein Garten! Im Frühjahr sagte sie: Mein Grün! Ach, sagte sie, wenn ich doch mehr Zeit...

Sie hatte keine, leider! Der Vater hätte Zeit gehabt, aber er liebte den Garten nicht und rührte keinen Finger. Er schaute ihn an und gähnte, er war nicht in Bewegung zu setzen. Früher, wenn was blühte und er stand mit der Mutter davor und sie fragte: Na, was sagst du nun?, hatte er gesagt: Dein Garten! Die Mutter schwärmte gern davon. Wer ihr eine Freude machen wollte, brauchte sie bloß zu fragen, was bei ihr *blühte* oder *wuchs*. Da sagte die Mutter: Schauen Sie! und nahm einen bei der Hand. Dann zog sie ihn – oder sie – ans Fenster oder an den Zaun und erklärte, was nun alles rauskam und wie das alles hieß. Man konnte schauen, wann man wollte, es blühte immer was. In ihrem Zimmer roch es nicht nach Tabak- oder Zigarettenqualm, so roch es beim Vater. Wenn er bei ihr geraucht hatte, riß sie das Fenster auf und wedelte mit ihrem Taschentuch. Dann roch es nach Lavendel.

Die Mutter saß an ihrem Nähtisch, sie nähte aber nicht. Der Tisch war aufgeräumt. Die Nähmaschine hatte *ihren Kopf gesenkt* und war unterm Tisch verschwunden. Die Mutter hatte die rote Bluse an, die sie sich für Herrn Herkenrath gekauft hatte, *schnell und rücksichtslos*. Sie war aber nicht zufrieden. Da kann man ziehen, wo man will, sie sitzt einfach nicht, sagte sie. Na, sagte sie, da seid ihr ja wieder! Und, fragte sie, was macht er?

Was wird er schon machen, sagte die Schwester, nichts!

Aber ein erwachsener Mensch mit so großen Händen und einem so großen Kopf muß doch etwas machen, wenn er in drei Stunden ausziehen will, sagte die Mutter. Er kann doch nicht bloß dasitzen und gähnen!

Er will doch gar nicht ausziehen!

Er muß!

Er ist unglücklich.

War er in der Wanne?

Er wollte.

Und warum war er nicht? War ihm das Wasser zu naß?

Er war zu traurig.

Kein Wunder, wenn er sich so wenig wäscht, sagte die Mutter. So schnippisch konnte sie sein. Dann zupfte sie wieder an ihrer Bluse. Und sonst, fragte sie, was treibt er sonst, außer daß er nicht badet?

Sonst treibt er eigentlich nichts.

Aber er kann doch nicht die ganze Zeit stumm wie ein Fisch dahocken! Dann und wann muß er doch was sagen, rief die Mutter. Ich hör ihn ja durch die Wand! Mit wem redet er denn?

Mit sich selber.

Und was sagt er, wenn er mit sich redet?

Er sagt: »Auf, du mußt packen!«

Und was antwortet er?

»Warten wir noch einen Augenblick! Denken wir noch mal nach!«

Wie weit ist er denn?

Noch nicht sehr weit.

Die Mutter lachte wieder, dann wandte sie sich an mich. Und du, fragte sie, wo treibst du dich rum?

Ich war bei Herrn Förster, sagte ich.

Warum?

Ich habe auf Wiedersehen gesagt.

Und was hat er gesagt?

Auch auf Wiedersehen.

Und sonst nichts?

Er konnte nicht, sagte ich. Er hatte einen Knorpel im Mund.

Und warum hat er ihn nicht rausgespuckt?

Das hat er, aber erst später, sagte ich, und die Schwester fragte: Und wann kommt dieser Mann?

Bald.

Also ist er unterwegs, fragte die Schwester, und die Mutter sagte: Das halte ich nicht für wahrscheinlich, aber auch nicht für unmöglich!

Und wenn er nicht kommt, fragte die Schwester, aber da lachte die Mutter bloß und sagte: Keine Angst, der ist wie alle Männer! Keine Angst, der kommt! Dann zupfte sie wieder an ihrer Bluse. Da nahm die Schwester Mutters Parfümflasche und wollte sie aufmachen und riechen, aber die Mutter rief: Um Himmels willen, du mit deinen ungeschickten Fingern! Als die Schwester die Flasche trotzdem aufmachen wollte, kriegte sie eins drauf. Da stellte sie die Flasche wieder hin und schrie: Jetzt hast du mir weh getan, das laß ich mir nicht gefallen! Immer wenn ich was Interessantes machen will, tust du mir weh! Da gehe ich eben, sagte sie, und wir gingen wieder zum Vater.

Er hatte seinen Seidenschal breit um den Hals, vom Kinn bis auf die Brust. Da sieht man nicht so, ob er sich gewaschen hat, sagte die Mutter immer. Als wir in sein Zimmer traten, lag er auf dem Rohrstuhl. Sein eines Auge war ganz rot, vielleicht hatte er drauf gelegen. Oder hatte er geweint? Das andere war aber wie immer. Hatte er etwa bloß mit dem einen geweint und mit dem anderen nicht? Wo wart ihr denn, fragte er, was laßt ihr mich hier allein sitzen?

Du sitzt doch gar nicht, sagte die Schwester, du liegst doch!

Nur einen Augenblick, sagte der Vater, ich komme gleich hoch, es hat mir nur die Kraft gefehlt. Wo wart ihr denn, fragte er, wollt ihr mir's nicht sagen?

Sie hat in ihrem Zimmer Papier gefressen, und ich war ums Haus, auf Wiedersehen sagen, sagte ich.

Wem?

Herrn Förster.

Und was hat er gesagt, fragte der Vater, und ich sagte: Er war nicht da.

Du kannst's ja noch mal versuchen, sagte der Vater, aber ich sagte: Nein, ich versuch's nicht mehr!

Und was macht eure Mutter, fragte der Vater. Er sah seine Fingerkuppe an. Er hoffte, sie wäre nachgewachsen, sie war aber noch nicht.

Was sollte sie denn machen, fragte die Schwester. Sie macht immer noch nichts.

Aber irgend etwas muß sie doch machen! Hat sie gefragt, ob ich packe?

Bis jetzt noch nicht, sagte die Schwester. Vielleicht fragt sie noch.

Der Vater studierte seine Hand, dann die einzelnen Finger. Schließlich auch die Fingernägel, sonst war nicht viel da. Sie wartet noch, ehe sie Ernst macht, sagte er, und dann...

Ja?

Dann macht sie Ernst, sagte er.

Dann stand er auf und hätte gern geraucht, aber in seinen Taschen war nichts. Voll Verlangen schaute er sich um, doch konnte er nichts finden. Nun, da muß ich eben suchen gehen, sagte er, weiß Gott, wo sie hingelaufen sind!

Und dieser Mann, kommt der nun, fragte die Schwester.

Ich fürchte ja, sagte der Vater und zog den Vorhang beiseite. Wie viel Licht nun draußen lag! Weil der Vorhang weggezogen war, sahen wir den Garten.

Ich seh den Mann aber nicht, sagte die Schwester, und der Vater sagte: Dann geh und frag deine Mutter! Sie ist für diesen Herrn zuständig.

Vielleicht kann er nicht kommen, sagte die Schwester. Vielleicht hat er ein Bein gebrochen?

Der Hals wäre mir lieber, sagte der Vater. Dann überlegte er und sagte: Ein Bein wäre aber auch nicht übel! Es soll da gewisse Brüche geben, die, wie ich mir habe sagen lassen...

Brüche, fragte die Schwester, wie meinst du das?

Brüche, sagte der Vater, die... Ach, lassen wir's, sagte er.

Als die Mutter ihn noch geliebt und noch mit ihm gesprochen hatte, hatte sie manchmal an seine Wand geklopft. Da wußte der Vater, daß sie ihm etwas sagen wollte, und war immer gleich gekommen. Wenn er gerade einen Einfall hatte oder mitten in einem schwierigen Satz steckte, hatte er zurückgeklopft. Das hieß: Ich stecke in einem schwierigen Satz. Komm du lieber zu mir! Nun hatte schon lange keiner mehr geklopft, weder hüben noch drüben. Dabei wartete der Vater immer noch. Er kreuzte die Hände auf dem Rücken und lief hin und her. Wahrscheinlich dachte er an die Zeit, wo die Mutter noch geklopft hatte oder einfach zu ihm hereingekommen war. Darauf hoffte er nun nicht mehr. Trotzdem wartete er die ganze Zeit, statt endlich was zu schreiben. Habt ihr's gemerkt, fragte er einmal. Sie klopft nicht mehr. Sie hat mich...

Was denn, fragte meine Schwester.

...abgestoßen, sagte der Vater und ließ sich in seinen Rohrstuhl sinken. Der quietschte immer, besonders wenn der Vater sich auf den vorderen Rand setzte. Da war eine Feder kaputt, die er eigentlich hatte reparieren wollen, aber wenn er erst einmal saß... Deshalb ging er, wenn es quietschte, lieber zu dem kleinen Stuhl in der entgegengesetzten Zimmerecke. Hier wurde »ans Lebenswerk gedacht«. Leider wollte nichts draus werden. Ich habe andere Sorgen, als mir Geschichten aus den Fingern zu saugen, sagte er. Ein paar Bücher lagen in seiner Reisekiste. Er zeigte drauf und sagte: Die kommen mit, falls ich gehen muß.

Mußt du nicht?

Was plagst du mich, sagte der Vater, wo ich's selbst nicht weiß.

Später waren wir im Kinderzimmer und hörten, die Mutter war nebenan. Sie war nicht allein. Wenn es still war, war es anders still, es mußte jemand bei ihr sein. Die Stimme, die wir dann hörten, war rasch und leise, sie hörte gar nicht wieder auf. Es war die einer Frau. Die Mutter hatte nicht viel Besuch. Die sie hätten besuchen können, fürchteten, sie könnten sie bei ihrem Ehekrach stören, und kamen nicht mehr. Überhaupt kamen nur Frauen. Von Männern wollte die Mutter nichts mehr wissen, zwei waren ihr genug. Abends, wenn der Vater am Schreibtisch saß und sie sich langweilte, schlüpfte sie in ihre gelbe Strickjacke und ging zum *Capitol*. Erst ging sie davor auf und ab und schaute sich die Bilder an. Dann dachte sie: Ach, was hast du schon vom Leben? Warum gehst du nicht rein? und ging *hinein*. Sie sah sich dann an, was lief, aber nur, wenn in der Hauptrolle ein Mann war, der ihr gefiel. Manchmal waren es auch mehrere Männer. Von dem Film schwärmte sie dann wochenlang. Wenn er ihr *sehr* gefallen hatte, ging sie nach der Vorstellung zu Frau Schädlich an die Kasse und fragte, ob es kein Programmheft gebe.

Wie's der Zufall will, sagte Frau Schädlich, habe ich noch eins. Das könnte ich Ihnen billig lassen.

Da kaufte es sich die Mutter, *ohne Rücksicht auf die allfälligen Kosten*, wie der Vater immer sagte. In dem Heft war dann der abgebildet, der ihr so gefallen hatte, in verschiedenen Positionen. Vielen Dank, Frau Schädlich, sagte die Mutter, legte zwei Groschen hin, rollte das Programm zusammen und trug es nach Hause. Dort legte sie es in ihren Wäscheschrank, zwischen zwei Korsetts (sie sagte: Korseletts). Hier vergaß sie es dann. Wenn der Vater beim Essen einmal sagte: Übrigens soll es einen Film geben, wo Clark Gable in Unterhosen auftritt!, sagte die Mutter: Ich weiß. Er liegt in meinem Wäscheschrank im dritten Fach von oben. Manchmal ging sie ihn holen.

An meinem letzten Tag, als wir in Mutters Zimmer traten, war sie nicht allein. Wir hatten es uns gedacht. Wir hatten das fremde Parfüm gerochen und die fremde

Stimme gehört. Es war das Mariechen, das so anders roch, eine alte, treue Bekannte. Die Mutter hatte sie aus ihrer Kinderzeit herübergerettet und *hielt sie sich für unbekannte Zwecke warm*. Das Mariechen ließ sich oft monatelang nicht blicken, so daß die Mutter schon den Kopf schüttelte und sagte: Was aus der wohl geworden ist? Ob sie sich was gebrochen hat, sie soll sehr dünne Knöchel haben! Wenn die Mutter dann schon gar nicht mehr an Fräulein Mariechen dachte und sie nicht gebrauchen konnte, tauchte sie wieder auf. Kein Wunder, daß sie heute kam! Damit die Mutter sie nicht wieder wegschicken konnte, hatte sie sich sofort hingesetzt. Sie saß in Mutters grünem Lehnstuhl am Fenster, wo man über den Garten sah und wo wir, weil der Stuhl geschont werden mußte, nie sitzen durften. Nicht mal die Mutter setzte sich auf den Stuhl, um kein schlechtes Beispiel zu geben. Als wir hereinkamen, erzählte das Mariechen gerade etwas aus ihrem Leben. Da hatte sie uns kommen hören, hatte ihre Geschichte mitten im Satz unterbrochen – auf Eis gelegt, sagte sie – und schaute uns entgegen. Wenn ich gewußt hätte, daß *sie* bei der Mutter war, wäre ich nicht reingegangen. Nun war es zu spät, nun mußten wir sie begrüßen. Ich gab dem Mariechen die Hand und sagte guten Tag. Weil meine Schwester alles nachmachte, sagte sie auch guten Tag. Das Mariechen, als sie mich sah, geriet ganz aus dem Häuschen.

Mein Gott, rief sie, ist das der Junge, der mir noch vor kurzem kaum bis ans Bauchknöpfchen ging? Das kann doch nicht möglich sein!

Die Mutter lehnte auf ihrem Stuhl. Sie war vor Stolz ganz rot geworden. Doch doch, sagte sie, das ist schon möglich!

Dort drüben, rief das Mariechen, stand er in der Ecke

und kam nicht raus, weil er sich nicht anschauen lassen wollte.

Doch doch, sagte die Mutter, das ist schon möglich!

Das Mariechen konnte es nicht fassen. Komm her, sagte sie zu mir und nahm meine Hand. Dann nahm sie sogar beide Hände. Sie hatte viele Fingerringe. Auch in den Ohren hatte sie Ringe, nur in der Nase nicht. Einer war größer als der andere. Sie konnte vor lauter Ringen ihre Hand kaum heben. Manche waren breit und manche schmal, mit und ohne Steine. Die Mutter sagte dann immer: Katzengold! An ihr ist alles falsch! Das Mariechen ließ meine Hände gar nicht wieder los und zog mich immer näher. Sie wollte, daß ich mich zu ihr in den Lehnstuhl setzte, und sagte: Komm doch, komm. Ich setzte mich aber nicht zu ihr, ich blieb lieber stehen.

Mag er mich nicht mehr, fragte das Mariechen die Mutter. Er hat mich doch mal gemocht.

Er ist schüchtern, sagte die Mutter. Das ist sein Alter.

Und warum will er sich nicht zu mir setzen, sagte das Mariechen. Er schaut mich nicht mal an.

Wieso, fragte die Mutter, schaut er dich nicht an, und das Mariechen sagte: Nein, er schaut dort in die Ecke!

Da klatschte die Mutter in die Hände und rief: Schnell, schau nicht so in die Ecken! Schau das Mariechen an!

Ich schaute das Mariechen an, aber nur kurz und von unten.

Fräulein Mariechen konnte sich an mir gar nicht sattsehen. Mal schaute sie auf meine Augen, mal auf meinen Mund. Mußt du stolz sein, so einen großen und hübschen Jungen zu haben, sagte sie zur Mutter. Sie hatte nämlich keine Kinder, ja nicht mal einen Mann. Sie hatte einen kleinen Buckel. Wie er gewachsen ist, sagte sie, wie groß und gerade! Und was er für Augen hat! In solche Augen darf man als Frau gar nicht schauen, da wird man ganz schwach. Lange hielt das Mariechen meine Hand, ich konnte mich kaum bewegen. Ich hätte mich gern freigemacht, doch sie ließ mich nicht los. Ein Spitzenkragen quoll aus ihrem Kostüm, als würde es überkochen. Es ist ihr leider ein bißchen eng, sagte die Mutter jedesmal, wenn das Mariechen in dem Kostüm bei uns gewesen war, sie wird etwas füllig. Findest du nicht, fragte sie den Vater.

Mich mußt du da nicht fragen, sagte der Vater, der gerade ein neues Buch angefangen hatte, ich sehe so was nicht! Aber wenn du meinst.

Besonders um die Hüften und am Gesäß, sagte die Mutter erbarmungslos, da hat sie Probleme! Da hat sie wieder ein paar Zentimeter rauslassen müssen, hast du's nicht gesehen? Und selbst das dürfte noch nicht das letzte Wort gewesen sein!

Wirklich, fragte der Vater, so viel?

So viel, wie nötig wäre, kann sie gar nicht mehr rauslassen, sagte die Mutter, so viel ist nicht mehr drin. Sie wird sich bald überlegen müssen, was sie mit dem Kostüm macht. So geht's nicht mehr lange.

Der Vater hatte ein Buch vor sich liegen, so wie er gern eins geschrieben hätte. Deshalb trug er's immer mit sich rum. Nachts legte er es sich unters Kissen, vielleicht würde ihm das helfen. Wenn er an eine gute Stelle kam, rief er entweder: Ja, so macht man's! oder: Ja, so mach ich's auch! Jetzt trommelte er mit seinem verkürzten Finger ein bißchen auf den Tisch. Zu Fräulein Mariechen kann ich mich nicht äußern, sagte er, zu ihr fällt mir nichts ein!

Da braucht einem gar nichts einzufallen, sagte die Mutter, da muß man nur einen Moment die Augen aufmachen und hinschauen.

Ich kann meine Augen nicht allzuweit aufmachen, sagte der Vater. Ich stecke mitten in meinem neuen Roman.

Hast du wenigstens ihren Buckel gesehen, fragte die Mutter, oder etwa auch nicht?

Ihren was?

Ihren Buckel!

Hat sie einen Buckel, fragte der Vater.

Nun, wenn du taub und blind durch die Welt gehen willst und nicht mal weißt, daß sie einen Buckel hat, brauch ich mit dir nicht zu reden, sagte die Mutter. Dann erklärte sie uns schnell noch, wie wichtig es sei, daß ein Schneiderkostüm *saß*. Sonst kann man's wegwerfen, sagte sie, und der Vater sagte etwas Unbestimmtes, wie: Das mag so sein! oder: Das ist gut möglich!, und ging in sein Arbeitszimmer, weiß Gott, was er da trieb.

An unserem letzten Tag saß das Mariechen lange in Mutters Zimmer. Sie hatte schwarze Schuhe an, das war stets elegant. Sie hielt immer noch meine Hand. Sie klimperte mit ihrem Schmuck und schüttelte den Kopf. Und den willst du deinem Mann überlassen, rief sie und zeigte auf mich. Ein Mann verdient so was doch gar nicht! Keiner! Dann ging sie mit ihrem Mund nahe an Mutters Ohr. Sie sprach auch etwas leiser. Ist die Sache nun entschieden, fragte sie.

Vieles auf der Welt gehörte entschieden, sagte die Mutter. Statt dessen läßt man's hängen.

Ich meine, daß ihr euch trennt?

Woher weißt du denn, daß wir uns trennen?

Von verschiedenen Seiten, sagte das Mariechen. In der Stadt reden sie schon davon.

Vor mir nicht, sagte die Mutter. Vor mir schweigen sie.

Sie trauen sich nicht.

Nun, sagte die Mutter, von mir weiß keiner was! Das muß dieser Herr rumerzählt haben.

Also ist was dran?

Die Mutter holte tief Luft. Sie sah ganz aufgeblasen aus, noch viel mehr als sonst. Es ist beschlossene Sache, und zu überlegen gibt's da nichts mehr, sagte sie. Wenn sich in dieser Angelegenheit einer Gedanken gemacht und Geduld bewiesen hat, dann war ich es! Jetzt ist Schluß damit! Nun kann ich wieder aufatmen.

Und wie hat er's aufgenommen, fragte das Mariechen.

Apathisch, sagte die Mutter. Er sitzt in seinem sogenannten Arbeitszimmer, zupft an seinem sogenannten Bart und ruft: Moment, Moment! Ich hab gleich einen Einfall! Das ruft er nun seit zwanzig Jahren.

Also zieht er wirklich aus, fragte das Mariechen, und die Mutter sagte: Ich hoffe.

Wann denn?

Sehr bald. Obwohl...

Ja?

...obwohl er noch nicht gepackt hat.

Und du willst, daß er...

Jawohl, das will ich!

Ach Gott, rief das Mariechen, nach so vielen Jahren! Ich kann's gar nicht glauben. Und der Kleine?

Den nimmt er mit, und die bleibt, sagte die Mutter und zeigte erst auf mich und dann auf meine Schwester. Hauptsache, er verschwindet!

Du bist streng mit ihm!

Mir ist eine dicke Haut gewachsen im Auf und Ab der Jahre.

Und wann ist es soweit?

Wie es der Zufall will, sehr bald schon, sagte die Mutter. Eigentlich noch heute.

Dein Mann zieht heute aus, rief das Mariechen.

Wenn er sich im letzten Augenblick nicht noch auf die Hinterbeine stellt und ich ihn behördlich entfernen lassen muß.

Würdest du das tun?

In dieser Sache geht's um mein Glück. Da gehe ich über Leichen!

Das Mariechen saß nun so, daß ich ihren Buckel sah. Er war klein und fein und vollkommen deutlich. Wir schauten alle hin. Die Mutter, die den Buckel schon gut kannte, schaute bald wieder auf den Boden. Die Schwester kannte ihn noch nicht und konnte ihre Augen nicht losreißen. Ich schaute natürlich auch. Als das Mariechen sah, daß wir ihren Buckel anschauten, drehte sie sich weg. Da war sie wieder ganz normal und fast ohne Buckel. Man sieht von Umziehen aber gar nichts, sagte sie. Wo ist er denn? Beim Packen?

Er sitzt in seinem Zimmer und hofft, die Koffer pakken sich von alleine. Es ist höchste Zeit, daß dieser Mann aufwacht und selbständig wird. Er ist ja kein kleines Kind mehr!

Auf jeden Fall läßt du mir den da hier, sagte das Mariechen und zog mich an sich. Sie stieß meine Arme etwas beiseite, damit ich ihr nicht an den Buckel greifen konnte. Unter ihrer Bluse hatte sie zwei eiserne Schalen. In denen war alles drin. Was soll, rief sie, ein alleinstehender Mann mit so einem Schatz anfangen? Sie würden beide verwildern. Und das hat der Junge nicht verdient. Nein, sagte das Mariechen, wenn ich du wäre, ich gäbe ihn nicht her.

Die Mutter seufzte. Du berührst da eine Wunde, sagte sie. Dann fuhr sie sich mit ihren schmalen Fingern über den Hals, als suchte sie die Wunde. Sie fand sie aber nicht. Sie wird lange nicht heilen, sagte sie. Trotzdem ist es meine Pflicht, einmal auch an mich zu denken. Weiß Gott, wie viele Jahre ich nun an der Seite eines Mannes verbracht habe, der mich gar nicht liebt. Wenn ich dran denke, wie ich ihm entgegengegangen bin in der Hoffnung, daß er *begreift*. Aber er hat nichts begriffen. Nein, jetzt ist's vorbei! Jetzt wird der Trennungsstrich gezogen, wenn auch ein Unschuldiger mit darunter leidet und...

Und wer ist das denn, rief das Mariechen plötzlich. Sie ließ mich endlich los. Ihr Blick war auf meine Schwester gefallen.

Guten Tag, sagte meine Schwester noch einmal und reichte ihr die Hand.

Wer, um Himmels willen, ist denn diese schöne junge Dame, rief das Mariechen und tat, als hätte sie meine Schwester noch nie gesehen. Sie stieß mich weg und zog sie zu sich. Meine Schwester war ganz schamlos, ganz ungeniert. Sie fing zu strahlen an. Ich schaute nach der Tür. Das Mariechen legte meiner Schwester eine Hand auf den Kopf, direkt auf ihren Scheitel. Mit der anderen tätschelte sie ihre Wange. Es war widerlich! Rückwärts und langsam, sehr, sehr langsam schlich ich erst zur Zimmertür, dann aus dem Zimmer hinaus. Keiner achtete auf mich. Die Schwester war nun dran.

12

Damals waren die Tage länger, es paßte mehr hinein. Abends zogen wir den Vorhang zu und schliefen sofort ein. Morgens lebten wir an der Stelle weiter, wo wir abends aufgehört hatten. Auch das Wetter... Falls es doch regnete, war es *schöner Regen*, warm und doch erfrischend. Der Vater fuhr dann in seinen Lodenmantel, er war immer guter Laune. Wenn er etwas sagen wollte, streckte er seinen Zeigefinger – *den* Zeigefinger – in die Luft und räusperte sich. Dann sagte er es leise, er schrie damals noch nicht. Leider sprach er nicht sehr deutlich und sagte nie, wie er etwas meinte. Er warf es einfach hin. Dann ging er zur nächsten Frage über, zur übernächsten, und so fort. Wir nickten und hörten nicht zu. Wenn wir fragten: Und was willst du damit sagen?, sagte er: Vorbei, vorbei! Wenn wir sagten: Aber hast du nicht eben..., sagte er: Das ist eine Eigenart von mir, weil ich so schnell denke.

Schneller als die Mutter, fragte meine Schwester.

Schneller!

Schneller als ich?

Schneller!

Schneller als der liebe Gott?

Schneller, schneller, rief der Vater ungeduldig und blätterte in einem Buch. Jetzt blätterte er in einem anderen Buch, das er mit nach Rußdorf nehmen wollte. Eigentlich hätte er ja packen können, er hockte aber noch rum. Wenn ich arbeite, arbeite ich, und wenn ich sitze, sitze ich, sagte er. Dann klappte er das Buch wieder zu. Wie dick sie die heute machen, besonders wenn man mit ihnen umziehen soll, sagte er.

Machen sie sie heute dicker?

Ich fürchte!

Warum?

Weil die Herren Verfasser nicht zur Sache kommen, sagte der Vater und legte das Buch auf andere Bücher. Wenn er länger nicht geblättert hatte, fehlte ihm etwas. Das Blättern erinnerte ihn an die Zeit, als er noch viel gelesen hatte, und seine Augen fingen zu glänzen an. Er hoffte immer, er könnte auf was stoßen, das ihm beim Schreiben die ganze Zeit gefehlt hatte. Das nannte er *den wahren Fund*. Das ist das Beste, was einem zustoßen kann, sagte er. Meist war der Fund eher klein, oft bloß ein einzelnes Wort, das er in einer Geschichte verwenden wollte. Wenn wir von irgend etwas sprachen oder, jeder für sich, an etwas dachten, fuhr er plötzlich auf, streckte den Arm in die Luft und rief: Still mal!, und wenn die Schwester rief: Was ist denn? sagte er noch mal: Still!

Aber warum still, riefen wir, und er sagte: Ich glaub, ich hab was!

Was denn, fragte die Schwester, und der Vater rief: Einen Fund, einen Fund! Ein Fund, sagte er, ist, wenn dir auf dem Weg der Gedanken etwas entgegenkommt, das du nicht erwartet hast und gleich in den Sack steckst.

Und in welchen Sack willst du's stecken, fragte die Schwester, und der Vater sagte: In den, in dem ich meine Einfälle habe!

Weil er ein Schriftsteller war, war der Fund bei ihm immer bloß ein Wort oder ein Satz, »der aufs Papier wollte«. Oft mußte er lange warten. Wenn er da war, stopfte ihn der Vater an irgendeiner Stelle in das hinein, das schon dastand.

Und wenn's nicht paßt, fragte die Schwester.

Ich stopf's trotzdem rein, weil's dann keiner versteht, und das ist immer gut, sagte der Vater. Es setzt die Gedanken in Bewegung, und was will einer mehr! Seine Schreibhand zitterte, aber auch die Zigarettenhand, so daß er viel Asche verstreute. Auch das noch, sagte er und streifte sie vom Tisch auf den Fußboden. Dann rückte er seinen Stuhl drauf, damit man sie nicht sah.

Wie du wieder schweinigelst, sagte die Schwester, und der Vater sagte: Asche tritt sich ein! Die ganze Welt ist Asche und Staub, die sich festgetreten haben. Die Frage heißt ganz anders.

Und wie heißt die Frage?

Die Frage heißt: Was machen wir mit Herkenrath, wenn er kommt? Bieten wir ihm was zu essen und zu trinken an oder…

Oder?

…oder schlagen wir ihm den Schädel ein?

Würdest du ihm wirklich den Schädel einschlagen, oder sagst du das wieder bloß?

Warten wir ab, was für ein Mensch er ist, sagte der Vater. Dann hielt er sich seinen halben Finger vor die Augen und sagte etwas, das wir nicht verstanden. Er hatte sich wieder an die Wand gelehnt, sie färbte so schön ab, und sprach mit der Mutter, »im Herzen«. In Wirklichkeit war die Mutter ums Haus. Sie hatte den hellen Mantel an, der machte sie jünger. Ihr spielt was, hatte sie gesagt, ich bin gleich wieder da!

Und wo gehst du hin, fragte die Schwester, doch die Mutter sah sich nicht mehr um. Die Schwester lief ihr zur Wohnungstür nach und riß sie weit auf. Gehst du zu dem, der mit He anfängt, fragte sie.

Das weiß ich noch nicht, rief die Mutter.

Und was sollen wir spielen, fragte die Schwester.

Irgendwas, was die Zeit vertreibt, rief die Mutter. Unten fiel die Tür ins Schloß.

Wir wußten, wohin sie ging, auch wenn sie es nicht sagte. Wir standen am Fenster, der Vater zwischen uns. Lange schauten wir ihr nach. Der Vater biß seine braunen Zähne zusammen und atmete noch lauter. Wenn die Mutter ihn so hörte, sagte sie: Wie er schnieft! Vor

Trauer lief ihm Speichel aus dem Mund, nicht viel, doch immerhin.

Du hast da was, sagte meine Schwester, da läuft bei dir was runter!

Wo denn jetzt wieder?

Aus dem Mund.

Ach, sagte der Vater, das ist doch nichts Wichtiges! und wischte es weg. Wenn man bedenkt, was auf der Welt sonst alles runterläuft, ist das gar nichts!

Weil die Mutter »ums Haus ging«, war die Familie kleiner. Ein Stuhl stand wieder leer. Wenn der Vater mit mir ausgezogen war, würde sie noch kleiner sein. Deshalb kam dann Herr Herkenrath, um sie aufzufüllen. Der Vater stand am Fenster und atmete mehr ein als aus. Wer weiß, was mit der Luft geschah, die in ihm steckenblieb. Er dachte an das Gespräch, das er mit der Mutter führen mußte, die Schwester dachte an ihre Puppen, sie wollte alle töten, ich dachte an mein Fahrrad. Manchmal dachte ich auch an Herrn Herkenrath, gegen meinen Willen. Wenn er kam, waren wir wieder mehr, doch nicht so viel wie früher. Der Vater warf ein Buch in den Bücherkoffer und sagte: Das geht mit! Dann schüttelte er den Kopf und sagte: So ohne ein Wort wegzulaufen! Als ob ich sie gekränkt hätte! Dabei ist es umgekehrt. Sie kränkt mich!

Ich kränke keinen, sagte die Schwester, oder?, und der Vater fragte: Was?, und die Schwester sagte noch mal: Ich kränke keinen!, und der Vater sagte: Was plapperst du da? Er trat an den Vorhang und zog ihn zurück. Da konnten wir auf die Straße sehen, ohne daß uns einer sah. Lange schauten wir hinab und dachten, vielleicht kommt die Mutter wieder und hat sich verändert! Vielleicht winkt sie wie früher zu uns hoch. Die Mutter kam aber nicht, sie würde auch nicht winken. Na ja, wir wissen ja, wo sie ist, sagte der Vater. Die ist beim Herkenrath, wo sonst, sagte er traurig. Wir hatten uns das auch gedacht, trotzdem erschraken wir. Wir schauten auf den Zimmerboden und standen lange rum.

Warum sagt ihr nichts, rief die Schwester plötzlich, warum seid ihr so? Sie wollte wieder weinen. Dem Vater war ihr Weinen peinlich, er drehte ihr den Rücken zu. Ach Gott, sagte er und wünschte, meine Schwester würde nicht so viel weinen. Dann zupfte er sich am Ohr und sagte: Wir sind doch gar nicht so! Paß auf, gleich reden wir alle wieder was!

Und worüber reden wir, fragte die Schwester, und der Vater sagte: Kein Mensch weiß, worüber er gleich redet. Er wartet auf den Augenblick, dann beißt er die Zähne zusammen und redet los.

Aber wenn er die Zähne zusammenbeißt, kann er doch nicht reden.

Doch doch, sagte der Vater, er kann! Dann gähnte er wieder. Seit er wußte, daß die Mutter ihn verließ – der Vater sagte: *verstieß* –, hätte er immer schlafen können. Wenn er morgens an seinen Arbeitstisch ging, fing das Gähnen schon an. Ach Gott, sagt er, wie gern man seine Augen schließen und schlafen möchte! Nachmittags gähnte er weiter. Abends, wenn wir ohne die Mutter um den Küchentisch saßen und »ein Spielchen machten«, schlief er oft ein. Die Schwester stieß ihn in die Seite, denn Rippen wollte sie bei ihm nicht sagen, weil da alle lachten. Du bist dran, sagte sie, paß doch auf!, und der Vater fuhr zusammen und rief: Wie? Dann riß er die Augen auf und sagte: Hatte ich nicht schon gesetzt?

Wir setzen doch überhaupt nicht, sagte meine Schwester, wir fragen doch nach Karten.

Das hatte ich doch gesagt, oder hatte ich's sagen wollen, fragte der Vater, wir spielen ja Quartett! Mal würfeln wir, mal spielen wir Quartett! Wer soll sich da noch auskennen!

Wir haben in letzter Zeit aber immer Quartett gespielt!

Das sage ich ja, sagte der Vater. Ist ja auch egal, sagte er dann und döste weiter. Beim Gähnen hielt er die Hand nicht mehr vor, er vergaß es einfach. Wenn man in seine Richtung schaute, konnte man sein Mundinneres sehen. Dort war alles schwarz. Ob man wollte oder nicht, sah man seine Stummel. Die Mutter sagte: Was für Manieren manche haben! Da hielt sich der Vater den Mund schnell zu und sagte: Verzeihung, Euer Gnaden! oder: Ach ja, Zuschauer! Sein Künstlertuch hatte er breitgezupft, da sah man »die Halsfalten des alten Mannes« – die Mutter sagte: Und den Dreck! – nicht so. Wenn sie den Schal am Morgen sah, rief sie: Der hilft ihm auch nicht! Sie fand, für einen Seidenschal war er zu alt und zu dick. Er trug noch dieselbe traurige Jacke mit dem gleichen dunklen Hemd. In der rechten Seitentasche steckte sein Notizblock, damit er, falls er trotz allem mal einen Einfall haben sollte... Er hatte keinen mehr. Die Stifte brauchte er nur noch, um daran zu kauen. Wenn die Mutter bei ihm Ordnung machte und sagte: Der taugt nichts mehr! und einen alten Stift in den Papierkorb warf, rief er: Um Himmels willen keine Stifte wegwerfen, solange mein Werk sich noch nicht so gut verkauft! Dann bückte er sich mühsam, fischte den Stift wieder raus und steckte ihn in seine Tasche. So, sagte er, hier bleibt er! Wenn die Mutter den Papierkorb nicht getroffen hatte, kroch er dem Stift unter den Schreibtisch nach, um ihn *vor der Vernichtung zu retten*. Mit dem schreib ich noch drei dicke Romane, wenn's sein muß, sagte er und lächelte uns an. Er hatte Geld gespart.

Hast du denn schon mal einen geschrieben, fragte meine Schwester.

Was du wieder fragst!

Hast du, fragte meine Schwester.

Keine Angst, sagte der Vater, das kommt!

Am letzten Tag meiner Kindheit stand ich an der Tür und sagte mir: Nur weg! Die Schwester stand neben mir und fragte: Warum gehen wir nicht? Ich wollte von Hutsche Abschied nehmen, im Kopf lief ich in seine »Bude«. Erst würden wir über Fußball reden, dann würden wir herumstehen und verbissen schweigen. Übrigens, würde ich sagen, wir ziehen weg, der Alte und ich, für immer! Ich sag dir aber nicht, wohin, das Nest hat einen so lächerlichen Namen. Jedenfalls sehen wir uns nicht wieder! Hutsche würde zusammenfahren und mit den Augen blinzeln. Er hatte schon davon gehört, es aber nicht geglaubt. Nie mehr, würde er fragen, und ich würde sagen: Nie mehr! So stellte ich mir unseren Abschied vor, so oder etwas anders. Jetzt ging ich ins Vaterzimmer, zupfte den Vater am Ärmel und fragte: Darf ich nun Aufwiedersehensagen gehen?

Aber du warst doch schon, sagte der Vater.

Ich muß noch mal!

Zu wem denn?

Zu Hutsche, sagte ich, und der Vater sagte: Zu dem? und runzelte die Stirn. Nun, wenn er dein Freund ist und du gehen mußt, mußt du eben gehen, sagte der Vater. Frag also nicht so viel! Es wird eh schon zu viel Luft in den Himmel geblasen, das ist überflüssig. Man sollte etwas tun, sagte er und senkte den Kopf und tat nichts.

Die Schwester stand schon an der Tür. Sie wollte wieder weinen, doch der Vater sagte: Jetzt nicht!, und sie weinte nicht. Die Mutter war längst zurück, ohne

Herrn Herkenrath. Sie hatte den Mantel ausgezogen und die Tasche aufgehängt. Nun saß sie in ihrem Zimmer und vergaß uns. Der Vater war in seinem Zimmer und dachte an das Gespräch mit ihr, das auf ihn zukam. Er knirschte mit den Zähnen. Er hatte schwarze Socken angezogen, aus Trauer über sein Leben. Über alles Leben, sagte er, hier geht's nicht nur um mich! Die Mutter, wenn sie das hörte, lachte. Was es da wohl zu kichern gibt, sagte er. Dann sprach er von dem neuen Leben, das wir ab morgen führen würden, er und ich. Wir würden in Rußdorf wohnen, in dem *Zweizimmerloch*, das die Mutter für uns gefunden hatte. Das größere Loch war für den Vater, das kleinere für mich. Wenn ich, sagte er, die Augen schließe, sehe ich die Löcher vor mir, in die sie uns stopfen wird. Ich habe dabei die schlimmsten Befürchtungen, ich will dir's nicht verhehlen. Uns eine ordentliche Wohnung zu besorgen, wäre das mindeste gewesen, was sie für uns hätte tun müssen, wenn sie uns schon verläßt.

Aber du verläßt sie ja, nicht sie dich, rief die Schwester, und der Vater schüttelte den Kopf und sagte: Einer den andern, einer den andern!

Wenn er für uns eine Wohnung hätte suchen müssen, hätte er bestimmt keine gefunden. Deshalb hatte die Mutter ihre Beziehungen spielen lassen.

Er saß zu Hause, trommelte mit den Fingern auf den Eßtisch und sagte: Hoffentlich findet sie nichts! Vielleicht hatte er sogar gebetet, daß sie nichts für ihn finden würde. Es hatte aber nicht geholfen. Die Wohnung, die die Mutter *ausgegraben* hatte – Ist sie denn unter der Erde, hatte die Schwester gefragt –, lag ein Stück von uns entfernt. Das war natürlich Absicht. Die Mutter hatte sie so ausgesucht, daß der Vater nicht jederzeit kommen und sie in ihrem *wilden Eheglück* stören konnte. Aber das war überflüssig. Er hatte sich geschworen, nie mehr zu ihr zu gehen, zu ihr und *diesem andern*. Auch ich hatte es mir geschworen.

Versprichst du mir, daß du ihr nicht nachläufst, fragte mich der Vater oft, und ich sagte: Ja.

Braver Junge, sagte er.

Wir kannten unsere neue Wohnung nicht, wir wollten sie gar nicht kennen. Wir wollten nicht mal davon hören, nicht mal vorm Schlafengehen. Als die Mutter sie uns beschreiben wollte, lief der Vater aus der Küche und warf die Tür hinter sich zu. Ich drückte mich noch ein bißchen bei ihr rum, dann lief ich ihm hinterher. Ich hätte die Wohnung gern gesehen, er brachte es aber nicht übers Herz, sie sich anzuschauen. Wenn ich eine Wohnung sehe, in die ich ohne eure Mutter hinein soll, dreht es mir das Herz um, sagte er. Dir nicht?

Mir auch, sagte ich, und die Schwester sagte: Wie mir! Genau wie mir!

Dann beruhigte der Vater sich wieder und sagte, was er in solchen Fällen immer sagte: Es hat ja noch Zeit! Als wir dann, jeder für sich, lange über unsere neue Wohnung gegrübelt hatten und zum erstenmal darüber sprechen wollten, fiel uns nicht viel ein. Wenn ich sie erwähnte, sagte der Vater: Still, das ist unsere Wohnung! und klopfte an die Wand. Als er lange genug geklopft und an die neue Wohnung gedacht hatte, brachte er das Gespräch selber drauf. Es war wie stets ein schöner Tag, *jedenfalls wird nicht geregnet*, sagte der Vater. Wir hatten uns *in Bewegung gesetzt* und stampften ums Haus. Als wir wieder vor der Haustür standen und ich schon dachte, daß ihm diesmal wieder nichts eingefallen war und er wieder nichts über unser Leben in der neuen Wohnung sagen würde, fing er davon an.

Wenn mich nicht alles täuscht, sagte er, kommt etwas auf uns zu!

Gut oder nicht so gut, fragte die Schwester, und der Vater sagte: Es scheint, daß eure Mutter mich nicht mehr liebt!

Ach so, sagte ich.

Es scheint, daß wir uns scheiden lassen, sagte er. Jedenfalls besteht die Gefahr und rückt näher. Es gibt da, wie stets, verschiedene Möglichkeiten, auf die man sich einstellen muß.

Was denn für welche, fragte ich, und der Vater sagte: Es ist so. Falls, was der Himmel verhindern möge, dein Vater und deine Mutter sich tatsächlich scheiden lassen, wird bei uns manches anders. Zum Beispiel müssen wir hier raus. Du aus deinem kleinen Zimmer, ich aus meinem... nun, sagte der Vater, Arbeitszimmer. (Er hatte immer Angst, das Wort zu sagen, weil die Mutter da: Du meinst Schlafzimmer! sagte und höhnisch lachte.) Sie wird, sagte er, darauf bestehen, daß wir ihrem neuen Lebensgefährten Platz machen, ich und du. Dann ist er dran, sagte er.

Und dann, fragte meine Schwester, doch der Vater schwieg wieder. Sag mal, sagte sie, und dann?

Wir gingen oft um unser Haus herum. Wir schauten noch mal alles an. Wir sahen sogar den Himmel an, der doch überall derselbe war. Manchmal kam die Schwester mit, sie hätte sonst *gequengelt*. Der Vater hatte die Baskenmütze auf und den Stock in der Hand. Manchmal wollte er lustig sein, das war besonders traurig. Jetzt habe ich, sagte er dann, den Stock auf dem Kopf und die Mütze in der Hand, oder?

Nein, rief die Schwester, so geht es nicht!

Sondern?

Umgekehrt, sagte sie, und der Vater sagte: Kluges

Kind! Die Wohnung, in die sie uns verpflanzen will, ist eigentlich gar nicht so übel, ich hab mir's überlegt, sagte er. Dann ging er etwas langsamer, blieb stehen und fing an, uns unsere neue Wohnung zu beschreiben. Angeblich war sie etwas klein, hatte aber einen *Garten zum Luftschnappen*, falls wir welche brauchten. Erst wollte er uns den Garten nicht beschreiben, er kannte ihn ja selber nicht. Nach und nach, je mehr er daran dachte, stand er schließlich vor ihm. Ja, rief der Vater, ich seh ihn genau, er breitet seine Schwingen aus.

Was denn für Schwingen, fragte die Schwester.

Das sagt man so, sagte er. Immer häufiger sprach er nun von dem Garten und malte ihn sich aus. Wieder lief er mit uns ums Haus, er wollte *seinem Elend entfliehen*. Je länger der Vater von der neuen Wohnung sprach, um so großartiger und weitläufiger wurden das Haus und der Garten. Nachdem die Schwester und ich ihn uns lange hatten vorstellen müssen und der Garten immer großartiger geworden war, blieb der Vater eines Tages plötzlich stehen und machte eine Redepause. Dann holte er tief Luft und sagte: Ein Park!

Wieso, fragte die Schwester.

Ein Park, sage ich euch, ein Park!

Ich dachte, es ist ein kleiner Garten, sagte die Schwester.

Aber nicht die Spur, rief der Vater. Wer behauptet denn, daß der Park klein ist? Klein ist ein Park nie! Danach standen wir wieder rum. Wieder ging ein Tag zu Ende, einer der alten Art, sagte er. Von denen kamen nicht mehr viele. Also herschauen, rief der Vater. Dann nahm er seinen Spazierstock und malte uns den Park aufs Trottoir. Wir konnten natürlich nichts erkennen, weil von seiner Eisenspitze keine Spuren blieben, aber trotzdem, trotzdem!

Seht ihr jetzt, was ich sagen will, fragte der Vater. Wenn ich sage: Es ist ein Park, dann ist es ein Park!

Aber du hast ihn ja auch nicht gesehen!

Widersprich nicht, wenn ich euch auf eine Tatsache hinweise, sagte der Vater. Ich brauche ihn nicht zu sehen, ich habe ihn hier, verstanden, sagte er und klopfte an seine Stirn.

Ja.

Na also, sagte der Vater. Und warum kann ich ihn mir vorstellen?

Wegen deiner, du weißt schon was!

Sie meint Phantasie, sagte ich.

Na also, sagte der Vater und war zufrieden. Er lächelte sogar. Doch dann fiel er wieder in sich zusammen. So durfte man den Vater nicht alleine lassen, man mußte ihm helfen.

Wie wird die Wohnung denn innen sein, fragte ich.

Was quasselst du, fragte er.

Wie die Wohnung innen sein wird, fragte ich, doch die Begeisterung des Vaters war erloschen. Ach, was fragst du so viel, und dazu so dummes Zeug, sagte er. Wie wird sie schon sein? So wie alle, sagte er, eine Wohnung eben!

Und wie sind Wohnungen, fragte die Schwester.

Zu eng, rief der Vater, zu eng!

Je näher unsere Trennung kam – unsere *Auflösung*, sagte der Vater – und je öfter er mit uns von der neuen Wohnung sprach, um so genauer malte er sie uns aus. Dabei schloß er die Augen. Er legte eine Hand auf seine Stirn und sagte: Also unsere Wohnung! Dann kam wieder eine Pause. Mag sein, daß sie auf den ersten Blick nach nichts aussieht, aber wir putzen sie raus, sagte er. In der neuen, uns noch unbekannten Wohnung würden wir für uns selber sorgen, der Vater und ich. An den geraden Tagen würde er kochen, an den ungeraden ich. Zusammen, sagte er, packen wir's!

Und ich, fragte meine Schwester, was mach ich?

Du wartest, bis wir dich nachkommen lassen, möglicherweise, sagte der Vater. Dann sind wir wieder alle beisammen.

Und die Mutter, fragte meine Schwester, sag mal, die Mutter?, doch da wurde der Vater schroff und kalt. Die Hand, in der er seine Zigarette hielt, fing zu zittern an. Die Mutter will nicht, sagte er, sie hat uns verraten, jetzt kriegt sie ihren Lohn!, und als die Schwester sagte: Aber die Mutter..., rief der Vater: Schluß jetzt! Über die ist genug geredet worden, von der will ich nichts mehr hören! Auf jeden Fall würden wir mit dem Essen nicht viel Umstände machen. Ich nähere mich einem Alter, wo der alte Adam nicht mehr so gefüttert werden muß, sagte er. Es gibt Wichtigeres im Leben, als am Tisch zu hocken und sich den Bauch vollzuschlagen.

Was denn, fragte meine Schwester.

Nicht so viel fragen, sondern immer die Augen und die Ohren offenhalten und sich mit Hilfe von Beobachtung und Überlegung die Antworten selber suchen, sagte der Vater, dem gerade nichts Wichtigeres einfiel. Und nun geht euch noch mal die Beine vertreten, aber nicht zu lange!

Und wo sollen wir uns die Beine vertreten, fragte die Schwester, und der Vater, mit seiner großartigsten Geste: Wohin sie euch tragen wollen an diesem Sonnentag!

13

Denn damals regnete es nie. Ich war nicht gern zu Haus. Ich stand viel an meinem Fenster und kratzte an der Scheibe. Dann kam die Mutter und fragte, was ich triebe. Wartest du auf was, fragte sie, und ich sagte: Ich weiß nicht, ob ich auf was warte.

Seltsamer Junge, sagte sie, dann ging sie wieder. Im Winter – die Flocken, der Kachelofen – war es daheim heiß und trocken, im Sommer fehlte die Luft. Deshalb ging ich in den Hohen Hain. Setzt du nicht deine Mütze auf, wenn du schon wieder wegläufst, rief mir die Mutter nach.

Nicht die Mütze, sagte ich.

Ich kannte einen geheimen Weg durch die Gärten, der ging in den Hohen Hain. Den zog ich oft entlang. Der Schwester hatte ich ihn gezeigt, damit sie mir entgegengehen konnte. Ich hatte sie vor mir hinknien und schwören lassen, den Weg keinem zu verraten. Dann nahm ich sie bei der Hand und zeigte ihr den Weg. Damit du ihn kennst, wenn du mal schnell zu mir mußt, sagte ich, und für den andern Fall.

Für welchen denn, fragte sie.

Daß ich hier verschwinde.

Und wo bin ich dann, wenn du verschwindest?

Wo wirst du schon sein, sagte ich. Hier!

Und wo ist der Weg?

Du stehst drauf, sagte ich.

Ach, sagte sie, den kenn ich doch!

Auf jeden Fall ist es unser Geheimweg!

Na schön, da ist es eben unser Geheimweg, sagte sie, und wir zogen weiter. Abends fing sie wieder an, sie war nun im Nachthemd. Sie hatte sich nicht die Zähne geputzt, sie hatte nur so getan. Die Sonne hatte schon *getaucht*, kam morgen aber wohl wieder. Dein blöder Geheimweg, sagte sie, was darf ich mit ihm nicht tun?

Du darfst ihn keinem zeigen!

Warum nicht?

Das hab ich dir erklärt.

Ich hab's aber vergessen, glaube ich.

Ach, sagte ich, mach doch, was du willst! Es hatte keinen Zweck, ihr was zu verbieten. Sie vergaß es gleich. Deshalb wäre ich auch lieber allein in die Stadt gegangen, ich durfte aber nicht. Sie mußte *mitgeschleppt* werden. Dann würden der Vater und die Mutter allein zu Hause sein, mit dem Vorhang vorgezogen und der Tür verriegelt. Früher saßen sie im selben Zimmer, jetzt schloß sich jeder in seinem Zimmer ein. Die Mutter, weil sie *träumen* wollte, der Vater wollte *dösen*. Er sagte aber nicht: Ich schließe mich jetzt ein, da kann ich besser dösen! Er sagte: Ich schließe mich jetzt ein, da kann ich besser arbeiten! oder: An meine Sorgen denken! So war's auch am letzten Tag. Weil die Schwester bald mit Herrn Herkenrath allein war, hing sie an mir wie eine Klette.

Und was ist das, fragte sie.

Eine Art Distel, die sich an einen hängt.

Ach, so meinst du das!

Wenn ich mich vor ein Schaufenster stellte, stellte sie sich auch vor das Schaufenster, wenn ich beim Essen nach einem Brötchen griff, griff sie auch nach einem Brötchen, wenn ich was las, nahm sie auch ein Buch und tat, als ob sie läse, und so weiter. Also gut, weil heute das letztemal ist, nehme ich dich mit, sagte ich. Wir suchten unsere Schuhe.

Und wohin gehen wir, fragte sie.

Ich wollte Luft sparen und sagte bloß: Stadt!

Warum?

Etwas erledigen! Unter einer Bedingung, sagte ich. Du mußt mir versprechen...

Ich versprech's!

...keine Fragen zu stellen.

Warum nicht?

Weil ich denken muß!

Und leise? Wenn ich leise Fragen stelle?

Nein, auch keine leisen!

Da denk ich eben auch, sagte sie.

Ehe ich verschwand, wollte ich noch mal alles überdenken: Wie lange ich hier gewohnt hatte, in welchem Zimmer und Stockwerk, wie der Dreck roch, der aus Schaarschmidts Fabrikesse kam, welche Freunde mich immer besucht hatten, das Gestampfe von Liebeneiners Webstühlen et cetera et cetera. Daran wollte ich noch mal denken, damit es besser haften blieb: meine Straße, mein Himmel, der Schulweg. Damit ich mich später erinnerte, wo ich groß geworden war, und meinen Kindern – der Vater: Die ruhen noch in der Erde Schoß! – erzählen konnte, wie die Gegend früher ausgesehen hatte, falls sie fragen sollten. Ich trat ans Kinderzimmerfenster und sah die Straße hoch. Frau Rammler ging grade drüber und hatte eine Wickelschürze an. Das ist das letztemal, daß du Frau Rammler in ihrer Wickelschürze über die Straße gehen siehst, dachte ich, fühlte aber nichts. Da riß ich das Fenster weit auf, streckte meinen Kopf hinaus und schaute in die andere Richtung, doch da fühlte ich auch nichts. Um in Abschiedsstimmung zu kommen, schaute ich auf das Nachbardach und sagte Lebewohl. Ich durfte es aber bloß leise sagen, denn die Schwester stand hinter mir und sah mich seltsam an.

Mit wem redest du eigentlich, fragte sie.

Ich rede nicht, sagte ich, ich denke!

Aber ich hab dich ja reden hören!

Trotzdem rede ich nicht, sagte ich und *dachte* nun Lebewohl, doch die Abschiedsstimmung kam nicht. Statt dessen fing ich an zu frösteln. War das die Abschiedsstimmung? Nein, ich wurde krank! Morgen mußte ich mich in ein Bett legen, das ich nicht kannte. Vielleicht starb ich übermorgen in dem Bett und wurde überübermorgen begraben. Obwohl die Zeit immerzu verging – was soll sie sonst auch tun, sagte der Vater immer –, war es noch früh, doch rückte die Sonne weiter. Sie fiel auf unser Gartenstück. Hier hatte ich mal gebuddelt, der Vater hatte das Gras gemäht. Zuletzt hatte er gerufen: Nein, länger tu ich's nicht! Nun würde Herr Herkenrath den Rasen mähen, der war schon ziemlich hoch. Ich schaute mir also alles an, denn von allem wollte ich soviel wie möglich in mich hineinnehmen und wegtragen, wie der Vater sagte. Das gelang mir aber nicht. Alles stand so tot herum und ließ sich nicht wegtragen. Gut, daß du wegkommst, dachte ich, und: Gehen wir! Das alles dachte ich, während meine Schwester herumstand und gar nichts dachte. Sie gähnte bloß.

Ich ging in den Flur und fuhr in meine Straßenschuhe. Ich sagte mir: Zum letztenmal! Die Schuhe waren nicht geputzt. Dafür hatte ich saubere Fingernägel und die Schwester nicht. Sie hatte sich den Mund gewaschen, ich weiß nicht, warum. Die Mutter wußte es wahrscheinlich auch nicht. Sie kam aus ihrem Zimmer. Als sie sah, daß wir weggehen wollten, war es ihr nicht recht. Daß wir in ihrem Zimmer hockten, auch nicht. Sie hatte plötzlich Mitleid mit uns, besonders mit meiner Schwester. Das arme Kind ist so durcheinander, sagte sie. Sie kaut wieder an den Nägeln! Das ist nie ein gutes Zeichen!

Ich weiß, sagte ich.

Kaust du an deinen Nägeln, fragte sie.

Nein, sagte ich, noch nicht.

Was sie wohl wieder hat, sagte die Mutter und ging in ihr Zimmer, und wir standen rum. Als ich die Schwester fragte: Warum kaust du deine Nägel denn *wirklich*?, sagte sie: Ich weiß auch nicht, warum ich sie *wirklich* kaue!, und als ich fragte: Frißt du sie?, sagte sie: Ich glaube!

Aber warum, fragte ich, warum?, und sie sagte: Es sind meine Nägel! Ich kann mit ihnen machen, was ich will!

Und wo spuckst du sie hin, wenn du sie mal nicht frißt, fragte ich, und sie sagte: Wo Platz ist!

Das stimmte aber nicht, sie fraß sie! Als ich sagte: Gib's doch zu, es wissen ja doch alle!, fing sie wieder zu heulen an. Da sagte ich: Ach, friß sie ruhig! Ich geh sowieso weg.

Und wann gehst du weg, fragte sie, und ich sagte: In drei Stunden, wann sonst?

Sie hatte ihr Sonntagskleid an. Ihr Scheitel war streng gezogen. Sie trug die Puppen unterm Arm, sie waren auch traurig. Wir standen an der Wohnungstür, und der Vater rief: Warum seid ihr noch hier? Da verschwanden wir. Ich wollte mir vorstellen, wie es sein würde, wenn ich ohne die Schwester andere Stufen hinabsteigen würde. Weil ich die aber noch nicht kannte, konnte ich es mir auch nicht vorstellen. Wir traten aus unserem Haus.

Abschiednehmen ist nicht leicht. Der Vater stand am Fenster. Er drückte die Nase an die Scheibe, die Spitze war ganz platt. Er fuhr sich mit dem Taschentuch über die Stirn, dann winkte er uns nach. Er war wieder nicht gekämmt und sah häßlich aus. Leicht, sagte er immer, ist Abschiednehmen nie, besonders wenn du Abschied nehmen sollst von der Welt als solcher! Dann wollte er noch etwas sagen, sagte es aber lieber nicht.

Immer wenn wir loszogen, legte die Mutter ihre Arme um unsere Schultern und sagte: Laßt uns zusammenbleiben! Sie meinte aber nicht im Leben, sie meinte auf der Straße. Nicht jeder so für sich, sagte sie. Und die Gesichter bitte nicht so versteinert! Es ist doch nichts passiert, jedenfalls noch nicht!

Wird denn was, fragte die Schwester, und die Mutter sagte: Das weiß man nie!

Wenn der Vater und die Schwester und ich nachmittags bei schönem Wetter neben und hinter der Mutter in die Stadt gingen, wollte sie nicht, daß die Leute dachten, bei uns würde gestritten. Sie will, daß alle denken, bei uns ist was ausgebrochen, das ich einmal *die große Harmonie* genannt habe, sagte der Vater.

Und dann, fragte die Schwester.

Ich hab's wieder gestrichen, sagte er.

Wenn wir die Mutter fragten: Und warum sollen die Leute denken, daß bei uns nicht gestritten wird?, sagte sie: Die Wahrheit über unsere Familie geht keinen was an! oder: Es macht einen schlechten Eindruck! oder: Weil die Welt an der Nase herumgeführt sein will! Der Vater lief immer hinter uns und *blieb manchmal hängen*. Er wäre lieber zu Hause geblieben, durfte aber nicht, er wurde zum Tragen gebraucht. Bis jetzt trug er nur Stock und Mütze und brummte manchmal was. Es wissen sowieso alle, wie's mit uns steht, brummte er, die Spatzen pfeifen's von den Dächern!

Und wie steht's mit uns, fragte meine Schwester, und der Vater sagte: Nicht faul, sondern oberfaul!

Und von welchen Dächern pfeifen sie's?

Von den Dächern dieser Redewendung, sagte der Vater dann, und wir zogen weiter. Die Mutter und der Vater und die Schwester und ich waren eine unglückliche Familie, das durfte aber keiner wissen. Wir mußten so reden und lächeln und ausschauen, als ob wir eine glückliche wären. Wenn wir jemanden trafen und er sprach mit uns, tat die Mutter immer, als wäre sie guter Laune, als stritten wir nie. Wenn uns der Vater dann einholte, war sie sehr freundlich zu ihm und lächelte ihn an. Da war er gezwungen, gleichfalls freundlich zu sein und zurückzulächeln und sie was zu fragen, zum Beispiel, ob ihr Fuß besser sei. Die Mutter verstand ihn oft gar nicht und fragte: Welcher Fuß?

Du weißt schon, der angeknackste, sagte der Vater dann und blinzelte ihr zu.

Ach, den meinst du, sagte die Mutter. Ja, mein Schatz, sagte sie, der ist besser! oder: Nein, mein Engel, bis jetzt ist er leider noch nicht besser, aber vielleicht morgen!

Wenn die Leute dann auf Wiedersehen gesagt hatten und weitergegangen waren und wir waren wieder unter uns, sagten der Vater und die Mutter kein Wort mehr zueinander. Sie liefen auch nicht mehr nebeneinander, jeder lief wieder für sich. Manchmal lief nun der Vater vorne, aber meist die Mutter. Sie hatte mehr Energien. Daß sie nicht mehr nebeneinander liefen, verstand meine Schwester nicht. Wieder nahm sie die Mutter und den Vater bei der Hand und sagte: Bleibt mal stehen! Ich muß euch was Wichtiges sagen!, und die Mutter sagte: Was soll der Unfug? und machte ihre Hand los, und der Vater sagte: Laß das!

Wartet doch, rief die Schwester und griff wieder nach Mutters Hand. Dann legte sie die Hand der Mutter und die Hand des Vaters ineinander und sagte: Jetzt wird aber so geblieben!

Leider ließ die Mutter die Hand des Vaters aber nicht in ihrer Hand, und wir liefen wieder getrennt.

Wir gingen zum Moritzstraßenende, zum allerletztenmal. Leider gab es nichts zu sehen, bis auf die altbekannten Gärten und Straßen und Häuser, die immer hier sind, ob einer nun wegzog oder nicht. Das sagte ich dann auch. Es gibt nichts zu sehen, sagte ich.

Weil sie widersprechen mußte, sagte meine Schwester: Doch! Dann schaute sie sich um und sagte: Häuser und Bäume und Himmel und Straße und einen fetten Fußsteig.

Das zählt nicht. Die sind immer hier!

Wir gingen in die Stadt hinein, wo wir alles kannten. Was Neues gab's hier auch nicht. Sie sind nicht daheim, sagte meine Schwester.

Sie sind daheim, sagte ich, sie schauen bloß nicht raus!

Bis auf Frau Jahn, die schaute! Sie lehnte im Fenster und sah uns. Sie hatte den Kopf weit rausgestreckt und war nicht mehr die Jüngste. Witwe war sie auch. Deshalb brauchte sie nur für sich zu kochen und hatte nichts zu tun. Sie wollte natürlich mit uns reden, hauptsächlich mit mir. Ihr Kissen hatte sie doppelt gelegt, da lag es sich bequemer. Sie hatte ein Doppelkinn, und wir traten näher, und ich sagte: Ich zieh weg!

Ich hab's schon gehört, sagte Frau Jahn. Und dein Schwesterchen, was macht die?

Ich weiß nicht, was die macht, sagte ich, ich glaube, die bleibt.

Und eure Mutter, rief Frau Jahn zu uns runter, macht der das gar nichts aus? Sie war ziemlich aufgeregt. Laßt ihr die allein?

Ich hatte keine Lust, so viel über die Mutter zu reden, am wenigsten mit Frau Jahn. Man brauchte nur ein Wort zu sagen, und schon bohrte sie weiter. Deshalb stupste ich die Schwester an und sagte: Sag du's ihr! Dann schob ich sie vor.

Ach, sagte die Schwester, die Mutter bleibt doch nicht allein. Die heiratet doch diesen Mann. Dann fragte sie mich: Wie heißt der blöde Mann gleich?, und ich sagte es ihr. Stimmt, sagte sie, Herkenrath.

Aber sie ist doch schon verheiratet, sagte Frau Jahn.

Sie läßt sich vorher scheiden, sagte die Schwester. Und wenn sie geschieden ist, heiratet sie den anderen.

Also kriegt ihr einen neuen Vater?

Ich nicht, bloß die, sagte ich und zeigte auf meine Schwester. Ich behalte den alten.

Na, wenn das keine Neuigkeiten sind, sagte Frau Jahn. Sie war ganz aus dem Häuschen. Und was macht sie mit eurem Vater? Setzt sie den vor die Tür?

Das braucht sie gar nicht, sagte ich, der geht von alleine.

Und dann heiratet der wohl auch?

Er würde schon, sagte ich, er muß sich bloß erst noch was suchen.

Und wann zieht ihr aus?

Heute abend.

Was, rief sie, so bald? Kennt ihr euren neuen Vater denn schon?

Noch nicht, sagte ich, wir lernen ihn aber bald kennen. So in drei, vier Stunden.

Na, da habt ihr heute ja noch einiges vor, rief Frau Jahn. Wohin zieht ihr denn?

Das dürfen wir nicht sagen, sagte ich.

Es fängt mit Ru an, sagte die Schwester.

Ja, sagte ich, mit R.

Wie Rußdorf, sagte die Schwester, nicht?

Du sollst's doch nicht sagen, sagte ich.

Ich sag's doch gar nicht, sagte sie, ich sag ja bloß, wie's anfängt.

Da werden sie alles mitnehmen, eure Männer, sagte Frau Jahn zu meiner Schwester. Da ist's bei euch dann leer!

Nicht ganz leer, sagte die Schwester, ein bißchen lassen sie hier! Zehn Bücher und drei Töpfe und die Schreibtischlampe und die Schuhe und die Hemden und die Socken nehmen sie mit, das andere bleibt. Bei manchem wissen sie's noch nicht.

Und euer neuer Vater, fragte Frau Jahn, wo nehmt ihr den denn her?

Den hat die Mutter aufgegabelt, sagte meine Schwester.

Und wann kommt er?

Er ist schon unterwegs, er kann bloß nicht so schnell laufen. Er hat nur ein Bein, sagte die Schwester, das andere ist ab. Dann redete sie weiter von unserem neuen Vater, das meiste war gelogen. Wenn er kommt, sagte sie, können es alle hören, weil das Bein aus Holz ist.

Nein, sagte ich, aus Elfenbein!

Es macht schrecklichen Lärm, sagte die Schwester, und ich sagte, Das rechte!, und die Schwester: Nein, das linke! Wenn er da ist, sagte sie, kriecht er zuerst in den Keller und dann auf den Boden. Dann schaut er sich ein bißchen um, damit er weiß, ob's ihm bei uns gefällt. Wenn's ihm nicht gefällt, geht er wieder. Sonst zieht er die Jacke aus und heiratet die Mutter. Vorher muß er mit dem Vater rasch noch über das Geld reden. Dann geht er ans Fenster und läßt sich alles erklären, die anderen Häuser, wem sie gehören, die Bäume, wie sie heißen. Deshalb ziehen sie nun aus. Morgen zieht der andere ein, da ist's dann wieder voll.

Na, wenn das nur gutgeht, rief Frau Jahn von ihrem Kissen, und die Schwester sagte: Sicher geht's gut. Wie sollt es sonst gehen? Der Vater hat sich alles genau überlegt. Wenn wir mal Sehnsucht haben sollten, können wir uns ja sehen. Da fahren wir eben ein Stück mit der Eisenbahn, das macht uns gar nichts.

Also kommt heut der Möbelwagen?

Ja, sagte meine Schwester, wenn's finster ist, damit's niemand sieht. Vorher müssen wir noch packen.

Und euer Vater? Was wird aus dem?

Der ist Schriftsteller, dem geht's gut, sagte die Schwester. Wenn er umgezogen ist und einen neuen Schreibtisch hat, schreibt er einen Roman, einen ganz langen!

Ich zwickte meine Schwester ins Bein, aber so, daß Frau Jahn es nicht sah. Die Schwester machte au. Ich sagte: Sie wird ungeduldig! Dann sagte ich auf Wiedersehen.

Wartet, rief Frau Jahn auf ihrem Kissen. Sie lehnte sich noch weiter raus. Hoffentlich fällt sie nicht mal auf die Straße, sagte der Vater immer, weil das einen Fettfleck gibt! Wartet, rief sie, ich muß euch noch was fragen!, aber ich ging einfach weiter. Auch die Schwester mußte gehen, weil ich sie am Ärmel zog, die Bismarckstraße hoch, zum letztenmal, deshalb war die Straße so traurig. Wir schauten zum Himmel hoch. Dann kam der Garten mit den Hunden.

Komm, sagte ich zu meiner Schwester. Ich zog sie.

Die Hunde lauerten auf uns. Sie waren aber angekettet und konnten uns nicht beißen. Sie bellten und schnappten in unsere Richtung, aber bloß in die Luft. Komm, sagte ich und machte einen kleinen Bogen. Die Schwester machte einen großen. Sie hatte mehr Angst als ich, ich hatte fast keine. Zum letztenmal gingen wir über die Brücke, vorbei am Gummiwarenladen, zum letztenmal folgte mir eine Taube. Die Schwester wollte reden, reden, ich wußte schon, wovon.

Ich hab dir doch alles erzählt, sagte ich.

Da erzähl's noch mal!

Ich blieb stehen, meine Schwester auch. Ich lehnte mich an einen Baum, weil er gerade dastand. Zum erstenmal hatte ich keinen Stock, ich wollte keinen mehr. Ich kratzte mit der Schuhspitze über den Boden und fing zu reden an. Ich erzählte der Schwester von dem neuen Vater, der nun auf sie zukam. Ich, sagte ich, bin dann nicht mehr hier!

Wieso nicht?

Nur du bist noch hier, sagte ich.

Nein, sagte sie, ich bin auch weg!

Nein, sagte ich, du bleibst bei ihm! Du wirst ewig bei ihm bleiben. Bei der Mutter und dem Herkenschwein, sagte ich. Da fing sie wieder zu heulen an, und ich sagte: Heulen hilft da auch nicht! Dann, weil ich das Heulen nicht mehr hören konnte, sagte ich: Ich bleibe ja in der Nähe, jedenfalls noch einige Zeit! Falls ich was vergessen sollte, kannst du mir's ja bringen.

Also darf ich manchmal kommen, fragte sie, und ich spannte sie ein bißchen auf die Folter und sagte: Vielleicht!, und dann, als sie schon dachte, sie dürfte mich besuchen, sagte ich: Vielleicht auch nicht! Die Schwester weinte aber nicht, sie machte eine *Weinpause*. Sie konnte von ihrem neuen Vater gar nicht genug hören.

Warum, fragte sie, wird er nicht auch deiner?

Weil ich dann verschwunden bin!

Und dann, fragte sie. Sag mal, was wird dann?

Ich hatte ihr alles schon erzählt, sie war aber nicht zufrieden. Sie wollte es immer wieder hören. Deshalb sagte ich: Also paß auf! und erzählte es ihr noch mal. Ich erzählte, wie er aussehen und laufen und reden würde und wie seine Stimme klang. Dann machte ich ihr seinen Gang und seine Stimme vor.

Sie fragte: So klingt sie?, und ich sagte: Ja, so ungefähr!

So piepsig?

Ja, so piepsig!

Und riechen, fragte sie. Sag mal, wie riecht er?

Ich hatte keine Lust mehr. Ich winkte ab. Ich sagte: So wie alle!

Wie alle was?

Wie alle Väter, sagte ich, alle falschen! Dann mußte ich ihr erzählen, was er für Finger und für Augen und für Zähne hatte, damit sie sich die auch vorstellen konnte. Zuletzt holte ich tief Luft und sprach von seinen Krallen.

Hat er denn Krallen, fragte sie.

Ja.

Und spitze Zähne?

Auch.

Die Schwester blieb wieder stehen. Sie sah mich lange an. Und woher weißt du das alles, fragte sie. Du hast ihn doch auch nicht gesehen.

Doch, sagte ich, vom Fenster!

Und warum hab ich ihn nicht gesehen?

Du hast nicht aufgepaßt. Außerdem stelle ich ihn mir bloß vor.

Er kann also auch anders sein?

Von mir aus, sagte ich, ich verschwind ja doch!, und wir gingen wieder ein Stück. Sie wollte reden, immer reden, auch wenn's nichts zu sagen gab. Also, sagte sie, dieser Mann! Sie kam wieder nicht auf den Namen, sie *wollte* nicht auf den Namen kommen. Er hieß natürlich Herkenrath.

Wie hieß der blöde Mann, fragte sie.

Ich legte ihr die Hand auf den Mund. Ich konnte den Namen nicht mehr hören. Ich sagte: Still!

Warum?

Still, sagte ich, und wir zogen weiter an unserm letzten Tag.

Und warum muß ich still sein, fragte sie. Sag mal!, und ich sagte, weil ich denken muß!

So zogen wir durch unsere Stadt. Die Frauen hatten Blusen und die Männer kurzärmelige Hemden an. Wenn einer vorbeikam, den wir kannten, sagten wir guten Tag. Wenn einer lange Ärmel hatte, hatte er sie hochgerollt. Manche trugen nicht mal Socken. Andere merkten das Wetter gar nicht, denn auf der Welt gibt's noch mehr als das Wetter, sagte der Vater immer.

Was denn, fragte meine Schwester.

Zum Beispiel die Sorgen, sagte er, die kommen noch vor dem Wetter. Erst danach kommt das Wetter wieder.

Das versteh ich nicht, sagte meine Schwester.

Ich auch nicht, sagte er.

Von allen, die er kennt, kann keiner Abschied nehmen, es sind einfach zu viele. Deshalb muß man sich überlegen, von wem man *wirklich* Abschied nehmen will. Man muß wissen, wer's verdient. Wenn man dann verschwunden ist und jahrelang nicht an ihn gedacht hat, fällt er einem vielleicht wieder ein. Dann denkt man:

Ach ja, von dem hättest du dich damals eigentlich verabschieden sollen!, doch dazu ist's dann zu spät. Vielleicht lebt er nun in Übersee, oder er ist verstorben. Nie, und wenn man hundert Jahre alt wird, wird man sich nun von ihm verabschieden können! Er ist für einen verloren! Deshalb muß man, wenn man Abschied nimmt, gut nachdenken, damit man keinen vergißt. Ich dachte also gut nach, und einer nach dem anderen, den ich kannte, fiel mir ein. Die meisten waren aus meiner Klasse. Dem, dachte ich, solltest du sagen, daß du weggehst, von dem mußt du Abschied nehmen! oder: Nein, von dem brauchst du nicht Abschied zu nehmen, den läßt du einfach stehen! Am Ende waren es gar nicht so viele, von denen ich Abschied nehmen mußte. Vielleicht hatte ich welche übersehen? Ich ging langsamer. Ich sagte zu meiner Schwester: Ich muß dich was fragen!

Ich darf nicht reden, sagte sie, und als ich fragte: Warum nicht?, sagte sie: Weil ich dich da störe!

Jetzt darfst du wieder, sagte ich. Dann fragte ich: Von wem soll ich deiner Meinung nach Abschied nehmen?

Die Schwester kratzte an ihrer Puppe. Sie hat da was, sagte sie, vielleicht Schwindsucht! Dann dachte sie nach, fand aber keinen. Woher soll ich denn wissen, von wem du Abschied nehmen sollst, fragte sie, und ich sagte: Denk nach, denk nach!

Die Schwester ließ viel Zeit vergehen, dann sagte sie einen Namen. Von dem, sagte sie, solltest du dich vielleicht verabschieden!

Von dem, fragte ich.

Ja, von dem!

Wir standen auf der Bismarckstraße. Wir sagten lange nichts. Dann fragte ich sie, warum ich gerade von dem Abschied nehmen sollte, und sie sagte: Ich weiß auch nicht!

Warum hast du's dann gesagt, fragte ich, und sie sagte: Weil er mir eben einfiel! Und von wem möchtest du Abschied nehmen, fragte sie, und ich sagte: Ich weiß auch nicht!

Wie ich, sagte sie, genau wie ich!

Ich hätte sie nicht fragen sollen, sie wußte überhaupt nichts. Sie wußte nicht mal, was Abschiednehmen hieß, sie hatte es noch nie gemacht. Auch ich hatte noch von keinem richtig Abschied genommen, jedenfalls nicht für immer. Auch von meinem Großvater und von meiner Großmutter nicht. Die waren plötzlich weggewesen, auf Nimmerwiedersehen, wie der Vater sagte. Ich hatte vom Abschiednehmen aber wenigstens gehört. Auch hatte ich mehr Phantasie und konnte es mir *vorstellen*.

Und jetzt, fragte sie, als wir auf der anderen Straßenseite waren, was machen wir jetzt?, und ich sagte wieder: Still!

Und warum schon wieder still?

Weil ich denken muß, sagte ich und tat, als ob ich dächte. In Wirklichkeit dachte ich aber nicht, zu viel kam auf mich zu. Ich mußte mich beschränken. Ich wollte nur von denen Abschied nehmen, die mir was bedeutet hatten. Wie soll man von einem Abschied nehmen, den man gerne los wird? Die Schwester gab es nicht auf. Sie suchte immer noch nach einem, von dem ich Abschied nehmen könnte. Von Hirschberg, Gottfried, fragte sie. Willst du nicht von Hirschberg, Gottfried Abschied nehmen?

Hirschberg, Gottfried gibt es nicht!

Natürlich gibt es Hirschberg, Gottfried!

Er heißt Hirschberg, Gerhard, sagte ich, und die

Schwester sagte: Aber das sage ich ja die ganze Zeit! Von Hirschberg, Gerhard.

Nein, sagte ich, von Hirschberg, Gerhard nicht!

Und von Jässing, Rainer, fragte sie.

Nein, sagte ich, von Jässing, Rainer auch nicht. Von Jässing, Rainer ganz bestimmt nicht, sagte ich, von dem zuallerletzt!, und wir zogen weiter. Ich bereute, daß ich meine Schwester gefragt hatte, sie hatte keine Ahnung. Zwar fielen ihr immer neue Namen ein, aber lauter falsche. Von dem, fragte sie, und ich sagte: Nein, von dem nicht, und sie fragte: Und von dem?

Sei lieber still, wenn du's auch nicht weißt, sagte ich. Ich muß denken, denken!

Aus einem gewissen Grund gingen wir am letzten Tag zum Park. Durch den Park floß der Faulerbach, den der Vater *unser mieses Rinnsal* nannte. Wenn es schwül war, stank er. Daß ihr also nicht auf die Idee kommt und reingeht, sagte die Mutter dann, und wir sagten: Nein! und gingen zum Faulerbach. Wir zogen die Schuhe und die Strümpfe aus und stiegen hinein. Die Schwester ging bis zu den Knöcheln rein, ich bis zu den Knien. Wir standen im Wasser rum. Gehst du nur bis zu den Knöcheln rein, fragte ich die Schwester.

Ja, sagte sie, und du?

Bis zu den Knien, sagte ich. Zu Hause sagten wir nicht, daß wir im Wasser waren. Die Mutter wunderte sich, daß wir so rochen und abends so viel niesten. Das alles war einmal. Heut war nicht mehr viel Zeit.

Also komm, sagte ich zu ihr.

Im Park standen viele hohe Bäume, durch die zogen wir. Ich hatte mein Taschenmesser in der Hosentasche, so wie der Vater seins in seiner. Mein Messer war etwas kleiner. Als die Schwester fragte: Und warum hast du's mit?, sagte ich: Ich muß was erledigen.

Und was mußt du erledigen, fragte sie, und ich sagte: Was Wichtiges!

Weil heute dein letztes Mal ist?

Vielleicht.

Dann waren wir unter den Bäumen. Es ging ein kleiner Wind. Außer uns und den Bäumen und dem Wind war niemand da. Alle hockten in ihren Gärten und Küchen oder vorm Haus, und keiner hatte eine Ahnung, daß das mein letzter Tag war. Wir zogen durch die Bäume. Der Vater nannte den Boden den *Grund*. Der Grund war hier ganz weich. Dann kamen wir zum höchsten Baum. Jedenfalls war er einer der höchsten, eine Buche. In die hatte ich im Mai meine Anfangsbuchstaben geschnitzt. Damit später jeder weiß, daß du mal in dieser Gegend gewesen bist, hatte ich mir gesagt. Zu diesem Baum ging ich nun. Die Schwester kam hinterher.

Und was machen wir jetzt, fragte sie. Sag mal, was machen wir jetzt?

Ich war wieder sehr kurz und sagte: Was erledigen!

Was denn? Sag mal! Was denn?

Wir waren ziemlich schnell gegangen. Unter der Buche ruhten wir uns aus. Ich hätte mich nicht auszuruhen brauchen, aber meine Schwester. Dann gingen wir um die Buche rum. Ich strich mit der Hand drüber. Als die Schwester das sah, faßte sie sie auch gleich an. Ich faßte sie ziemlich weit oben an, sie natürlich viel weiter unten. Ich zog mein Taschenmesser raus und trat ganz nahe ran.

Und was machst du jetzt, fragte meine Schwester, und ich sagte: Jetzt suche ich was!

Was denn, fragte sie.

Ich stand nahe an der Buche, in die ich meine Anfangsbuchstaben geschnitzt hatte, so vor dreihundert Jahren. Sie waren noch da. Die Schwester erkannte die

Buchstaben nicht, bis ich mit dem Finger drüber fuhr und fragte: Siehst du sie jetzt?

Natürlich seh ich sie, sagte sie. Ich bin doch nicht blind!

Erst fuhr ich nur über meinen Namen, dann über die Rinde drum herum. Dann kratzte ich meinen Namen mit meinem Messer weg, erst den Vornamen, dann den Familiennamen.

Und warum hast du das geschnitzt, fragte meine Schwester.

Damit jeder weiß, daß ich mal hier war.

Und wenn keiner vorbeikommt?

Dann weiß es eben keiner.

Und warum soll es jeder wissen?

Nur so.

Und warum kratzt du's nun wieder weg? Sag mal: Warum kratzt du's weg?

Früher hatte ich hier gespielt. Ich hatte jede Wurzel gekannt. Hier hatte ich mal einen Schuh verloren, den rechten, glaube ich. Beim Spielen hatte ich ihn ausgezogen, dann war er nicht mehr da.

Er wird in den Faulerbach gesprungen sein, sagte der Vater und lachte. Er legte mir den Arm um die Schulter, er wollte mich trösten.

Die Mutter schüttelte den Kopf und sagte: Wie du darüber witzeln kannst! Schuhe fallen nicht vom Himmel. Sie kosten viel Geld!

Schluß jetzt, sagte der Vater und machte mit der Hand einen Strich unter das Gespräch. Ich habe andere Probleme, sagte er.

Als ich meinen Namen weggekratzt hatte, hatte der Baum eine Wunde. Ich fuhr mit den Fingern drüber, der Baum blutete aber nicht. Ich steckte das Messer wieder weg.

Gehen wir jetzt, fragte die Schwester, und ich sagte: Gehen wir!

Der Park hatte zwei Eingänge, den »schönen« und den »miesen«. Wer beim »schönen« wohnte, wußte ich nicht, ich und meine Freunde wohnten beim »miesen«. Manchmal stieß ich auf einen, wenn ich aus dem Park zurückkam, auf Malz oder auf Koller.

Tag, sagte ich.

Tag, sagten sie.

Sie hatten kurze Hosen an und schiefgelatschte Schuhe. Was aus dir würde, wenn ich nicht so hinter allem her wäre, sagte die Mutter oft.

Ja, sagte ich, ich weiß!

Schau, sagte sie, wie du...

Ja, sagte ich, ich weiß!

Sie hatten Narben an den Knien und wußten nicht, daß ich von hier verschwand. Sie würden es morgen erfahren oder übermorgen. Sie würden es nicht glauben wollen. Dann würden sie mich eine Weile vermissen, später dann nicht mehr.

Was sagst du, fragte meine Schwester, und ich sagte: Später dann nicht mehr!

Und was heißt das, fragte sie, und ich sagte: Gehen wir, denn gleich... Ich holte etwas aus und erklärte ihr, daß ich sie nun einige Zeit alleinlassen müßte, weil ich, ehe ich wegging, noch etwas zu erledigen hätte. Natürlich wollte sie nicht, daß ich ohne sie etwas erledigte, und ich mußte sie bei der Hand nehmen und ziehen, damit sie nicht Wurzeln schlug. So zog sie die Mutter auch. Dieses eigensinnige Wesen kann wie eine Schnecke sein, sagte sie dabei. Komm, Schnecke, sagte ich und zog sie. Da weinte sie wieder. So kamen wir zu Hutsches Haus, ich hatte sie hingezogen. Ich erklärte ihr, daß sie nun warten müßte, bis ich zurück sei.

Und wann bist du zurück, fragte sie, und ich sagte: Bald!

Und wo muß ich warten, fragte sie, und ich sagte: Hier! und stellte sie vor Hutsches Haus. Du kannst mit deinen Puppen spielen, du hast ja genug, sagte ich.

Ich will aber nicht mit meinen Puppen spielen!

Du kannst spielen, womit du willst.

Ich will mit überhaupt nichts spielen.

Dann spielst du eben nicht!

Aber ich weiß doch nicht, womit ich spielen will, sagte meine Schwester und weinte wieder. Da tat sie mir plötzlich leid. Mein Gott, dachte ich, was wird aus ihr werden, wenn ich mal nicht mehr hier bin und sie keinen mehr fragen kann, womit sie spielen soll? Das sagte ich aber nicht. Ich blieb ganz ruhig und sagte, daß sie ein undankbares Geschöpf sei, weil ich sie bisher immer überall mit hingenommen hätte, daß ich sie in diesem Fall aus einem bestimmten Grund aber nicht mitnehmen könnte.

Aus welchem?

Weil ich mit Hutsche eine wichtige Besprechung habe, sagte ich. Er läßt keine Mädchen in sein Zimmer.

Warum nicht?

Er kann sie nicht riechen.

Und worüber redet ihr in der Besprechung, fragte sie.

Das erzähle ich dir, wenn ich zurück bin, sagte ich, vielleicht!, und ließ sie stehen, einfach so.

14

Manchmal, wenn ich weg wollte, kam die Mutter mit auf die Treppe und sagte: Dieser Hutsche! Ich stand dann dicht neben ihr und sagte: Ich muß gehen!

Er ist zu alt, um dein Freund zu sein, sagte sie.

Ich geh nun zu ihm, sagte ich.

Die Mutter hatte zugenommen, besonders ums Kinn herum. Sie sagte: Mein Kinnewippchen! Sie schaute mir nach. Sie dachte: Dieser fremde Junge ist für meinen zu alt! Und zu arm! Dann ging sie in die Küche ans Bügeln. Ich sprang die Stufen hinab und dachte an meinen Freund. Eine Zeitlang hatte er keinen Ranzen, so arm war er! Er trug seine Hefte unterm Arm. Manchmal hatte er ein Gummiband drum, das hielt sie zusammen, bis der Gummi riß. Manchmal regnete es drauf. Am nächsten Tag war es schön, und sie trockneten wieder. Einmal, als ich mit der Mutter in unserem Zimmer und die Mutter etwas später im Arbeitszimmer mit dem Vater über Hutsche gesprochen hatten, nahm der Vater seinen Stock und kletterte auf den Dachboden.

So, sagte die Mutter, als er lange genug gekeucht und geflucht und für Hutsche meinen alten Ranzen gefunden hatte, jetzt hat er einen!

Ein Wunder, wenn ich mir nichts breche, rief der Vater von oben.

Was könntest du dir denn brechen, fragte die Schwester, und der Vater sagte: Zum Beispiel das Genick.

Als ich Hutsche den Ranzen hinhielt, wollte er ihn nicht und sagte: Wo soll ich mit dem Quark hin? Als er das nächste Mal bei uns war, hängte ich ihm den Ranzen einfach um und sagte: So! Er wollte ihn aber immer noch nicht und warf ihn in eine Ecke. Schließlich winkte er mich zu sich, und ich mußte ihn *bitten*, den Ranzen anzunehmen. Na schön, sagte er, wenn ich dir damit einen so großen Gefallen tue! Dann zog er ab damit. Der Vater stand am Fenster und aß ein kleines Brot. Dein Freund Hutsche, wie er sich nennt und wie er möglicherweise tatsächlich heißt, ist hier der Eigenbrötler vom Dienst, was, fragte er. Sagt er nie auf Wiedersehen?

Ich weiß nicht, sagte ich, manchmal ja, manchmal nein.

Heute, weil wir ihm einen Ranzen geschenkt haben, hat er's nicht gesagt, sagte der Vater.

Ich geh jetzt zu ihm, sagte ich. Ich holte meinen Stock und schaute in den Himmel. Das Wetter war wie immer schön. Erst lief ich langsam, dann schneller. Dann war ich bei ihm. Hutsche war in seinem Zimmer und dachte oder las. Was er gerne gelesen oder besonders gräßlich gefunden hatte, legte er für mich zurecht. Dann mußte ich mich zu ihm setzen, und er las es mir vor. Toll, diese Stelle, sagte er und machte eine Miene, daß ich nicht wußte, ob er es wirklich meinte oder ob er sich über die Stelle lustig machte.

An meinem letzten Tag hatte Hutsche auf mich gewartet. Er hatte immer Zeit. Er brauchte nie was für die Schule zu tun, er wollte nichts erreichen und kam immer durch. Kein Wunder, denn er hatte keine Schwester, ja nicht mal einen Vater. Er hätte sie auch nicht gewollt, besonders keine Schwester. Wenn ich meine erwähnte, schüttelte er sich. Man hätte ihm eine nachschmeißen können. Von allen Leuten, die ich kannte, konnte ich mit Hutsche am besten reden, auch wenn er wenig sagte. Er schaute mich immer so an, daß ich wußte, er hörte zu. Dann mußte ich immer weiterreden, auch wenn ich nichts mehr zu sagen hatte. Später lehnten – oder hockten – wir da, ließen die Arme hängen und sagten lange nichts. Wir hätten noch viel sagen können, wollten aber nicht. Das war ebenso gut, als ob wir es gesagt hätten, nein, vielleicht noch besser. So vergingen die Nachmittage, meine und seine. Oft dachte er dasselbe wie ich, nur in anderer Reihenfolge. Dabei machte er die Augen zu. Wenn wir merkten, daß wir dasselbe gedacht oder gesagt hatten, schüttelten wir uns die Hände, und er sagte: Schiller! und ich: Goethe! Auch dabei machte er die Augen zu oder schaute an die Decke. Er sagte dann: Blöde, nicht? oder: So ein Stuß! Das war meist vor unserem Haus oder bei der Schule oder, wenn es regnete, in seiner Bude. War eine Mauer in der Nähe, lehnten wir uns dran. So redet sich's besser, sagte er und schwieg.

Ja, sagte ich und schwieg auch. Dabei ging viel Zeit den Bach runter, wie er sagte. Du sagst gar nichts, sagte ich, wenn er wieder lange geschwiegen hatte.

Es schweigt sich auch nicht übel, sagte er.

Wie, fragte ich, und Hutsche sagte: Hier, in diesem Zimmer! oder: Hier, vorm Haus! Falls ich doch mal was sagte, blinzelte er und sah mich an. Ach, so meinst du das, sagte er, und ich sagte: Ja, so ungefähr!

Auch wenn er nichts sagte, verstand er mich immer. Wenn ich etwas Falsches sagte, wußte er, was ich wirklich meinte. Das meinst du doch gar nicht, sagte er dann, oder?, und ich sagte: Nein, eigentlich nicht!

Wenn er mich mal wirklich nicht verstand, wußte ich, daß ich falsch gedacht oder mich nicht richtig ausgedrückt hatte. Er wiegte dann seinen Kopf und fragte: Hast du wirklich *das* sagen wollen?

Ich überlegte und sagte: Nein, eigentlich nicht!

Und was hast du sagen wollen, fragte er, und ich sagte: Es war nur ein Scherz!

Ja, sagte Hutsche und schloß die Augen wieder, das passiert mir auch! Dann fing er von was anderem an, vielleicht von dem Buch, in dem er las. Er hatte lange Finger, mit denen es sich gut blättern ließ. Er hatte auch lange Haare, die ihm seine Mutter schnitt. Da spart sie Geld, weißt du, sagte er und grinste. Sie ist dahinter her wie der Teufel. Sie hat nämlich keins, die Arme!

Gar keins?

Fast.

Und wovon lebt ihr dann, fragte ich, und er sagte: Von der Luft und der guten Laune! Seine Mutter war eine kleine verbitterte Frau, die nicht viel brauchte. Ihr Mann war Hutsches Vater. Wenn man's auch kaum glaubt, wenn man ihn so sieht, sagte er manchmal. Weil er sie verlassen hatte, war sie eingegangen. Eigenartig, sagte er.

Ich kenne auch jemanden, der eingeht, sagte ich.

Mann oder Frau, fragte er, und ich sagte: Mann.

Wird er krumm, oder sinkt er zusammen?, und ich sagte: Beides!

Aus demselben Grund, fragte Hutsche, und ich sagte: Ich glaube! und dachte natürlich an den Vater.

Hast du meine Mutter wieder mal gesehen, fragte er, und als ich sagte: Ja, sagte er: Und? Hast du's bemerkt?

Was denn?

Sie ist wieder kleiner geworden. Ein ganzes Stück, sagte er. Um ein paar Pfennige zu sparen, band sie Hutsche alle vier Wochen ein altes Tischtuch um, setzte ihn auf einen Hocker und schor ihm die Haare.

Kann sie das denn, fragte ich.

Natürlich nicht, sagte Hutsche, das siehst du doch! Sie versucht es aber immer wieder.

Wenn sie ihm die Haare geschnitten hatte, sah ich's schon von weitem. Deshalb legte er sich die Hände auf den Kopf, wenn er mir entgegenkam, und rief: Sie hat sich wieder an mir vergangen! Dann griff er nach meiner Hand und legte sie sich auf den Schädel. Dann fuhr er damit darauf herum, damit ich fühlte, wie kurz seine Haare waren. Seine Mutter schnitt ihm böse Stufen, besonders hinter den Ohren. Hutsche sah dann ziemlich seltsam aus. Er sagte: Nicht mich anschauen, sie erst nachwachsen lassen! und legte die Hände auf den Kopf. Er hatte schöne schmale Finger mit marmorierten Nägeln, die wir manchmal *studierten*. Ich verglich sie dann mit meinen. Wir hockten dicht beisammen, streckten unsere Arme aus und hielten unsere Hände nebeneinander. Lange schauten wir sie an. Schließlich sagte er: So, das muß genügen! und zog seine Hand wieder weg. Damit ich seine Hände nicht mehr sah, schob er sie in die Taschen. Erst schob er nur die Fingerspitzen rein, dann alles bis zu den Handgelenken. Weil ich nichts auf Befehl machen wollte, ließ ich meine Hände noch draußen. Dann steckte ich sie auch weg, und wir standen rum.

Und was machen wir jetzt, fragte er.

Ich weiß nicht. Du?

Ich auch nicht!

Er biß sich nie die Nägel ab, er knabberte nicht mal dran. Seine Nägel waren regelmäßig und gefielen mir. Am meisten gefiel mir die kurze enge Hose, die Hutsche immer trug, auch im Winter. Er hatte keine andere, das gab er aber nicht zu. Er tat, als ob er noch unzählige andere Hosen hätte. Wenn er oben stand und mich auf sein Haus zukommen sah, riß er das Fenster auf und rief: Kommst du zu mir?

Soll ich, rief ich, und er sagte: Wenn du willst.

Wir könnten in den Hohen Hain gehen, sagte ich.

Gut, sagte er. Und welche Hose soll ich anziehen? Die schwarze oder die helle oder die kurze? Dabei hatte er nur eine. Ich schaute hoch. Ich sah ihn lächeln. Natürlich die kurze, rief ich.

Bist du sicher, fragte er.

Ganz sicher.

Wenn er dann fragte: Ist es für die nicht zu frisch?, rief ich: Aber gar nicht! Es ist gerade richtig für die kurze! Tatsache war: Ich sah ihn in der kurzen lieber. Die Mutter schüttelte den Kopf und sagte: Eine Schande, ihn in eine Hose zu stecken, aus der er schon längst herausgewachsen ist!

Findest du, sagte ich. Ich schaute meine Nägel an und dachte an seine.

Das war, als wir viel in den Hohen Hain gingen, er in seiner uralten Hose. Sie roch nach derbem Hosenstoff und nach ihm. Manchmal zupfte er dran und sagte: Die habe ich schon hundert Jahre! Ich komme mit meinen Schenkeln kaum mehr rein! Ich stand neben ihm und hatte es gern, wenn er *meine Schenkel* sagte. Ich konnte es nicht oft genug hören. Ich tat, als hätte ich ihn nicht verstanden, und fragte: Womit kommst du nicht rein?

Mit meinen Schenkeln, sagte Hutsche, womit sonst? Da, sagte er und zeigte drauf. Er war kaum reingekommen. Deshalb zog er so viel an seiner Hose und sagte: Sie reibt so! Sie spannt! Die Hose war aus schwarzem Drillich, verwaschen und ausgefranst. Manchmal trat ich vor ihn hin und zupfte dran. Hutsche ließ mich eine Weile zupfen, dann sagte er: Es kitzelt so! Paß auf, sie wird noch platzen! und schob meine Hand weg. Manchmal wäre ich gern reingefahren, natürlich nur ganz kurz. Ich sagte: He, Hutsche! und stellte mich vor ihn hin.

Was willst du, fragte er, und ich sagte: Dich was fragen.

Dann frag, sagte Hutsche, frag!, aber ich getraute mich nicht. Wenn er dann sagte: Was willst du denn wissen, du darfst's ruhig sagen!, sagte ich: Ich hab's vergessen!

Aber eben hast du's doch noch gewußt.

Ja, aber nun hab ich's vergessen.

Wenn ich nahe an ihn herantrat, roch ich seine Haut. Manchmal hielt er mir seinen Arm hin und sagte: Meine Haut! Ich weiß nicht, ob es stimmt, sagte er, ich hab's nicht überprüft, aber angeblich atmet sie. Eigenartig, nicht? Wenn wir dicht beisammen standen, ging sein Atem schneller. Manchmal dachte ich, ich könnte seine Haut atmen hören, das bildete ich mir aber ein. Sie roch nicht sauer oder scharf, sie roch so wie meine. Wenn wir lange genug herumgestanden hatten, sagte er: Gehen wir! und blieb stehen.

Hutsche wohnte oben, unterm Dach. Er sagte: Fast schon im Himmel. Die Fenstergitter waren eng und rosteten still vor sich hin. Eine Scheibe war zerbrochen, vielleicht kam mal »was Neues« rein. Aber das würde nach meiner Zeit sein, ich würde es nicht mehr erleben. Als ich das letzte Mal zu Hutsche ging, stand ich lange vor seiner Haustür. Hier war mal eine Klingel gewesen. Jetzt mußte man nach oben steigen und klopfen. Ich stieg also nach oben und klopfte. Ich hörte erst lange nichts. Dann hörte ich Hutsches Schritte. Es waren ganz besondere Schritte, wie nur er sie hatte. Er öffnete. Er blinzelte mich an.

Ach, du bist's, sagte er und gähnte. Vielleicht tat er auch bloß so. Ich war die Treppen hochgerannt und war außer Atem. Ja, sagte ich, ich bin's!

Du keuchst so, sagte er. Konntest du's nicht erwarten? Laß, sagte er, ein Scherz! Bist du wenigstens allein, oder hat sich jemand an dich rangehängt?

Sie steht unten.

Du hast sie mitgeschleppt?

Ich mußte.

Hutsche war enttäuscht. Ich sah es seinen Augen an. Ich hörte es auch an seinem Atem. Warum mußt du sie immer mitschleppen, sogar heute, sagte er, an diesem Tag! Hättest du sie nicht irgendwo parken können? Er machte die Tür zu hinter uns. Weil es bei ihm im Gang so eng war und wir so dicht nebeneinander gingen und unsere Ellenbogen, Beine, Finger et cetera sich berührten, dachten wir auch dieselben Gedanken. Wenn du sie, sagte er, nicht mitgeschleppt hättest, hätten wir noch mal in den Hohen Hain gehen können.

Können wir sie nicht mitnehmen, fragte ich.

Soll das ein Scherz sein? Mit ihr will ich nicht.

Ich auch nicht, sagte ich.

Hutsche hauste in einem winzigen Zimmer, das er seine Bleibe, Behausung, sein Loch, Domizil, seinen Bau, Schlupfwinkel et cetera nannte. Es war im dritten Stock. Manchmal lehnten wir an der Wand und suchten für ein und dasselbe Ding verschiedene Namen.

Siehst du jetzt, daß es mehr Wörter als Dinge gibt, sagte er dann.

Unsinn, sagte ich, ein Wort ist rarer als ein Ding. Das Ding für das Wort gibt es viele Male.

Falsch, sagte er, einen Tisch zum Beispiel gibt es in vielen Sprachen, in wie vielen, weiß man nicht. Eigentlich gibt es das Wort »der Tisch« so viele Male, wie es Leute gibt, die es sagen.

Nein, sagte ich, Tische gibt es mehr!

Bei Hutsche, wenn man in sein Zimmer kam, herrschte die Dunkelheit. Er sagte: Das Geheimnis! Damit ich mir nicht »die Nase zerdepperte«, ging er voraus. Er nahm das Risiko auf sich. Sein Zimmer nannte er: Klein, aber mein! Ich kannte es nun seit drei Jahren. Trotzdem war ich immer wieder überrascht, wie eng es bei ihm war. Dann erinnerte ich mich wieder und sagte: Ach ja, bei dir war's eng!

Na und? Das weißt du doch!

Ja, aber daß es so eng ist, sagte ich.

Enge konzentriert die Gedanken ganz wunderbar, sagte Hutsche und war stolz, daß es bei ihm so eng war. Ein Wunder, daß er sich umdrehen kann, dachte ich und wollte es auch sagen. Wenn man, sagte ich, in deinem Zimmer zu deinem Stuhl noch einen dazustellen würde...

Ja, sagte Hutsche, eine Mausefalle! Wollen wir auf der Straße reden?

Nein, sagte ich, da ist *sie*! Außerdem ist's hier gemütlich.

Warum heuchelst du, fragte er. Warum sagst du nicht, bei dir ist's mies? Seine Bude roch nach ihm. Ich war gerne hier. Er hatte am Fenster in einem Buch gelesen, als ich kam. Zum Lesen, sagte er, muß ich ans Fenster rücken, sonst seh ich nicht genug.

Ach so.

Rückst du auch ans Fenster?

Ich lese nicht viel, sagte ich.

An diesem Tag gewöhnte ich mich nur langsam an die Dunkelheit seiner Bude, an ihren Geruch. Ich sah mir noch mal alles an: Hutsches Tisch, seinen Stuhl, die nachgedunkelten Wände. Dann sah ich mir Hutsche an. Er hatte sich an die Wand gelehnt, dort, wo es am dunkelsten war. Er war aufgeschossen und ein gutes Stück größer als ich. Er bekam sicher bald einen Bart. Er bekam auch eine Brille, wahrscheinlich nächste Woche. Dann war ich schon weg. Wenn ich sagte: Über alle Berge!, sagte er: Ja, bei den Sieben Zwergen!, und wenn ich sagte: In anderen Gefilden!, sagte er: Ja, in Rußdorf!

Jetzt lehnten wir an der Wand, und ich fragte ihn, ob er manchmal daran dächte.

Woran, um Himmels willen?

Ich hatte erst sagen wollen: An unsere Trennung! oder: An mein Verschwinden!, sagte dann aber: An deine Brille!

Warum sollte ich, fragte er. Sie kommt ja doch.

Und was für eine wünschst du dir, fragte ich. Eine mit einem Metallrand oder eine mit Zelluloid? Dann machte ich einen kleinen Scherz, einen bescheidenen Wortwitz. Mit einer mit einem dicken Rand, sagte ich, siehst du aus wie ein Brotfresser.

Wie was?

Wie ein Professor, sagte ich.

Und mit einem dünnen?

Mit einem dünnen auch.

Er hatte sich an die Wand gedrückt. Da hatte ich mehr Platz. Er sprach wie immer leise. Ich bin ein armes Schwein und muß mir ins Gesicht hängen, was die Alte mir verpaßt, sagte er.

Und was verpaßt sie dir für eine?

Was für eine Frage, sagte er, die billigste, was sonst? Dann schwiegen wir wieder, und jeder schaute auf den Boden. Ich wollte nach dem Buch greifen, das auf seinem Tisch lag, ich streckte die Hand schon aus. Nein, das ist Unrat, sagte er und gab mir einen Schlag auf die Hand. Verzeih, aber ich möchte nicht, daß du dir bei mir die Finger schmutzig machst. Das Zeug würde das Bild zerstören, das du dir vielleicht von mir machst.

Ach so.
Vielleicht aber auch nicht.
Vielleicht, sagte ich.
Hutsche war rot geworden. Er zog das Buch so schnell weg, daß ich den Titel nicht sah. Dann warf er es auf den Schrank. Nun hat die liebe Seele Ruh, sagte er.
Wirst du's nicht mehr lesen?
Doch, sagte er, wenn du nicht mehr da bist und ich wieder schwach werde.
Er lehnte am Schrank. In diesem Schrank waren seine Klamotten, eine alte Tabakspfeife, die er sich manchmal in den Mund steckte, ein Familienbild, das er studierte, »damit ich sehe, wie ich mal nicht werden darf«, ein paar Dreigroschenhefte. Die brauch ich, sagte er, ohne Schmutz und Schund halte ich's nicht aus.
Und du?
Ich weiß noch nicht, sagte ich.

Hutsches Eltern waren geschieden, nach langem Doppelleiden, einer am andern, wie er sagte. Seit sie getrennt leben und ich nicht mehr in ihre Streitereien hineingezogen werde, habe ich mehr Zeit für mich. Und für dich, sagte er. Vielleicht hätte er schon früher mehr Zeit für mich gehabt, da hatten wir uns aber nicht gekannt. Da hatte der Hohe Hain ohne uns dagestanden, und wir hatten ihm nicht gefehlt. Dann haben die Menschen das getrennt, was der liebe Gott in einem Augenblick der Gedankenlosigkeit zusammenleimen wollte, sagte Hutsche. Nun lebte er mit seiner Mutter in der Kanalstraße, in dem besagten Loch. Um mir zu zeigen, was er meinte, riß er einen Streifen Tapete von der Wand.
Hutsche, rief ich, was machst du?
Ich gehe der Sache auf den Grund, sagte er. Die Ta-

pete war grau und hing lose herunter. Da, sagte er und wedelte mit dem Stück.

Ich schüttelte den Kopf. Ich versuchte, es immer so einzurichten, daß seine Mutter nicht zu Hause war, wenn ich zu ihm kam. Da brauchte ich sie nicht zu begrüßen. Gleich an der Tür fragte ich: Bist du allein?

Meist sagte er: Allein!

Gut, sagte ich, da können wir reden.

Und worüber wollen wir?

Über alles, sagte ich und machte eine großartige Bewegung, die die ganze Welt einschließen sollte. Manchmal, wenn ich fragte: Bist du allein?, *zog er eine Schnute* und sagte: Leider nicht! Seine Mutter war in der Küche *beim Kratzen*. Hörst du das arme Geschöpf, fragte er.

Ich legte meine Hand ans Ohr. Ja, sagte ich, ich hör sie!

Hast du sie mal kratzen sehen?

Nein.

Da hast du was verpaßt, sagte er. Komm, ich zeig es dir! Wir gingen zur Küchentür. Du mußt dir mal anschauen, wie sie herumfuhrwerkt. Du brauchst ja nichts zu sagen. Du kannst in eine Ecke gehen und zusehen, was eine Frau in der Küche so treibt. Sie kämpft gegen das Natürlichste von der Welt, gegen Schmutz und Verfall. Hast du ihre Hände gesehen?

Nein.

Sie sind furchtbar, sagte Hutsche, leider! Wir gingen in die Küche. Ich sagte guten Tag. Seine Mutter scheuerte und schrubbte. Ich glaube, sie sagte gar nichts. Weil ich nicht mit ihm reden konnte, wollte ich nach Hause. Sag ihr schnell ein liebes Wort, sagte er. Dann gingen wir um sie herum, und ich schaute sie mir an. Als ich sie gesehen hatte, sagte ich auf Wiedersehen, und wir gingen wieder. Hutsche begleitete mich heim, bloß damit er aus dem Haus war. Dort erstick ich, sagte er.

In der hellen Sonne wurde es deutlich: Hutsche hatte nicht viel Haare! Die er hatte, waren fein und dünn. Er sagte, das käme von der geistigen Arbeit, »etwas, was du nicht kennst«. Er hatte seine »Winter- und Sommermütze auf, damit das Gehirn schön warm bleibt«. Wenn jemand, der ihn kannte, an uns vorüberging, zog er sie schnell herunter. Über alles, die Mütze, die Schule, die Eltern, sprach er wie aus einer großen Entfernung. Seinen Vater nannte er »diesen Mann« oder »den armen Schlucker, der nicht weiß, was im Leben mit ihm geschieht«, von seiner Mutter sagte er, daß sie mit ihm »in der Ehelotterie eine Niete gezogen« hätte, über die Lehrer, sie reichten »ihre eigene Verblödung weiter«, et cetera. Über meine Lage zu Hause sagte er: Ich weiß, wie das ist! Auch bei ihm hatten die Eltern zuletzt nicht mehr miteinander geredet. Hutsches Mutter sprach auch jetzt nicht viel. Sie hat die Wörter ausgesprochen, die ihr zugeteilt worden sind, sagte er einmal.

Wir lungerten vor seinem Haus herum. Wir konnten nicht rein, sie putzte.

Wie meinst du das: zugeteilt, fragte ich.

Vom Weltgeist, oder wie er sich im Augenblick nennt, sagte Hutsche und erklärte mir: Bei seiner Geburt würde jedem eine bestimmte Zahl von Wörtern zugeteilt, die er in seinem Leben sagen dürfte.

Und wenn er mehr sagt?

Die sind schon mit eingerechnet, sagte er. Wenn du die gesagt hast, kommt nichts mehr.

Wieso nicht? Es gibt doch mehr! Die kann ich doch sagen.

Du verstehst mich nicht, sagte Hutsche. Alles, was du sagen darfst, ist dann gesagt.

Aber irgendwas muß doch noch kommen!

Das große Schweigen, sagte Hutsche.

Ich hatte wieder nichts verstanden und sagte: Ach, so meinst du das! Dann schwiegen wir selber.

Jetzt, sagte Hutsche, ist sie an dem Punkt, wo kaum noch was da ist. Wo es früher bei ihr gelaufen ist, tröpfelt es bloß noch. Deshalb wird sie komisch. Sie hält mich für ihre Stütze und weiß noch nicht, daß ich bald verschwinde. Ich warte nur auf den rechten Augenblick. Dann werd ich es ihr beibringen müssen.

Und wo gehst du hin, fragte ich.

Afrika oder weiter.

Noch weiter als Afrika?

Warum nicht? Wir standen wieder rum.

Gehst du tatsächlich nach Afrika, fragte ich.

Komm mit, sagte er, wir verschwinden zusammen! Wie sagt man an dieser Stelle immer. Ach ja, sagte er, *leise weinend*. Als ich fragte, was über seine Mutter hereingebrochen ist, sagte er: Na, was wohl? Das Leben in seiner ganzen Pracht, was sonst? Dann entschuldigte er sich, daß sie »so schrie oder so stumm war«. Sie kann sich nicht anders verständigen, die Arme, sagte er. Sie meint es nicht bös, man muß drüber wegschauen. Angeblich hat sie ein gutes Herz, keine Ahnung, woher die Leute das wissen wollen. Sie hat eben viel am Hals. Diese grauenhafte Scheidung von diesem entsetzlichen Menschen...

Du meinst deinen Vater?

Wen sonst! Schließlich hat er uns auf die Straße gesetzt. Jetzt muß sie das Nötige zusammenkratzen, sagte er und redete und redete. So viel wie er erst geschwiegen hatte, so viel redete er nun. Meist waren wir dabei unterwegs. Ich lief immer dicht neben ihm, damit er mir nicht davonlief. Er hatte seine Mütze – *mein Deckel* –

auf und schob sie hin und her. Er erzählte, wie er ab und zu in sein Sonntagshemd kriechen und seinen »sogenannten Erzeuger« besuchen mußte, »um ihn daran zu erinnern, daß ich auch noch da bin«. Ich kannte seinen Vater nicht, er war immer auf Arbeit, in irgendeiner Gießerei. Er singt das Lied vom braven Mann und gießt und gießt, sagte Hutsche. Sie lassen ihn schuften, bis er eines Tages die Arme in die Luft wirft und zusammenbricht. Dann wird er tot sein, sagte Hutsche, ist das nicht eigenartig? Manchmal schwenkte er eine Tafel Schokolade und sagte: Komm, gehen wir in den Hohen Hain. Ich hab was. Er setzte die Mütze auf und schob die Schokolade in seine enge Hose. Er trug sie in den Hohen Hain. Hier krochen wir ins Unterholz, dort, wo das Bächlein floß. In dem Bächlein schwammen Fische, aber nur ganz kleine. Oft sahen wir welche am Bachrand liegen, mit aufgetriebenen Bäuchen. Der Bach hatte sie angeschwemmt. Wir beugten uns drüber und schauten sie lange an. Hutsche nahm die Mütze ab und schüttelte den Kopf.

Schade um sie, sagte er, wie um den Rest.

Um welchen?

Um alles, sagte Hutsche und schaute mit seinen kurzsichtigen Augen in die Ferne. Weiß Gott, was er dort sah. Er bückte sich nach einem Stein und wollte ihn wütend gegen einen Baum schleudern, er traf aber nicht. Schade um die ganze Einrichtung, sagte er und setzte seine Mütze wieder auf.

Ob's regnet heute, fragte ich.

Was weiß ich, sagte er.

Im Sommer – es waren nicht sehr viele – hockten wir an diesem Bach, dort, wo er am breitesten war. Manchmal standen wir auf und warfen flache Steine übers Wasser.

Manchmal hüpften sie. Dann riefen wir: Schau! oder: Sechsmal! Meist saßen wir aber bloß rum. Jetzt ist's bald soweit, sagte er.

Wie weit denn?

Dann geht's los!

Natürlich hätte ich fragen sollen: Was denn? Ich sagte aber bloß: Und dann?

Dann machen wir was, sagte Hutsche, ja, dann wird was gemacht!

Leider sagte er nie, was er dann machen wollte. Wenn ich fragte, sagte er: Pst, geheim! Später vergaß er es, und wir hatten wieder nichts *gemacht*. Manchmal dachte er wirklich an was, an eine Festung, die er bauen wollte, einen Graben. Doch auch das vergaß er, stets fiel ihm was Neues ein, während mir gar nichts einfiel. Ich konnte nicht so von einem zum anderen springen, mir fehlte die Phantasie. Man müßte sich verbünden, sagte er, und was dagegen tun.

Wer?

Alle.

Gegen was denn?

Gegen was wohl, sagte er, natürlich gegen das Ganze.

Das schon, sagte ich, aber gegen welches Ganze?

Ach, sagte er, du weißt schon! oder: Lassen wir's! Du verstehst mich nicht.

Einmal, kurz ehe der Vater mit mir wegzog – ich wußte es bloß noch nicht –, wollten wir die toten Fische begraben, aber feierlich, sagte er. Ich hatte meine Windjacke an, Hutsche war frisch geschoren. Wir hatten unsere Stöcke mitgenommen und kratzten am Ufer ein Loch. Es waren aber zu viele Fische, sie gingen in das Loch nicht rein. Außerdem sind es bloß Fische, sagte Hutsche, für die lohnt es sich nicht! Er hielt seinen

Stock in der Hand. Dann entschloß er sich, alle wieder ins Wasser zu werfen und keinen zu begraben. Er stocherte im Bach herum. Lassen wir die armen Schweine schwimmen, sagte er, dann sind sie in ihrem Element.

Am Bach, weiter unten, lag ein großer glatter Stein. Der steht mit dem Fuß im Wasser, sagte Hutsche.

Ein Stein hat doch keinen Fuß, sagte ich.

Der schon, wenn man richtig hinschaut.

Wir setzten uns auf den Stein und zogen die Füße an. Wenn es warm war, zogen wir die Schuhe aus und steckten die Füße ins Wasser. Später setzten wir uns ins Gras, das war weicher. Wir schauten nach Fischen aus. Manchmal schauten wir auch nach oben und sahen den Wolken nach. Oft gab es keine Fische. Es werden weniger, sagte Hutsche.

Ja?

Schade, sagte er.

An dem oder einem anderen Tag rollten wir unsere Ärmel hoch und streckten uns nebeneinander ins Gras, das zwischen den Steinen wuchs. Wir schauten in den Himmel. Nur ein Lüftchen ging. Ich wußte noch nicht, daß der Vater und die Mutter sich trennten, ich wollte es nicht wissen. Wenn ein Fisch kam – selten, selten! –, schauten wir ihm nach.

Da zieht er, lebend oder tot, und läßt uns hinter sich, sagte Hutsche.

Was sollte er sonst tun, fragte ich.

Uns mitnehmen, sagte Hutsche und blinzelte ihm nach. Er vertrug das Licht nicht gut, mir machte es nichts aus. Unsere Arme berührten sich manchmal. Hutsche zog seinen dann zurück, ich ließ meinen liegen. Dann schlossen wir die Augen wieder und sagten lange nichts. Manchmal sagte er: Wie still wir sind!

Was sollten wir denn sagen?

Irgendein paar Worte, sagte Hutsche, egal welche! Nicht dieses fischartige Schweigen! Wenn er mich mit seiner Hand oder seinem nackten Arm berührte, fuhr er zusammen und sagte: Verzeih! Wenn er scherzen wollte, sagte er: Vergib meine Zudringlichkeit!

Ich sagte dann: Nichts passiert!, und er sagte: Man weiß nie!

Ich hatte die Augen geschlossen und dachte an seine Hände. Ich stellte sie mir vor. Ich wußte nicht, woran er dachte, wenn wir uns berührten. So, in den wärmeren Jahreszeiten, lagen wir nebeneinander am Bach im Gras und atmeten flach und leise. Ab und zu kreiste ein Vogel über uns. Manchmal war es ein Raubvogel, ein Bussard. Schau den an, sagte Hutsche dann. Ich hatte ihn schon gesehen, ich schaute nicht mehr hoch. Ich sagte: Ich weiß. Schließlich gab er sich einen Ruck und setzte sich auf. Dann lehnte er sich auf die Seite, zog die Schokolade aus seiner Hosentasche und hielt sie in die Höhe. Schau, was ich habe, sagte er. Er fuhr damit hin und her. Von meinem Alten, sagte er, weil er sich nicht um mich kümmert und ein schlechtes Gewissen hat. Dann brach er die Schokolade – einen Dreißig-Pfennig-Riegel – in der Mitte durch und sagte: Augen zu und Schnabel auf!

Ich öffnete meinen Mund.

Noch weiter!

Ich öffnete meinen Mund, so weit ich konnte, und Hutsche schob mir ein Stück Schokolade zwischen die Lippen. Friß, Vogel, oder stirb, sagte er. Dann nahm er das andere Stück. Des Lebens Süßigkeiten, sagte er und lächelte. Oft wußte ich nicht, wie er etwas meinte und warum er es spaßig fand. Ich lächelte trotzdem mit. Dann legten wir uns wieder auf die Erde, einer dicht am anderen. Wir lutschten, er eng neben mir, bis die Schokolade alle war. Er machte wieder einen Scherz. Er sagte: Aus, dein treuer Vater.

Was weg ist, brummt nicht mehr, sagte ich.

An dem Tag stießen wir noch oft aneinander. Er sagte aber nicht mehr: Verzeih! Er sagte auch nicht, was er dachte, und ich fragte nicht danach. Ich schwitzte an seinem Arm, er schwitzte an meinem. Unsere Knie berührten sich, unsere Schenkel auch. Wir taten, als merkten wir es nicht. So, an dem und anderen Tagen, lagen wir still da. Dann, wie auf einen Ruf, war die Luft kühler, ein Wind kam auf, die Sonne war verschwunden. Hutsche richtete sich auf und sagte: So, das muß genügen!

Du willst sagen?

Kriechen wir in unsere Heimstätten!

Gut, sagte ich. Ich stand rasch auf.

Als ich zum Abschiednehmen kam, war dann alles anders. Wir konnten nicht mehr in den Hohen Hain. Hutsche sagte: Von heut an ist er geschlossen! Die Schwester lehnte in der Haustür. Ich stand mit Hutsche hinterm Fenster. Die Tür hatte er abgesperrt, sie sprang sonst immer auf. Und bei einer Tür, die offenstand, fühlte er sich nicht sicher. Er hatte sich klein gemacht und sagte: Ich warte auf meine Brille.

Da hast du also die ganze Zeit auf die Brille gewartet und gar nicht auf mich?

Nicht auf dich, sagte er, auf die Brille!

Hattest du damit gerechnet, daß ich noch mal komme?

Nein.

Du dachtest, ich würde einfach verschwinden?

Ja.

Hutsche hatte – Sonnabend, Armut, Sonne – die kurze Hose an. Seine Mutter war putzen.

Putzt sie denn auch sonnabends, fragte ich.

Sie muß alles mitnehmen, sagte er. Es ist nur noch eine Frage von Wochen, bis sie zusammenklappt.

Dabei war nun der Sommer da. Hutsche roch danach. Er war etwas aufgeregt. Ich hatte gehofft, es sei meinetwegen, es war aber wegen der Brille. Eine Brille, rief er, stell dir vor! Er hatte sein Kinn an die Fensterscheibe gedrückt und atmete sie an. Ich stand hinter ihm, tief im Zimmer. Ich hoffte, er würde von unserer Trennung reden, er redete aber von sich.

Stell dir vor, rief er, ich krieg eine Brille! Er schloß die Augen. Sie waren müde. Oft waren sie entzündet. Dann sagte er: Augenblick! und lief in die Küche, um sie abzukühlen. Dann rieb er wieder dran. Jetzt legte er eine Hand auf die Stirn und fragte: Kannst du dir das vorstellen, mich mit Brille? Ich kann's nicht! Dabei schaute er über seine Schulter, da konnte er sich im Spiegel sehen.

Morgen, nicht, fragte ich.

Nein, sagte er, übermorgen! Morgen ist Sonntag, da gibt es keine Brillen! Montag ist der Brillentag. Dann sagte er plötzlich ganz leise: Morgen bist du verschwunden, oder?

Ja, sagte ich, da bin ich weg.

Wo du sonst immer hier gewesen bist.

Nein, sagte ich, da bin ich weg.

Wieder kam eine Pause. Dann sagte er: Falls wieder mal Krieg kommt, bin ich fein raus. Da nehmen sie keine mit Brille. Dann wollte er sagen: Denn die Brille kommt!, versprach sich aber und sagte: Denn der Krieg kommt!

Wie?

Die Brille, sagte er, die Brille!

Wir lehnten an der Wand, dicht aneinander. Seine

Bude war vollgeatmet. Das Fenster ging schlecht aufzumachen, er würde noch ersticken hier. Dabei war der Himmel hell. Vorm Haus war die Schwester. Sie schaute zu uns hoch und rief meinen Namen. Wir sahen uns an. Wir achteten nicht darauf. Bald würde ich ihn nicht mehr sehen.

Dann bist du... eine Erinnerung, die blässer und blässer wird, sagte Hutsche. Eines Tages bist du dann so blaß, daß ich dich nicht mehr sehe. Ich sage mir dann: Da war doch was! Dann wirst du gewesen sein.

Vielleicht schau ich mal bei dir vorbei.

Nie schaust du bei mir vorbei!

Warum sollte ich nicht?

Weil du mich sofort vergißt, sagte Hutsche und lachte.

Er war der einzige Freund, den ich hatte, damals, und später auch. Er wußte es nur nicht. Er dachte, ich hätte noch mehr. Er hatte nur ein Paar Schuhe, und die waren braun. Im rechten war ein Loch.

Schau, sagte er und setzte den Fuß auf den Stuhl. Dann fuhr er mit dem Finger rein, und ich nickte und sagte: Ein Loch!

So würde ich es auch bezeichnen, sagte Hutsche, und wir lachten. So standen wir lange da. In dieser Stellung wirst du noch oft an ihn denken, dachte ich, als brillenlos für alle Zeiten. Er wußte nicht, wie ich an ihm hing. Er hatte viele Freunde, ich kannte sie alle. Oft kam er mit einem die Straße hoch, mit Malz oder mit Alwin. Ich sah sie stets zuerst. Wenn er mich schließlich auch sah, rief er mir was zu, das ich nie verstand. Ich nickte aber trotzdem. Dann machte ich ein kleines Zeichen, oft bloß mit dem Zeigefinger, meist rechts. Einmal kam er mit Koller aus dem Hohen Hain. Sie standen plötzlich vor mir. Hutsche trug den Buchenstecken, den er mit mir auch immer trug. Sie liefen eng aneinander, ihre Arme berührten sich. Sie stützten sich auf ihre Stecken und gingen im gleichen Schritt.

Tag, rief Hutsche. Er war erschrocken.

Tag, sagte ich, und wir gingen weiter, jeder in seine Richtung. Manchmal zogen sie die Stöcke hinter sich her und ließen sie schleifen. Man hörte sie von weitem. Ich machte kehrt, wenn ich sie hörte, und lief rasch davon. Oder es saß, ganz unerwartet, einer bei ihm zu Haus. Das war das allerschlimmste. Schon vor der Tür hatte ich was gehört. Als ich klopfte, war es plötzlich still, und ich dachte: du hast dich getäuscht. Dann war es aber *zu still*, und ich wußte, daß er zu Hause war, aber nicht allein. Dann kam die fremde Stimme wieder, die von Koller oder Malz. Ich biß die Zähne zusammen, ich stieß die Tür trotzdem auf. Ich wollte Gewißheit haben. War es Koller? War es Malz? War es Schuster, Manfred oder einer, der noch nie bei ihm gewesen war und den ich vielleicht gar nicht kannte? Der andere, den ich sofort haßte, hockte breitbeinig und wie für immer auf meinem Stuhl. Hutsche stand mit rotem Kopf dicht neben ihm. Vielleicht hatte er die Hand auf seiner Schulter. Er hatte ihm was erzählt, vielleicht auch was gezeigt, was er mir auch einmal erzählt oder gezeigt hatte, auf demselben Stuhl. Jedenfalls hielt er ein Buch in der Hand, das aufgeschlagen war. Ich trat ein, und sie verstummten, schoben das Buch von sich weg.

Tag.

Tag.

Tag.

Natürlich merkten sie meine Enttäuschung, mein Entsetzen. Hutsche war an die Wand gerückt, weit weg von dem anderen. Ich sagte zu keinem was. Ich schaute zu Boden und sagte, ich sei in der Nähe gewesen, ich hätte mal *reingeschaut*. Nun muß ich aber wieder verschwinden, sagte ich, ich hab dich ja nun gesehen.

Nein nein, sagte Hutsche. Bleib!

Ich muß leider, sagte ich, auf Wiedersehen! und lief aus dem *gräßlichen Loch*, seinem Zimmer. Ich stürzte die Treppen runter. Ich wollte keinen Augenblick bei Hutsche *und dem anderen* sein. Auf der Straße – die Luft, das Licht – atmete ich auf. Lange schaute ich nicht zurück. Dann schaute ich doch und sah, daß Hutsche und sein neuer Freund ans Fenster getreten waren. Sie standen eng aneinander, als Schatten. Sie hatten die Köpfe zusammengesteckt und sahen auf mich nieder. Manchmal lachte einer. Manchmal lachten sie auch im Chor, was besonders schrecklich war. Manchmal, wenn einer bei Hutsche war und ich weglaufen wollte, ließ er mich nicht und sagte: Nein, warte! Wenn ich schon auf der Treppe war, lief er mir hinterher. Rasch hatte er mich eingeholt, ich wollte mich einholen lassen! Er faßte mich am Arm. Er lächelte und sagte: Nicht so schnell! Nicht so! Nicht! Dann legte er den Arm um meine Schulter und sagte: Wir haben bloß geredet! Erzähl uns auch was! Wirklich ging ich manchmal mit ihm in sein Zimmer zurück, aber ich sagte nichts. Ich stand bloß herum. Es fiel mir nichts ein, was ich hätte sagen können, ich wollte auch, daß er die Kränkung sah. Der andere, mit dem Hutsche mich betrogen hatte – Schuster, Manfred oder Dreeser oder wieder dieser Malz –, stand, wenn er mein Gesicht sah, sofort von seinem Stuhl auf. Er spürte, daß er im Weg war, und wollte zur Tür, ich ließ ihn aber nicht. Dann wollte er mich auf Hutsches Stuhl drücken, aber das wollte ich auch nicht. Schließlich sah ich auf meine Armbanduhr und sagte, ich müßte nun gehen. Hutsche lehnte steif an der Wand, der andere neben ihm. Ich sah, wie ihre Schultern sich berührten. Da lief ich dann weg.

Hutsche glaubte, auch ich hätte noch andere neben ihm. Ich hatte aber keinen. Falls ich ihn mittags mal verpaßte, war ich nachmittags allein. Manchmal, wenn ich einen Namen – den von Jässing oder Bender – aussprach, schaute er mich seltsam an. Den kennst du, nicht, fragte er.

Natürlich.

Gut?

Nein, nur flüchtig.

Kommt er oft zu dir?

Nein. Nie.

Er ist noch nie bei dir gewesen?

Nein.

Hutsche lachte. Er stieß etwas Luft durch die Nase, so wie immer, wenn er was nicht glaubte. Das glaube ich nicht, sagte er. Er fragte aber nie, ob ich außer ihm noch andere hätte. Dazu war er zu stolz, zu scheu, zu faul, wollte sich nicht aufdrängen, keine peinlichen Gespräche führen, die nirgends hinführten, keine gedrückte Stimmung aufkommen lassen, und so weiter und so fort.

An unserem letzten Tag war wenig Zeit. Er war kürzer als die anderen. (Die Schwester behauptete später, er sei *länger* gewesen.) Sie lehnte am Gartenzaun und rief meinen Namen.

Sie plärrt nach mir, sagte ich.

Ja, sagte Hutsche, man kann's hören. Als ich wieder hinunterschauen wollte, zog er mich vom Fenster weg und sagte: Sie will uns stören. Dann sagte er: Bleib, ich muß dir was sagen! Er hatte die kurze Hose an, die durchgelaufenen Schuhe, keine Socken, nichts auf seinem eigenwilligen wunderbaren Schädel. Sein frischgewaschenes Hemd roch nach Kernseife. Ehe wir auseinandergingen, wollte er noch mal reden. Das ist's also gewesen, sagte er. Dann verbesserte er sich und sagte: Das wird's gewesen sein! Er wollte noch was hinzufügen, doch dann ließ er's lieber bleiben. Eigenartig, sagte er.

Was denn?

Daß du jetzt verschwindest. Ich meine: So mir nichts, dir nichts.

Ja, sagte ich, eigenartig.

Wie wird man dich denn transportieren?

Mit einem Möbelwagen.

Und wann kommt der? Nächsten Monat?

Heute abend, sagte ich. Jetzt.

Was! So bald schon?

Ja, so bald.

Und dann kriechst du rein mit deinem Koffer?

Zwei, sagte ich, zwei!

Und deinem Alten?

Mit dem auch.

Und die Kleine, die unten steht?

Die bleibt.

Richtig, ich erinnere mich, sagte Hutsche. Er war wieder geschoren worden und kratzte sich den Schädel. Keine Flöhe, sagte er, nervös! Er dachte wieder nach. Es gibt da, sagte er, eine Lebensweisheit, die man bei solchen Gelegenheiten aufsagt. In Fällen von Lebewohl und Abschiedsschmerz. Wenn der eine in diese Richtung, der andere in jene zieht. Laß mich überlegen! Etwas mit einem Geräusch, das dann gemacht oder nicht gemacht wird.

Ein Geräusch?

Ein Geräusch, das über die Landschaft zieht und schließlich... Jetzt ist's wieder da! Komisch, sagte er, wo's wohl gewesen ist, wenn's jetzt wieder da ist? Dann machte er eine Pause und sagte: Was weg ist, brummt nicht mehr!

Wie?

Was weg ist, brummt nicht.

Und das soll heißen?

Hutsche zuckte die Achseln. So heißt's nun mal, sagte er. Dann drehte er seinen Stuhl herum, mit der Lehne an die Wand. Sie war dort ganz abgeschabt. So oft hatte ich dort gelehnt, wenn ich bei ihm gewesen war, ich oder ein anderer.

Weißt du noch, sagte ich, als...

Hutsche winkte ab. Er wollte nicht mehr von uns reden. Er ließ mich etwas warten. Schließlich richtete er sich auf und sagte: Nun wird alles anders.

Ach so!

Nun, vielleicht nicht alles, aber doch einiges, sagte Hutsche. Ich hab was vor, aber keinem sagen!

Was denn?

Versprichst du's?

Versprochen!

Also gut, sagte Hutsche. Dann fing er zu reden an. Ich dachte, er würde von mir reden oder wenigstens von uns. Er redete aber von was ganz anderem. Er sagte, er wollte nun was bauen. Ja, sagte er, das steht fest.

Bauen?

Ja, bauen.

Was denn?

Ach, sagte Hutsche, etwas eben. Dann zeigte er in die dunkelste Ecke seiner Bude und sagte: Dort liegt es! Im Augenblick wüßte er bloß noch nicht, was.

Du weißt nicht, was dort liegt?

Was mal dort liegen wird, sagte er. Deshalb habe ich auch *etwas* gesagt. Aber das ist nicht wichtig. Er habe in letzter Zeit was gesammelt, »beim Tischler in der Albertstraße aufgelesen«. Das brauche er dazu.

Und was hast du gesammelt?

Ach, sagte er, was werd ich schon gesammelt haben? Was man eben so braucht. Holzstücke zum Beispiel.

Und zu was brauchst du die Holzstücke?

Moment, sagte Hutsche, ich sag dir's ja! Seit Wochen lägen diese Holzstückchen und diese Brettchen und das andere nun bei ihm, in der Ecke hinter seinem Bett. Ich weiß nicht, sagte er, ob sie dir aufgefallen sind, wahrscheinlich nicht. Er zeigte in die dunkle Ecke hinter uns. Es dauerte einige Zeit, ehe ich sah, daß dort etwas lag. Warte, sagte er, ich zeig sie dir. Du willst sie doch sehen, oder?

Ja.

Wirklich?

Ja, sehr gern.

Er faßte mich am Ärmel und zog mich in die Ecke. Als er in die Knie ging, konnte er die Bretter erreichen. Nachts, sagte er, wenn die Katzenviecher dunkel sind, stelle ich mir was vor.

Du meinst, du...

Ich stell mir was vor, sagte er. Er sah dann was, aber nichts richtig, so wie in einem Dunst. Das sei so mit der Phantasie. Er sah dann, was er bauen wollte, leider nicht sehr deutlich. Dann bückte er sich und holte die Bretter und die Holzstücke hervor. Da, sagte er und hielt sie mir hin. Er zuckte die Achseln. Er war etwas ratlos. Er hielt zwei Brettchen aneinander, mal so, mal so. Er klapperte damit. Wenn man, sagte er und dachte nach. Nein, sagte er, geht nicht. Wenn ich, sagte er, richtiges Werkzeug hätte und eine Werkstatt, eine kleine...

Ja?

Er machte eine Faust und sagte: Dann würde ich's ihnen zeigen!

Wem?

Allen.

Und was?

Ja, was, sagte Hutsche. Er legte die Holzstückchen aneinander, in verschiedener Reihenfolge, und starrte mit seinen kurzsichtigen Augen an die Decke. Auch die hätte gestrichen gehört. Es dachte bei ihm bloß keiner dran, oder sie hatten keine Farbe. Zuletzt schichtete er seine Brettchen wieder in die Ecke, eins auf das andere, wie vorher. Er wischte mit der Hand durch die Luft, als wollte er was verscheuchen. Das hieß: Reden wir von was anderem!

Ich trat von seinen Brettern weg. Wovon, fragte ich.

Da machst du dich also auf die Socken?

Leider.

Und so bald kommst du nicht wieder?

Nein.

Und wann ziehst du? Aber genau!

Ich hatte es ihm schon dreimal gesagt. Heute abend, sagte ich.

So bald schon?

Ja, heut abend.

Na ja, sagte Hutsche und schnalzte mit der Zunge, ich weiß nicht, warum. Die Klötze, aus denen er was bauen wollte, lagen wieder auf dem Boden. Vielleicht machte er wirklich mal was draus, wenn ich längst nicht mehr da war. Einen hielt er noch in der Hand, einen festen, kurzen, mit dem man sich gut kratzen konnte. Hutsche kratzte sich erst unterm Arm, danach am Hinterkopf. Dann klopfte er sich damit aufs Knie. Hast du gepackt, fragte er.

Nein.

Da mußt du packen?

Ja.

Geht alles in einen Koffer?

In zwei.

Und die trägst du?

Ja, rechts und links.

Und wie heißt das Nest, in das sie dich verschleppen?

Rußdorf.

Klingt gräßlich!

Wird es auch sein.

Und dein Schwesterchen?

Hat Glück, sagte ich, bleibt hier!

Rußdorf, sagte Hutsche. Also Fabriken?

Ja.

In die sie dich in ein paar Jahren treiben und wo du dann verlorengehst?

So nach und nach.

Hutsche seufzte. Dann kam die Pause wieder. Sie kam durch das Fenster und die Tür und kroch die Wände hoch. Ich kannte sie nun schon. Und wie sind deine Aussichten allgemein, fragte er.

Keine.

Und deine Pläne?

Auch nicht.

Und was hast du dem Ganzen gegenüber für Gefühle, wenn man fragen darf? Hast du dem Ganzen gegenüber überhaupt Gefühle, oder läßt du alles an dir runterlaufen? Das wäre natürlich das beste.

Und du?

Von mir ist hier nicht die Rede.

Ach, sagte ich, Gefühle hab ich schon, ich denke nur

nicht drüber nach. Ich denke so wenig drüber nach, daß ich vielleicht gar keine habe. Wenn ich zum Beispiel an meinen Vater denke...

Ja?

Ich meine, wenn ich mich in ihn hineinversetze...

Ja?

Ein armer Hund, sagte ich.

Warum?

Schau ihn dir doch an. Schau doch seine Pantoffeln an. Er hat mal Schriftsteller werden wollen. Und nun dieser neue Vater, der langsam auf mich zukommt, als ob einer uns nicht genügte! Wahrscheinlich kriecht er gerade...

Ja?

...in seinen Rock.

Was hat er für einen?

Ich weiß nicht, sagte ich, ich hab ihn noch nicht gesehen. Wir werden mit ihm Kaffee trinken, der Vater, die Mutter und ich. Dann geht's auf die Reise! Vorher muß noch jemand Kuchen kaufen.

Was für welchen?

Mit Streuseln, glaube ich.

So schönen großen, mit Butter und Zucker?

Ja, so schönen großen!

Na ja, sagte Hutsche, vielleicht hast du Glück, und er erstickt an einem. Es geschehen noch Zeichen und Wunder.

Ich bin weg, wenn er sich bei uns breitmacht. Ich erleb's nicht mehr.

Du bist dann...

In Rußdorf, sagte ich, in Rußdorf!

Hutsche hatte den Holzklotz noch in der Hand. Er wollte dran lecken. Dann schnupperte er aber bloß dran. Schließlich gab er sich einen Ruck und warf ihn auf den Boden. Da werden wir uns nicht mehr viel sehen, sagte er.

Eigentlich gar nicht mehr.

Nur noch so wenig!

Gar nicht mehr.

Wir standen auf seinem Flickenteppich. Er hatte mal Fransen gehabt. Dann hatte Hutsche die Schere genommen und sie abgeschnitten. Er war für Fransen zu spartanisch. Ich hatte damals zugeschaut und es nicht vergessen.

Seltsam, sagte er, wenn man bedenkt...

Ja?

Wenn man sich sagt, wie lange... wie kurz...

Was denn?

Nichts, sagte Hutsche, gar nichts!

Ja, sagte ich, das stimmt!

Unten stand die Schwester und weinte. Wenn ich um Hutsche herumschaute, sah ich sie. Ich sah ihr Haar und ihren Hals und die Hände, in denen sie die Puppen hielt. Manchmal schaute sie in die Höhe und wußte nicht, wohin sie schauen sollte. Wenn sie zu unserem Fenster sah, lehnten wir uns rasch zurück. Plötzlich hatte Hutsche eine Idee, ich sah es an seinen Augen. Ich hörte es auch an seinem Atem. Ich fragte: Was willst du denn?

Zum letztenmal standen wir herum, und Hutsche sagte was. Er sagte: Ehe du abdampfst und meinen Blicken entschwindest... Er verbesserte sich und sagte: Ehe du von dannen ziehst und mich in diesem Kaff allein läßt... Nein nein, sagte er, Kaff ist schon richtig! Vorher möchte ich gern noch... Ich meine: Da ist noch was! Wir können's aber auch bleiben lassen.

Was denn?

Ach Gott, sagte Hutsche. Er war verlegen. Er war

von mir weggerückt, tief in die Fensterecke. Hier fiel kein Licht auf ihn. Wenn ich nicht gewußt hätte, daß er dort stand, hätte dort auch ein anderer stehen können, Malz, Koller oder Jässing. Er sagte dann etwas Seltsames. Er sagte: Die Hose, die du anhast...

Ja?

Es ist aber nicht wichtig, falls du nicht willst.

Nein?

Ich wär gern mal reingefahren.

In meine Hose?

Oder denkst du, ich platz sie aus?

Ich weiß nicht.

Hutsche kam nahe an mich ran. Er zupfte an meiner Hose. Erst zupfte er an der Gürtelschlaufe, dann an einem Hosenbein. Seine Hosenbeine konnte man nicht umschlagen, sie waren viel zu eng. Mein Gott, es ist nicht die erste fremde Hose, in die ich mal reingefahren bin, sagte er. Ich werde sie dir schon nicht ausplatzen! Wenn du natürlich Angst hast, daß ich mich an ihr vergehe...

Vergehe?

Daß ich sie dir ruiniere.

Nein nein, gar nicht, sagte ich. Aber weshalb...

Ich möchte dich mal in meiner Hose sehen. Mal sehen, wie das aussieht.

Deine Hose oder ich?

Beides.

Ach so!

Ich möchte mal sehen...

Ach so!

Ein Auto hielt unter Hutsches Fenster. Es stieg jemand aus. Er trug einen großen grauen Hut und eine schwarze Weste. Da rief die Schwester wieder. Sie schlug mit einer Puppe gegen die Hauswand und schrie die Häuser hoch: Wo bist du? Wo bist du? Sie schrie meinen Namen. Da drehte ich mich zur Wand. Ich knöpfte meine Hose auf und dachte: Was sie wohl wieder will? Dann zog ich meine Hose aus. Sie war hart und steif. Ich sagte: So meinst du's doch, oder? Dann hielt ich sie Hutsche hin. Er knöpfte seine Hose auf. Er stand in der dunklen Ecke und war noch nicht soweit. Ich hörte die Schwester wieder, sie rief immer dasselbe. Sie rief: Kommst du, oder kommst du nicht? Kommst du, oder kommst du nicht? Da zog auch Hutsche seine Hose aus. Er hüpfte auf einem Bein. Er hatte Jungemännerschenkel, sie waren schon anders als meine. Erst hüpfte er auf dem einen Bein, danach auf dem anderen. So, sagte er, ja so!

Unten rief die Schwester wieder. Kommst du, rief sie, oder nicht? Es klang sehr weit entfernt, Hutsche fuhr in meine Hose. Die Schwester rief und rief.

Später, als wir unsere Hosen zurückgetauscht hatten, kam dann nicht mehr viel. Hutsches Bude war eng wie immer, wenn nicht noch enger. Es war alles gesagt. Da sehen wir uns also nicht mehr so viel, sagte ich.

Nein, sagte er, gar nicht mehr.

Jedenfalls nicht in diesem Leben.

Im anderen auch nicht, sagte er.

Ich hatte meine Hose längst wieder an. Ich zupfte noch dran. Ach, sagte ich, so meinst du das! Dann rief die Schwester wieder. Sie rief nun pausenlos. Sie hatte sonst nichts zu tun. Ich dachte: Daß sie so schreien muß! Ich ging dann auch bald.

15

Der Vater stand im Vaterzimmer und machte einen Bücherstoß. Er strich darüber hin und her und sagte: Ohne die kann ich nicht leben! (Er konnte dann aber doch.) Ihm tat der Kopf weh von seinen Sorgen, der war seine *Achillesferse*. Er fuhr mit den Fingerspitzen drüber und sagte: Oh, oh, oh! Wir waren von Hutsche zurück. Von nun an würde ich ihn vergessen.

Ist er jetzt da, dieser Mann, fragte meine Schwester.

Der Ehebrecher Herkenrath, fragte der Vater. Nicht daß ich wüßte.

Waren wir lange, fragte die Schwester. Sag doch mal! Sag mal! Sag!

Der Vater riß das Fenster auf. Er mußte mit dem Riegel kämpfen, aber ohne Gewalt ging nichts auf der Welt. Er setzte sich an den Schreibtisch und ließ die Arme hängen. Er atmete die gleiche Zimmerluft wie wir, nur eben etwas mehr. Seine Lunge, sein Magen und sein Herz waren größer als unsere. Er hatte auch mehr Gedanken, nur kam er oft nicht drauf. Dann sagte er: Was hatte ich sagen wollen? Jetzt wollte er etwas fragen. Es ist da, und es kommt auch wieder, sagte er und klopfte an seine Stirn. Auf jeden Fall, sagte er, seid ihr wohlbehalten zurück, dafür sollten wir dankbar sein! Dann fragte er, ob die Mutter aus ihrem »Boudoir herausgeschwebt« sei oder noch »in den Haaren wühlte«.

Sie wühlt doch nicht, sagte meine Schwester.

Ich weiß, sagte er, sie zupft bloß dran! Was ich sagen wollte: Ist sie noch in ihrem Zimmer, oder ist sie… Und nun zu euch, sagte er. Ihr habt frische Luft geschnappt! Habt ihr schön durchgeatmet? So wie Thomas Mann, als er noch durch den Bayerischen Wald streifte und schön durchgeatmet hat, wie er uns bis zur Ermüdung mitteilt, während ihr mir die einfachsten Lebensfragen nicht beantworten könnt. Also Packen, sagte er. Er war nervös, weil Herr Herkenrath nun gleich »um die Ecke bog, und zwar in unsere Richtung«. Er griff nach dem Taschentuch und kontrollierte, ob es schwamm. Er sagte es uns aber nicht, er schüttelte bloß den Kopf. Dann, als ob er »nicht schon genug am Hals hätte«, kam Besuch, endlich, endlich! Weil die Schwester am Fenster stand, sah sie ihn zuerst.

Da kommt wer, rief sie.

Männlich oder weiblich, fragte der Vater.

Männlich.

Alt oder jung?

So in der Mitte.

Und warum meinst du, daß er zu uns will, fragte der Vater und stand immer noch nicht auf.

Weil er auf unser Haus zukommt.

Kennst du ihn?

Ich glaube.

Gut, sagte der Vater, ausgezeichnet! Dann saß er wieder lange still und atmete und dachte. Und was macht er jetzt, fragte er, ist er im Haus?

Er geht gleich rein.

Na schön, sagte der Vater, wollen wir nicht ungeduldig sein und ihn nicht drängen! Warten wir ab, ob er wirklich zu uns will und ob wir ihn auch haben wollen. Sonst schicken wir ihn wieder heim. Dann warteten wir wieder. Was habe ich die ganze Zeit gesagt, und wer hat mir nicht glauben wollen, sagte der Vater. Er war froh, daß »so kurz vor Toresschluß« doch noch einer kam, er wollte es bloß nicht zeigen. Nicht mal im Grab werden sie mir Ruhe gönnen, sondern pausenlos auf mich einreden, auf mich eindenken, sagte er, so sind sie hinter mir her, bloß weil ich ab und zu ein paar Ideen habe und ein paar Seiten schreibe! Trotzdem fragt man sich natürlich, wer's sein könnte!

Wir dachten alle nach. Ich weiß, wer's ist, sagte die Schwester. Es ist dieser Mann.

Daß es ein Mann ist und keine Fledermaus, würde mich nicht überraschen, sagte der Vater. Es fragt sich nur, welcher!

Der, mit dem du immer auf der Straße redest und den du dann anschnauzt und stehenläßt, sagte meine Schwester.

Du meinst den vom Tabakladen, der sich nicht entblödet, mir mit der Rechnung nachzulaufen?

Nein, den nicht!

Den, der immer sonntags kommt, um mit mir über die Zukunft zu reden?

Nein, den auch nicht!

Will er überhaupt zu mir, oder will er zu eurer Mutter?

Er will zu dir, glaube ich, sagte meine Schwester. Er will auf Wiedersehen sagen.

Wieso weiß er denn, daß ich wegzieh?

Vielleicht hat er davon gehört?

Unsinn, sagte der Vater, es ist noch gar nicht sicher. Nun, sagte er, es wäre möglich, daß er mich zurückhalten will, aber ich lasse mich nicht zurückhalten, alles hat seine Grenzen! Aber möglich wär's! Die ganze Stadt redet ja drüber. Am besten, ihr sagt ihm, ich bin schon weg.

Und wo sollen wir sagen, daß du bist?

Abgereist.

Ja, aber wohin?

Der Vater dachte lange nach. Sagt ihm, was ihr wollt,

wenn ihr ihm unbedingt was sagen müßt, sagte er. Sagt ihm, ich bin ins Wasser gegangen.

In welches?

In den Großen Teich.

Also sollen wir ihn doch reinlassen?

Nein, auf keinen Fall!

Aber wie sollen wir's ihm da sagen?

Das stimmt, sagte der Vater. Also meinetwegen, sagte er, ihr gebt ja keine Ruhe sonst! Dann hob – »quälte« – er sich hoch, zog sein Kämmchen aus der Gesäßtasche, fuhr sich durch das noch verbliebene Haar und kämmte das Ganze erst nach der einen und dann nach der anderen Seite, damit es gerecht verteilt war. Auch Strähnen durften keine sein. Dann steckte er den Kamm wieder weg, und es klingelte. Wir hörten, wie die Mutter in ihrem Zimmer aufstand und an ihre Tür ging. Sie hoffte natürlich, es wäre für sie, öffnete aber noch nicht. Sie wollte, daß wir öffnen gingen. Geht, ehe sie aufmacht, und laßt den Mann rein, falls es der ist, den ich meine, sagte der Vater.

Und wie sollen wir wissen, ob es der ist, den du meinst?

Ich sag's euch, wenn ich ihn sehe, sagte der Vater. Sagt ihm, er soll sich die Füße abtreten, aber so, daß eure Mutter es hört. Sie soll wissen, wie sehr ich die ganze Zeit auf sie gehört und ihr mit allem geholfen habe. Daran wird sie denken, wenn ich nicht mehr hier bin.

Und wo bist du dann?

In Rußdorf, sagte der Vater, wo sonst? Also, sagte er und klatschte in die Hände, und wir gingen zur Wohnungstür. Und sagt ihm, er soll leise sein, schrie er uns nach. Sie braucht nicht zu wissen, wer zu mir kommt.

Und wer ist es?

Einer meiner Bewunderer, der jede Zeile kennt, die ich geschrieben habe.

Ich denke, du hast noch gar nicht so viel geschrieben, sagte meine Schwester.

Das kommt, sagte der Vater, das kommt!

Es klingelte wieder. Wir machten die Tür weit auf. Herr Kappus stand draußen, hoch und schmal. Er trug einen dunklen Rock und helle Hosen. Der Rock war ihm bestimmt zu warm. Auch auf dem Kopf hatte er was. Er hatte Pomade in den Haaren, sein schmaler Schädel glänzte. Wenn man näher an ihn ranging, roch der Schädel auch. Herr Kappus sagte: Ist..., aber da legte die Schwester einen Finger auf den Mund und machte pst. Ist der Meister da, flüsterte Herr Kappus, und die Schwester machte wieder pst.

Der Vater ist in seinem Zimmer und will packen, sagte ich.

Also doch, sagte Herr Kappus düster.

Wir traten in Vaters Arbeitszimmer – das *angebliche*, sagte die Mutter immer –, erst Herr Kappus, dann die Schwester, dann ich. Ich machte die Tür leise zu. Auch Herr Kappus war ganz leise, er lief auf Zehenspitzen. Er war Lehrer, aber nicht an der Hindenburg-, sondern an der Pestalozzischule. Er war ein Freund, den der Vater aus seiner »wilden Zeit« gerettet hatte. Die anderen waren weggezogen, hatten geheiratet oder waren vom Leben sonstwie *gezüchtigt und gezähmt* worden, wie der Vater sagte. Nun waren sie nur noch *Schatten ihrer selbst*. Bei dem Wort *Schatten* rieb sich der Vater die Stirn, damit *das Blut ins Gehirn ging*. Dann legte er eine Hand auf den Tisch und trommelte mit den Fingerspitzen. Wenn er von seinen alten Freunden sprach, klang es, als wären sie alle schon tot. Die Schwester und ich hatten sie nie gekannt, sie waren vor unserer Zeit gewesen. Weil wir keine Phantasie hatten, konnten wir sie uns auch nicht vorstellen, so wie wir uns auch den Vater nicht in unserem Alter vorstellen konnten. Auch ihre Namen brachten wir durcheinander, vielleicht hatte der Vater sie alle erfunden. Wenn die Schwester so einen Namen hörte, sagte sie: Ich weiß, der war mal dein Freund! Aber wer war er *wirklich*? Wenn der Vater gerade ein bißchen geträumt hatte, lächelte er dann. Ja, sagte er, der war gut, der war ausgezeichnet! Dann sagte er einen anderen Namen, den wir auch noch nicht kannten. Urbanek, Willi, sagte er.

Hast du den auch gekannt, fragte die Schwester.

Oh ja, rief der Vater, oh ja!

Und wer war das nun wieder?

Das, sagte der Vater, war auch einer!

Ist der auch tot?

Der Vater rieb sich wieder die Stirn. Ich bin mir nicht sicher, sagte er, aber möglich wär's! Dem Urbanek, Willi traue ich alles zu! Wenn ich mich recht besinne, hatte er immer ein bißchen gekränkelt. Dann fuhr er mit einer abschließenden Handbewegung durch die Luft und sagte etwas Melancholisches, wie: Es war einmal! oder: Vorbei, vorbei!

Da ist er also doch tot, fragte die Schwester.

Nein nein, sagte der Vater, so weit würde ich nicht gehen. Es ist durchaus möglich, daß er noch lebt. Aber wie!

Wie denn?

Frag lieber nicht!

Wie denn? Sag mal! Wie denn?

Nun, eben leise, leise, sagte der Vater. Es gibt ein Wort dafür, das mir im Moment entfallen ist, aber wenn ich hier ein bißchen reibe, kommt es vielleicht wieder, sagte er und rieb sich die Stirn. Dann rief er:

Richtig, *vegetieren*, so heißt das Wort! Urbanek, Willi vegetiert. Er vegetiert in irgendeinem Winkel am Busen irgendeiner Familie, und keiner weiß es, so tief hat er sich zurückgezogen. Vielleicht in ein Zweizimmerloch, das uns auch blüht, mir und dir, sagte er zu mir. Früher dagegen...

Ja?

Früher war er... anders!

Hast du ihn wieder mal besucht, fragte ich.

Oh nein, sagte der Vater, das habe ich mir erspart!

Also ist er auch nicht mehr dein Freund, fragte die Schwester, und der Vater sagte: Mach dich nicht lächerlich! Wir haben uns Jahrzehnte nicht gesehen und kennen uns nicht mehr.

Du meinst, wenn er auf der Straße an dir vorbeiginge...

Kenne ich ihn nicht!

Und wenn er sagt, wer er ist?

Würde ich es ihm nicht glauben, sagte der Vater und grübelte weiter. Herr Kappus war längst im Zimmer und stand neben uns. Er hatte nicht geheiratet und fragte immer: Sieht man mir's an?

Laß sehen, sagte der Vater dann. Er packte Herrn Kappus bei der Schulter, schob ihn ins Licht, schaute ihn scharf an und sagte: Ich glaube, man sieht's noch nicht!

Hoffentlich hast du richtig geschaut, sagte Herr Kappus, und der Vater sagte: Ich glaube! Ob Herr Kappus redete oder schwieg, immer machte er viel Umstände. Er ließ den Vater aber immer ausreden und wartete, bis er fertig war. Wenn er ihn aus Versehen mal nicht hatte ausreden lassen, erschrak er und sagte: Pardon, ich war in Gedanken! Bitte, sprich weiter! Im Sommer, ehe er die Jacke auszog, fragte er, ob's auch gestattet sei, und wenn der Vater es ihm nicht sofort ausdrücklich erlaubte, sagte er: Ich glaube, ich behalt sie lieber an! Dann bereute der Vater, daß er es nicht erlaubt hatte, und fing an, ihn zu *nötigen*, aber Herr Kappus blieb eisern und sagte: Nein, nicht ohne Jacke, nicht im Nylonhemd! Der Vater konnte ihn noch so drängen, Herr Kappus zog die Jacke einfach nicht aus. Manchmal trank der Vater mit ihm ein kleines Helles, manchmal sogar zwei. Das war immer abends, wenn er sein Tagespensum geschrieben und schon wieder gestrichen hatte. Herr Kappus stand dann im Rinnstein und rief zu ihm hoch: Wie steht's? Lassen wir eins zischen? Oder hat sich eine Inspiration dazwischengeklemmt?

Der Vater stand am Fenster, er hatte es weit aufgemacht. Er antwortete etwas, wie: Inspirationen gibt es nicht, und Einfälle hat jeder! Es kommt nur drauf an, was man draus macht! Aber du hast recht, rief er, ich hab für heut genug geschrieben und reiß mich jetzt mal los. Wart an der Ecke, damit dich die Frau nicht sieht, das ist nicht nötig! Dann schlüpfte er in die Straßenschuhe, setzte seine Baskenmütze auf und nahm seinen Stock. Er verschwand schnell und lautlos. Herr Kappus verehrte ihn und zahlte seine Biere. Oft hockten sie bis elf herum und sprachen vom Leben und von der Kunst. Dann, weil sie die letzten waren und er nach Hause wollte, kam der Kellner Franz mit der Rechnung. Wenn er die Rechnung auf Vaters Seite legte, zog Herr Kappus sie über den Tisch zu sich herüber und sagte: Laß mich das mal schnell und unauffällig erledigen!

Du, rief der Vater erstaunt. Ebensogut könnte ich es doch erledigen, sagte er und fuhr in seine Gesäßtasche, doch Herr Kappus sagte: Nein nein! und war schneller.

Bitte, sagte der Vater, wenn du drauf bestehst! Dafür erzählte er Herrn Kappus noch verschiedenes, aber alles traurig. Er erzählte von plötzlichen Todesfällen, Autozusammenstößen, die schlimm ausgegangen waren, von Selbstmorden und Scheidungsfällen. Oder er sprach von einem neuen Buch, das »Der Tod bei uns daheim« hatte heißen sollen und das er nun doch nicht schrieb. Du bist der einzige, der mal davon gehört haben wird, sagte der Vater und kam auf *sein baldiges Verschwinden*.

Gehst du weg, fragte Herr Kappus unschuldig.

Man weiß nie.

Aber jetzt doch nicht!

Was fern scheint, liegt oft nah!

Du meinst doch nicht etwa, rief Herr Kappus und riß Mund und Augen auf.

Meine Zukunft liegt da, sagte der Vater und zeigte auf die Erde.

Unsinn, sagte Herr Kappus, wenn man dich so sitzen sieht!

Ich habe von kompetenter Seite so gewisse Fingerzeige bekommen, sagte der Vater geheimnisvoll.

Warst du beim Arzt?

Den brauche ich da nicht.

Von wem denn?

Von Mütterchen Natur!

Nun, wenn das so ist, sagte Herr Kappus erschrokken, und sie hockten düster rum. Dann trank jeder ein letztes Bier, und sie gingen nach Hause. Wenn der Vater dann zu Hause war, weckte er uns alle und wollte uns alles erzählen. Dieser Kappus verehrt mich, sagte er, merkt ihr's? Er gehört zur Schar derer, vor denen ich mich bald nicht mehr werde retten können, weil sie immer größer wird! Diese Leute schmeicheln einem erst, werden dann aber schnell lästig. Wenn ich mir überlege... Nun, sagte er, man kann sich seine Verehrer nicht aussuchen! Auch sie werden einem zugeteilt, von oben! Vorläufig gestatte ich's ihm noch. Mag er vom Umgang mit mir ruhig profitieren und zuhören, wenn ich meine Gedanken ausbreite.

Und wenn du mal nichts ausbreitest, fragte die Schwester, und der Vater sagte: Dann hört er gleichfalls zu!

Tag, du, sagte Herr Kappus zu ihm.

Tag, Kappus, sagte der Vater und schien tief in Gedanken. Er hatte seine Brille auf und ein Buch in der Hand. Er blätterte darin und sah nicht aus, als ob er in zwei Stunden ausziehen wollte. Hast du dein Pensum hinter dir, fragte er Herrn Kappus.

Ich hab die Lümmel nach Hause gejagt, weil ein Sonntag auf uns zukommt, sagte Herr Kappus. Hast du was geschrieben?

Wie immer, sagte der Vater leise.

Was hast du, fragte Herr Kappus. Bist du krank?

Warum sollte ich krank sein?

Du sprichst so eigenartig.

Spreche ich eigenartig, fragte der Vater. Er war kaum zu verstehen. Nun, es überrascht mich nicht. Ich hatte es mir schon gedacht.

Hast du dich deshalb hingelegt?

Ich nehme an, sagte der Vater, irgendeinen Grund muß ich gehabt haben. Ich nehme gern die Beine hoch, da konzentriere ich mich besser. Da er Herrn Kappus als seinen Chronisten betrachtete, hielt er ihn über alles, was ihn betraf, auf dem laufenden. Es ist so, sagte er. Erst sitze ich so da, erklärte er und zeigte ihm, wie er dasaß. Dann mache ich die Augen zu, so arbeite ich am liebsten. Der Bleistift liegt immer hier. Ja, sagte er, genau an dieser Stelle! Dann nahm er die Beine wieder runter. Die Federn seines Rohrstuhls knarrten. Manchmal stütze ich mich auch mit den Ellenbogen auf, sagte er. Da kommt dann die Klarheit.

Worüber?

Worüber wohl, sagte der Vater. Natürlich über das Ganze.

Da störe ich also?

Nein nein, sagte der Vater, du kommst gerade richtig! Es gibt Neuigkeiten. Es ist was geschehen, über das ich sowieso mit dir hätte reden müssen. Komm aber nicht zu nahe!

Also hast du doch was?

Ich weiß noch nicht, sagte der Vater, es wird sich zeigen. Falls ich was haben sollte, ist's sicher nichts Schönes. Bis jetzt habe ich zwar nur gehüstelt, so, sagte er und hustete Herrn Kappus was vor. Das ist aber nur der Anfang. Von meinem Kopf schweige ich lieber.

Ich habe dich bis jetzt aber gar nicht husten hören.

Du bist ja eben erst gekommen. Hast du schon gesehen, wie's bei mir aussieht?

Ich war gerade dabei!

Und? Fällt dir nichts auf?

Es ist etwas durcheinander. Räumst du auf?

Wenn das alles wäre, rief der Vater. Nein, ich packe! Ich stehe mit einem Bein schon auf der Straße. Wenn du zwei Stunden später gekommen wärst, hättest du mich nicht mehr angetroffen. Aber da du mich im letzten Augenblick noch erreicht hast, kann ich dir's nicht verschweigen. Ich breche die Brücken ab, dazu werde ich gezwungen. Aber eins nach dem anderen. Am besten, ich setze mich zum letztenmal in meine Ecke, da überschau ich alles, während du dich in die andere Ecke setzen und deine Fragen stellen kannst.

Was, um Himmels willen, ist denn passiert? Was mußt du mir denn sagen?

Eins nach dem anderen, sagte der Vater, jetzt setzen wir uns erst mal! Beim Sitzen ist Platz zwischen uns, da steck ich dich nicht an. Da sehen und hören wir einander, ohne uns zu nahe... *Too close*, sagte der Vater auf Englisch. Er zeigte auf die Zimmerecken, wo er und Herr Kappus sitzen und sich nicht anstecken sollten. Dann kroch er aus dem Rohrstuhl. Die Schwester und ich standen in der Fensterecke, da fielen wir nicht so auf. Dann redete der Vater wieder. Nun kommt das, sagte er, womit ich schon lange gerechnet habe.

Deine Ehe, fragte Herr Kappus.

Ja.

Geht sie in die Brüche?

Wird schon drüber geredet?

In Andeutungen, sagte Herr Kappus. Nichts Genaues weiß keiner.

Na ja, sagte der Vater, morgen werden sie's erfahren, spätestens übermorgen, wenn die neue Woche anfängt. Dann hüstelte er noch ein bißchen und begann, Herrn Kappus von dem Unglück zu erzählen, das ihn getroffen und von dem er bis jetzt noch keinem erzählt hätte. Du bist der erste, der's erfährt, log er. Herr Kappus wollte es gar nicht glauben, jedenfalls tat er so. Das glaubte wieder der Vater nicht. Sie wissen's doch in der ganzen Stadt, daß es mit meiner Ehe zu Ende geht, sagte er. Alle haben's kommen sehen.

Ich nicht, sagte Herr Kappus, ich nicht! Er schaute sich immer noch nach einem Stuhl für sich um, aber überall lag was drauf. Dann gab er zu, daß er »etwas in dieser Richtung hatte läuten hören, als Gerücht«.

Nein, sagte der Vater, kein Gerücht, die Wirklichkeit, wie sie im Buche steht! Veränderungen überrollen das Lebensgebäude, das ich so mühsam errichtet habe, sagte er. Ein Möbelwagen ist unterwegs.

Und was machst du, wenn er kommt?

Ich werd draufspringen müssen, was bleibt mir denn anderes übrig?

Und wohin...?

Ich kann mir den Namen nicht merken. Ich vergeß ihn immer wieder.

Du weißt nicht, wohin du ziehst?

Ich will's auch gar nicht wissen.

Doch nicht etwa nach Rußdorf?

Warum nicht? Auch das wäre möglich!

Also nach Rußdorf!

Bitte, den Namen nicht breittreten, ehe die Würfel gefallen sind und das abschließende Gespräch mit meiner Frau stattgefunden hat, sagte der Vater. Nach diesem Gespräch werde ich entscheiden, in welche Richtung es mit mir weitergeht. Falls es überhaupt weitergeht.

Wie meinst du das: In welche Richtung, fragte Herr Kappus. Wie meinst du: Weitergeht?

Nach oben oder nach unten.

Spielst du etwa mit dem Gedanken...

Mehr möchte ich nicht sagen!

Du wirst dir die Sache doch nicht so zu Herzen nehmen...

Alles hat seine Grenzen, sagte der Vater, mehr sage ich nicht! Schließlich stehen die Kinder da und hören zu, da, sagte er und zeigte auf uns. Und bitte nicht so nahe kommen, du warst draußen.

Aber du doch auch!

Ich hatte eine Jacke an.

Und ich komme aus der Sonne.

Die ist auch nicht mehr, was sie mal war!

Ich weiß, was du sagen willst, sagte der Lehrer Kappus. Er suchte immer noch nach einem Platz für seine Lehrermütze, aber überall, wo er sie niederlegen wollte, war es staubig, oder es lag schon was da. Das war natürlich der Vater mit seiner *kopflosen Räumerei.* Schließlich legte Herr Kappus seine Mütze überhaupt nicht weg. Er nahm sie mit zu seinem Stuhl, setzte sich und legte sie sich auf die Knie. Nun konnte er schön damit spielen. Aber wenn du wegziehst, sehen wir uns ja gar nicht mehr, sagte er.

Das stimmt, sagte der Vater.

Vielleicht können wir uns mal besuchen?

Ich werde zu Haus bleiben.

In Rußdorf?

Ja, in Rußdorf.

Aber ist das nicht traurig?

Sehr traurig!

Solltest du da nicht ans Packen denken?

Ich denke ja die ganze Zeit dran, sagte der Vater, mehr kann einer gar nicht ans Packen denken!

Und was wird aus den Kindern?

Den Jungen, sagte der Vater, klemm ich mir untern Arm und nehme ihn mit. Erst kommt aber noch das andere.

Was denn?

Ehe ich in den Möbelwagen steige, werde ich mit meiner Frau reden, sagte der Vater. Auf dieses Gespräch warte ich jetzt. Ob es dazu kommt, weiß ich nicht, die Entscheidung liegt nicht bei mir. Natürlich wird sie sich drücken wollen.

Sie verwehrt dir ein letztes Gespräch?

Seit zwanzig Tagen spricht sie nicht mehr mit mir.

Sie hat mich nicht mehr nötig! Sie hat nun einen anderen.

Also doch! Ich wollte bloß nicht fragen.

Es ist ein Zwerg.

Ein Zwerg?

Ein Zwerg! Jedenfalls ist er einen Kopf kleiner als sie, so daß er zu ihr hinaufschauen muß, sagte der Vater düster. Deshalb nimmt sie ihn. Ich werde dir aber nicht sagen, wie er heißt und wer es ist. Du brauchst gar nicht erst zu fragen.

Er heißt Herkenrath, nicht wahr?

Ich glaube.

Kennst du ihn?

Ich habe von ihm gehört, sagte der Vater. Seitdem ist dieser Name wie mit einem stählernen Griffel in diesen Kopf gegraben, sagte er und klopfte an seine Stirn. Da geht es: Herkenrath, Herkenrath! Er schaut heute vorbei. Er will sich mir vorstellen und mir erklären, warum er mir meine Frau wegnimmt und meinem Sohn seine Mutter! Er will sich aus der Nähe anschauen, was an weltlichen Gütern so in seinen Besitz übergeht. Worauf er in der Zeit, die kommt, seine plumpen Finger legen kann und was er alles erntet, ohne es gesät zu haben, sagte der Vater. Vielleicht werde ich ein paar Worte mit ihm wechseln, aber nicht mehr. Dann werden wir in den Möbelwagen steigen und ihm das Feld räumen. Das sind so ungefähr meine Aussichten für die nächsten Stunden, doch was kann ich tun? Nichts kann ich tun, gar nichts. Der Vater und Herr Kappus saßen da und blinzelten in den Sonnenschein. Der Vater hüstelte nicht mehr, er hatte das Hüsteln vergessen. Dafür hatte er nun schlimme Augen. Wenn er an seine Augen auch bloß dachte... Herr Kappus hatte ein schlimmes Knie und wußte auch, warum.

Es kommt von dem vielen Stehen im Klassenzimmer, nicht, fragte der Vater.

Das ist gut möglich!

Wenn ich im Knie Schmerzen kommen fühle, strecke ich mich aus.

Und wo soll ich mich im Klassenzimmer hinstrekken, fragte Herr Kappus.

Ja, das kann ich dir auch nicht sagen, sagte der Vater. Und nun sei so gut und zieh den Vorhang vor, die Sonne scheint mir in die Augen! Herr Kappus ging ans Fenster und zog den Vorhang vor. So, sagte der Vater, nun habe ich dir das Wichtigste in großen Umrissen erzählt.

Traurig alles, sagte Herr Kappus, sehr traurig!, und der Vater sagte: Ja, aber lebensnah! Mehr hatten sie sich eigentlich nicht zu sagen, aber da Herr Kappus nun mal in Vaters Arbeitszimmer saß, sagte er noch ein paarmal ei-ei und soso!, und der Vater sagte: Ja, so ist es, genau wie du sagst, und so wird's immer bleiben! Dabei sah er seinen halben Finger an. Dann redeten sie von ihrer Gesundheit und wie weit es nach Rußdorf war. Herr Kappus sagte, die Landkarten stimmten nicht, da würden viele Fehler gemacht, Rußdorf sei weiter und *noch kleiner*, als auf der Karte stehe.

Mein Gott, rief der Vater, noch kleiner!

Ja, sagte Herr Kappus, noch kleiner!

Dann zündete sich der Lehrer eine Zigarette an und wollte auch mit uns reden, natürlich zuerst mit mir. Komm her, sagte er und winkte mich näher. Er fragte mich, ob ich noch so viel hustete, aber er hatte mich mit einem anderen aus der Jacobsstraße verwechselt. Lassen wir das also, sagte er. Dann fragte er, ob aus der Schule Klagen kämen, und ich sagte: Manchmal!, und er wurde streng und dienstlich und fragte: In welchen

Fächern?, und ich zählte die drei Hauptfächer auf. Herr Kappus hörte aber schon nicht mehr zu und sagte: Brav, sehr brav! Dann fragte er, ob ich mich auf den Umzug freute, und ich sagte ja. Dann fragte er: Auf was besonders?, und ich sagte: Aufs Fahren!, und er fragte: Warum?, und ich sagte: Weil ich nicht gern herumstehe!

Brav, sagte Herr Kappus, sehr brav!

Dann wendete er sich meiner Schwester zu und fragte sie, ob sie sich freute, daß sie *nicht* mit umziehen und so weit fahren müßte, und sie sagte gleichfalls ja. Dann dachte sie nach und fing wieder zu weinen an. Der Vater sagte, sie sollte sich zu ihm auf die Knie setzen oder wenigstens nach ihrem Taschentuch suchen und sich die Nase putzen, falls sie eins fände. Sie fand aber keins und zog alles hoch. Dann kam wieder eine Pause, weil weder dem Vater noch Herrn Kappus noch der Schwester noch mir was einfiel. Vielleicht war alles gesagt. Da hörte die Schwester zu weinen auf und sagte: Langweilig!, und ich sagte: Komm! und nahm ihre Hand, und wir gingen in unser Zimmer und machten alle Türen hinter uns zu. Nun mußten der Vater und Herr Kappus sich allein überlegen, worüber sie noch reden könnten.

16

An diesem letzten Tag war auf der Leine im Garten Wäsche aufgehängt, ich weiß es noch genau. Die Wäsche war weiß und fast schon trocken. Wolken hatten sich vor die Sonne geschoben, weiß Gott, woher sie kamen! Der Vater schaute viel nach oben und schüttelte den Kopf. Bald ging auch diese Sonne unter, dann würde Abend sein. Mit dem Vater konnten wir über den Abend nicht reden, er schüttelte bloß den Kopf. Mit der Mutter konnten wir gar nicht reden. Sie war in der Stadt.

Na schön, sagte der Vater, da setzt euch zu mir, bis sie zurück ist und ich mit ihr reden kann!

Und was sagst du, wenn du mit ihr reden kannst, fragte die Schwester. Ich meine, *wirklich*?

Was werd ich schon sagen, sagte der Vater. Ich werd die Sache in Ordnung bringen.

Alles?

Ja, alles!

Wirst du ihr sagen, daß du nicht weggehst?

Soll ich?

Ja, sagte die Schwester, und auch ich sagte ja.

Na schön, sagte der Vater, da sag ich ihr's eben!

Und daß alles so wie früher wird, fragte die Schwester, doch der Vater winkte ab. Er wollte nichts mehr davon hören. Machen wir ein Spielchen, sagte er.

Was für eins, fragte die Schwester und steckte ihr Taschentuch weg. Sie wollte im Augenblick nicht weinen.

Irgendein Spiel, sagte der Vater, das vertreibt die Zeit! Er stand auf und wollte sich strecken, doch dann streckte er sich doch nicht. Er ging in seine Schreibtischlade. Sie war schon ziemlich ausgeräumt. Manches lag in der Reisekiste, anderes legte er sicher bald rein. Wieder anderes konnte er nicht finden, *die Erde hatte es verschluckt*. Der Vater seufzte und zog die Quartettkarten aus der Lade. In die durften wir nicht schauen. Er hätte sie gern abgeschlossen, er fand nur den Schlüssel nicht. Hier lagen seine Männlichkeitstabletten und seine Sockenhalter. Ob er sie nicht mehr brauchte? Ich zog drei Stühle an den Tisch. Der Vater war der dickste und die Schwester die kürzeste. Sie setzte sich zuerst. Ich war so wie alle Jungen, ich war ganz normal. Sollten wir nicht erst packen, fragte ich.

Wir brauchen doch gar nicht, sagte die Schwester, es geht doch keiner weg! Wir bleiben doch hier, immer und ewig.

Ewig gibt es nicht, sagte ich.

Doch, sagte sie, ewig gibt's! und wollte wieder heulen, doch da klatschte der Vater in die Hände und rief: Schluß damit! Fangen wir an!

Wir müssen noch alles zusammenlegen, falls wir wirklich ausziehen sollten, sagte ich und teilte die Karten aus, aber der Vater sagte: Überstürzen wir nichts, sondern *piano piano*, sonst brechen wir uns bloß was, und damit wäre auch nichts gewonnen! Warten wir, bis eure Mutter zurück ist und ich in aller Ruhe mit ihr reden kann.

Aber lange, sagte meine Schwester, und der Vater sagte: Meinetwegen!, und die Schwester fragte: Zehn Stunden?, und der Vater sagte: Bis alles aus der Welt ist!, und sie sagte: Also zwanzig Stunden?, und er sagte: Mir soll's recht sein! Wir hatten die Karten in der Hand.

Und über was wirst du mit ihr reden, fragte meine Schwester, und der Vater machte eine umfassende Geste und sagte: Über alles, worüber sonst? Dann fingen wir an. Nur ich war wirklich bei der Sache, die anderen schauten rum. Der Vater war am schlimmsten. Er fuhr immer wieder in seine Taschen und suchte nach dem Taschentuch. Wenn er es gefunden hatte, wischte er sich die Stirn. Dann legte er es sich auf den Schoß, damit er es gleich fand, falls er wieder ins Schwitzen kam. Aber es fiel wieder runter, und er fand es wieder nicht.

Da rief er: Wo ist das Tuch jetzt hin?, und wir sagten: Auf dem Boden! und mußten es aufheben und ihm wieder auf den Schoß legen oder in die Taschen schieben. Dann rief er: Moment mal!, stand mühsam auf und trat ans Fenster. Er legte die Stirn daran. Nun überschaute er die Straße und würde die Mutter, wenn sie zurückkam, sofort sehen. Ich dachte, hoffentlich bringt sie den Herkenrath nicht mit, wie soll der Vater da mit der Mutter reden? Sie kam aber nicht. Vielleicht holte sie Herrn Herkenrath ab, und sie kamen zusammen? Vielleicht hatte er die Socken noch nicht an, und alles zog sich etwas hin? Wenn der Vater dann lange genug am Fenster gestanden und sich vergeblich die Augen nach der Mutter ausgeschaut hatte, sagte er: Nichts! und kam an unseren Tisch zurück. Dann setzte er sich wieder zu uns.

Gott weiß, wo sie hin ist, sagte er. Sie wollte was besorgen, so viel steht fest. Sie wird also...

Wollten wir nicht spielen, fragte ich, und der Vater zog eine Karte und sagte: Es wird so sein! Sie wird in die Stadt gegangen sein, und dort, weil da so viel auf einen einstürzt, ist ihr dann entfallen, was sie eigentlich in der Stadt wollte, das passiert ihr oft. Und dann, als sie schon dachte, sie käme nicht mehr drauf, ist es ihr wieder eingefallen, und jetzt... Nun, sagte der Vater, jetzt besorgt sie's eben!

Ja, jetzt besorgt sie's, sagte meine Schwester, und wir spielten wieder.

Trotzdem müßte sie langsam zurück sein, sagte der Vater nach einer Weile, und ich sagte: Ja, sie müßte!

Aber sie kann doch gar nicht, sagte die Schwester, sie muß doch was besorgen!

Aber doch nicht so lange, sagte ich, und der Vater rief: Und was, und was? Was, sagte er, könnte sie an einem Tag wie dem besorgen müssen?

Du meinst, an einem Sonnabend, fragte die Schwester, und ich sagte: Die meisten haben auch schon zu!, und der Vater sagte: Ja, das stimmt. Es müßte ein Laden sein, der noch nicht zuhat, in dem sie noch was kaufen kann.

Vielleicht etwas für mich, sagte meine Schwester.

Nein, sagte ich, für mich!

Er streitet schon wieder, sagte sie.

Nein, sagte ich, ich streite nicht, ich sage nur die Wahrheit!

Eure Mutter sollte überhaupt mehr an sich selber denken und nicht immer bloß an uns, sagte der Vater. Ich sag immer, sie sollte sich mal was kaufen, ein schönes Tuch oder ein Paar Handschuhe.

Nein, sagte meine Schwester, keine Handschuhe! Sie hat schon zu viele!

Dann eben was Kleines zum Schnabulieren, sagte der Vater, doch die Schwester sagte: Nein, da wird sie dick!

Auf jeden Fall wäre sie dann glücklicher, sagte der Vater, und die Schwester sagte: Vielleicht kauft sie sich was und wird glücklich, und wir wissen es bloß noch nicht!

Aber was, rief der Vater, aber was? und war wieder am Fenster.

Vielleicht kauft sie sich einen Hut, sagte die Schwester.

Sie hat doch einen, sagte ich.

Vielleicht kauft sie sich noch einen?

Das läge im Bereich des Möglichen, wenn auch nicht des Wahrscheinlichen, sagte der Vater und schaute die Straße hoch. Bei Frauen, sagte er, weiß man nie! Wenn sie einen Hut haben, und sei er noch so schön, wollen sie sofort noch einen anderen, womöglich den entgegengesetzten.

Und dann?

Dann stehen sie lange im Hutladen und probieren alles auf, was überhaupt da ist, sagte der Vater.

Und die Mutter, wo ist die?

Von der rede ich ja, sagte der Vater. Die ist im Hutgeschäft hängengeblieben, sagte er, und wir spielten weiter. Der Vater hielt seine Karten in der Linken und rief, was ihm grad durch den Kopf ging, nur damit es nicht so still war. Manchmal rief er: Die darfst du haben, die schenk' ich dir! oder: Was für ein mieses Leben ich führe! Wer hätte das gedacht! Was für ein mieses Leben wir alle führen!, und die Schwester fragte: Ich auch?, und der Vater rief: Jawohl, du auch! oder: Dieses große Miststück hatte mir noch gefehlt!, oder einfach: Jetzt hab ich wieder eins! und meinte ein Quartett. Na, rief er, was sagt ihr nun? und breitete das Quartett vor uns aus. Leider täuschte er sich oft, weil er nicht so gut sah und nicht bei der Sache war. Es war dann gar kein Quartett, und er mußte das, was er abgelegt hatte, wieder rausrücken. Na so was, sagte er, eben war's doch eins!

Da hast du eben falsch hingesehen, sagte die Schwester.

Seltsam, sagte der Vater, ich hätte geschworen... Nun, es passiert den Besten, sagte er, und die Schwester gähnte wieder. Auch sie paßte nicht auf. Sie konnte noch nicht richtig spielen und vergaß, welche Karten zusammengehörten. Manchmal vergaß sie auch, wie die hießen, nach denen sie fragen wollte. Dann stampfte sie mit den Füßen auf. Noch nicht einmal richtig halten konnte sie ihre Karten, ständig fiel was auf den Tisch. Dann schaute ich schnell hin und sagte: Ich hab alles gesehen!, und sie schrie: Du hast gar nichts gesehen!, und der Vater legte seinen halben Finger auf den Mund

und rief: Still, ich habe wieder einen Einfall! oder: Still, ich höre was!, und ich sagte: Alles hab ich gesehen! Da heulte meine Schwester wieder und sagte, ich wollte betrügen, und der Vater sagte: Es kommt wer die Treppe hoch!, und die Schwester hörte zu heulen auf, und wir lauschten, wer es war, vielleicht sogar die Mutter. Sie war es aber nicht, und die Schwester heulte weiter, und der Vater rief wieder: Still! und hörte jedesmal was anderes. Dann fiel ihm seine Ehe wieder ein, und er rief: Daß es gerade mich treffen muß, dieses Unglück! Danach schaute er wieder, ob die Mutter kam, mit oder ohne Herrn Herkenrath. Es wird ja immer später, sagte er, und diese Frau kommt einfach nicht! Wie soll ich mit ihr da über unsere Zukunft reden, wenn sie einfach nicht kommt! Dann spielten wir wieder. Der Vater hielt die Karten geschickter als die Schwester, aber nicht so geschickt wie ich. Er hatte nur größere Hände. Er hätte sicher gut gespielt, er war nur nicht bei der Sache. Er übersah sogar die Quartette, die er selber hatte, so schlecht paßte er auf.

Vater, rief ich, paß doch auf!

Wieso paß ich nicht auf, fragte er.

Und was ist das, sagte ich und zeigte auf ein Quartett, das er nicht abgelegt hatte. Da griff er sich an die Stirn und rief: Was treibt das denn hier? Es muß hereinspaziert sein, als ich mal nicht hingeschaut habe, denn eben war's noch nicht hier! Immer wieder murmelte er: Ich red mit ihr! Ich sag's ihr! Ich werd ganz ehrlich sein! Dann ging er wieder ans Fenster. Die Mutter kam aber einfach nicht, und Herr Herkenrath kam auch nicht. Ich gewann fast jedes Spiel. Bis der Vater wieder mal am Fenster stand und hinausschaute und ich an seinen Augen sah, daß die Mutter kam. Er sagte es uns aber nicht, er atmete bloß mehr. Stumm setzte er sich wieder zu uns. Er wußte nicht, was er machen sollte, und schob die Karten hin und her. Die Schwester sagte: Warum spielst du nicht, du bringst alles durcheinander! Dann warf sie ihre Karten auf den Tisch, mit dem Gesicht nach oben. Da sahen wir, was sie hatte. Weil sie so miserabel spielte, hatte sie nicht viel.

Wir machen jetzt Schluß, sagte der Vater und legte alle Karten zusammen. Dann standen wir auf, und die Schwester sagte: Das war das letzte Mal, daß ich mit euch gespielt habe, aber das allerletzte! Dann traten wir alle ans Fenster und sahen, wie die Mutter kam.

Sie kommt ohne das Herkenschwein, sagte die Schwester, und der Vater sagte: Wie drückst du dich denn aus? Hab ich dir nicht gesagt, daß du dich nicht so ausdrücken darfst!, und die Schwester sagte: Ist doch wahr!, und der Vater sagte: Es scheint, sie ist ganz bepackt! Weiß Gott, wo sie überall war! Der Vater war froh, daß die Mutter ohne Herrn Herkenrath kam, ja, daß sie überhaupt wiederkam, und sagte: Gott sei Dank! Vor lauter Erleichterung stieß er ein paar Laute aus, wie wir sie von ihm noch nie gehört hatten. Als die Schwester fragte: Willst du was sagen?, sagte er: Jetzt red ich mit ihr, endlich, endlich! Dann legte er den Kartenstoß neben den Bücherstoß, den er in unsere neue Wohnung mitnehmen wollte. Vielleicht nahm er auch die Karten mit, falls er sie nicht vergaß. Doch mit wem sollten wir dann spielen? Wir waren ja bloß zwei.

Die Mutter trug ein Kuchenpäckchen, die Schwester hielt ihre Puppen. Sie war in den Gang gestürzt, der Mutter entgegen. Der Vater wollte »sein Gewicht von den Beinen kriegen«, er hatte sich hingesetzt. Im Hintergrund war ich. Die Schwester stand in der Tür, sie hatte sie weit aufgerissen. Sie streckte die Arme aus und wollte die Mutter *drücken*. Die Mutter ließ sich aber nicht, sie hatte zu viel zu schleppen.

Sachte, sachte, sagte sie, du reißt mich ja um!

Der Vater fand eine Zigarette, doch nun hatte er kein Streichholz. Er schaute den Gang hinab, ob vielleicht eins kam. Er mußte nun mit der Mutter reden, und zwar ziemlich bald. Wenn man mit seiner Frau lange nicht redet, läuft sie einem weg, hatte er mal gesagt. Er hielt sich im Hintergrund und räusperte sich, aber die Mutter und die Schwester schauten nicht hin. Nur ich schaute manchmal hin, vielleicht half ihm das. Die Mutter hatte Angst, daß die Schwester ihr die Frisur zerstören könnte, und sagte wieder: Sachte, sachte! Der Vater faßte sich ans Herz und kam näher. Ich muß endlich Gewißheit haben, sagte er zur Mutter, ich muß mit dir reden! Er konnte nicht verstehen, daß sie nicht auch Gewißheit brauchte. Dann war er wieder still.

Die Mutter war halbtot vom Kuchenschleppen und vom Nachhausegehen. Sie hatte sicher abgenommen, war aber immer noch zu dick. Sie war erstaunt, daß der Vater nach siebzehn Tagen plötzlich mit ihr reden wollte, und fragte uns: Redet er mit mir? Sie hatte für Herrn Herkenrath und den Vater und die Schwester und mich in der Konditorei Sanne ein großes Paket Kuchen gekauft, damit Herr Herkenrath sah, was für eine großartige Hausfrau sie war und was für ein gutes Leben er bei ihr haben würde. Sie hatte den Kuchen ganz allein nach Hause getragen. Also, sagte sie.

Der Vater zupfte an seinem Seidentuch. Immer wenn es mal drauf ankam, war es schief. Er war fast ruppig. Stell das alles da nieder und komm mit ins Arbeitszimmer, sagte er zur Mutter. Wir müssen reden. Bitte, sagte er.

Die Mutter legte alles auf den Küchentisch. Ich drängte mich nicht vor. Die Schwester war da anders. Sie wollte lieb zur Mutter sein und sie drücken, aber die Mutter wollte nicht und sagte: Nicht mich anfassen mit deinen ungewaschenen Fingern, sondern ein bißchen Rücksicht nehmen auf die, die die Arbeit damit haben und das Zeug alles waschen müssen.

Nun gehst du aber nicht mehr weg, oder, fragte die Schwester.

Komm also, sagte der Vater, ich warte!

Die Mutter seufzte. Euer Vater bildet sich ein, daß er plötzlich mit mir reden muß, sagte sie zu uns. Weiß Gott, was er noch will, so kurz vor Toresschluß!, und die Schwester sagte: Es ist sicher was Wichtiges! Darf ich zuhören?

Der Vater stand an seiner Zimmertür und sagte: Komm jetzt, komm! Er meinte die Mutter. Sie stand da und machte ein Gesicht, als fragte sie sich: Soll ich oder nicht? Sie sagte: Aber nur, wenn es sein muß! In dieser Sache müssen alle vernünftig sein! Auch ihr, sagte sie zu uns und drohte uns mit dem Finger.

Der Vater hatte sich hoch aufgerichtet, so hoch er eben konnte. Er dachte an seine schwere Ehe und sagte: Also, also! Wir hörten jedes Wort. Wir standen in der Fensternische, so tief es nur ging. Draußen war es zwar noch schön, aber nicht mehr *so* schön. Zwar war der Tag noch nicht vorüber, doch würde er nun bald vorüber sein. Dann, nach siebzehn Tagen und Nächten, fingen die Mutter und der Vater wieder zu reden an.

Als der Vater und die Mutter zum letztenmal miteinander redeten, machten sie die Tür hinter sich zu. Sie waren im Vaterzimmer, wir durften nicht hinein. Die

Mutter hatte uns in unser Zimmer geschoben und gesagt: Ihr bleibt hier! Seid aber leise, sagte sie, es wird sich nicht gebalgt!

Ich balge mich nicht, sagte die Schwester. Ich werde angegriffen!

Es wird sich nicht gebalgt, sagte die Mutter und folgte dem Vater in sein Zimmer. Ach, wenn ich doch eine gegen die Wirklichkeit doppelt gepolsterte Tür hätte, was für wunderbare Bücher ich da schreiben würde, sagte der Vater oft. Unser Zimmer war etwas eng. Weil der Vater rund und mächtig war, brauchte er viel Platz. Wenn er zu uns kam, zwängte er sich in die Fensterecke und sagte manchmal: Bei euch erstick ich! oder: Bei euch ist's gemütlich! Dann schaute er liebevoll auf uns nieder und sagte: Ihr seid nur halbe Portionen! Manchmal schob er uns in den Türrahmen und machte mit dem Bleistift über unseren Köpfen auf das Holz einen Strich. Dann sagte er zu uns: Du gehst bis dahin, und du gehst bis dahin! Wir sahen dann, wie groß ich war, und wie klein meine Schwester. Sie fragte jeden Tag, wie groß sie *heute* sei, doch sie wurde und wurde nicht größer. Dafür wurde das Zimmer immer enger. Doch hat auch ein enges Zimmer sein Gutes, sagte der Vater manchmal. Da fühlt man sich sicher. Fühlt ihr euch noch sicher in eurem Zimmer, fragte er.

Eigentlich nicht, sagte meine Schwester.

Ach Gott, sagte der Vater, also werdet ihr erwachsen! So fängt's immer an!

Als die Mutter und der Vater zum ersten- und letztenmal wieder richtig miteinander redeten, war die Tür hinter ihnen fest zu. Wir waren in unserem Zimmer. Auch unsere Tür war geschlossen, nur das Fenster stand auf. Die Schwester stand neben mir, um tief Luft zu holen. Sie wollte was probieren.

Also, sagte sie, paß auf!

Dann holte sie tief Luft, hielt sich die Nase zu und zählte, um zu sehen, wie weit sie ohne Atmen kam. Sie kam aber nur bis neun. Ich kam bis achtundvierzig, so weit kam sie im Leben nicht! Sie konnte nicht mal so weit zählen, ob mit, ob ohne Luft. Sie wollte es noch mal versuchen, aber da fiel ihr Herr Herkenrath wieder ein, und sie hatte Wut. Sie warf ihre Puppen auf ihr Bett, quer durchs ganze Zimmer. Natürlich traf sie das Bett nicht, weil sie nicht zielen konnte. Zwei fielen auf den Boden.

Und was machst du nun, fragte ich.

Du meinst, ob ich sie aufhebe, fragte sie.

Ich meine, wenn ich weg bin!

Was werd ich da schon machen, sagte sie.

Na ja, sagte ich, und wir standen wieder rum. Durch die Wand hörten wir den Vater und die Mutter, mal leise und mal laut. Wenn sie heute noch streiten wollten, mußten sie sich beeilen. Ich wollte die Schwester rasch noch erziehen, bald war es zu spät. Und damit, sagte ich und zeigte auf ihre Puppen, die runtergefallen waren, was machst du damit?

Was sollte ich damit denn machen?

Hebst du sie nicht auf?

Nein.

Und wenn einer drauftritt?

Soll er doch, sagte meine Schwester. So war sie! Jedenfalls trat ich nicht auf ihre Puppen, jedenfalls nicht am letzten Tag. Ich ging darum herum. Dann ging ich zur Kinderzimmertür und legte ihr die Hand auf den Mund. Ich wollte die Eltern hören. Der Vater redete viel und holte dazwischen Luft. Er sprach nun das aus, was er immer gedacht hatte, nachts, wenn er nicht schlafen konnte. Zum erstenmal seit vielen Wochen standen sie so nahe nebeneinander und sagten so lange Sätze. Sobald ein Satz fertig war, kam auch schon der nächste. Weiß Gott, wie lange der Vater diese Sätze in seinem Kopf hin- und hergeschoben hatte! Nun kamen sie alle raus. Manchmal verwirrte er sich beim Reden, und sein schöner Satz brach auseinander. Dann wußte er nicht, wie es weiterging, und fragte: Was hatte ich sagen wollen? Die Mutter zuckte die Achseln, sie wußte es auch nicht. Vielleicht nickte sie auch oder schüttelte den Kopf, wir sahen sie ja nicht! Manchmal sagte sie auch was, doch immer nur was Kurzes. Oft seufzte sie oder holte Luft und sagte: Das versteh ich nicht! oder: Mach ruhig weiter, ich hör zu! Draußen war es noch warm, besonders die Mauern und die Luft. Der Vater machte seine Pausen immer länger. Wegen seiner vielen Sorgen konnte er nicht mehr so schnell denken. Oft ließ er die Mutter eine Weile warten, bis er seine Gedanken wieder beisammen hatte, dann sagte er wieder was. Die Schwester stand nun nicht mehr neben mir, sie langweilte sich zu sehr. Sie hatte sich eine Puppe geholt und fragte: Verstehst du, was sie reden?

Nicht alles, sagte ich.

Wie ich, sagte sie, ich versteh auch nicht alles!

Deshalb gingen wir näher ran an die Tür. Der Vater sprach ziemlich laut. Er wollte gar nicht so laut sprechen, es kam einfach so raus. Ich legte ein Ohr an seine Tür. Sie war kühl wie alle Türen, wenn nicht grad die Sonne drauf schien. Der Lack war abgesplittert. Die Schwester kratzte gerne dran und sagte: Ich mach sie grade! Nebenan war es still. Wir warteten, ob die Mutter oder der Vater wieder was sagen würden, lange sagten sie aber nichts. Dabei hätten sie sich so viel sagen können, oh Gott, so viel, so viel! Statt dessen fiel dem

Vater sein Husten ein. Er sagte: Es ist rein nervös! Er war natürlich aufgeregt, weil von diesem Gespräch *sein Lebensglück* abhing. Vielleicht wußte er auch nicht, was er wollte. Die Mutter wußte, was sie wollte, und sprach es deutlich aus. Der Vater wußte nie, was er sagen wollte, ehe er es ausgesprochen hatte. Dann wußte er es auch. Die Mutter fragte dann: Und was meinst du damit?, und der Vater sagte: Das habe ich doch gesagt! Er hatte ein paar Lieblingswörter, die er viel benutzte. Die Mutter sagte: Er nützt sie ab! und lächelte, wenn eins kam. Sie kannte sie alle schon und lehnte alle ab. Sie hatte andere Lieblingswörter, zum Beispiel das Wort *Glück*. Wie, rief der Vater, wenn sie das Wort sagte, und die Mutter breitete die Arme aus und rief: Mein Glück, mein Glück! Dabei hob sie es aus den anderen Wörtern, die sie auch gesagt hatte, weit heraus und ließ es lange schweben. Es war ihr Lieblingswort.

Die Schwester stand mit ihren Puppen im Gang und gähnte. Sie fragte: Wovon redet sie?

Still, sagte ich, ich kann sie nicht hören!

Das schon, sagte die Schwester, aber wovon redet sie?

Vom Glück, sagte ich, vom Glück!

Von welchem?

Von ihrem, sagte ich. Dann kam wieder eine Pause. Während dieser Pause versuchten wir, uns das Glück der Mutter vorzustellen, jeder für sich. Wir konnten aber nicht. Später stellten wir uns andere Wörter vor, die sie auch sagte, zum Beispiel das Wort *Sehnsucht*. Das Wort *Sehnsucht* schwebte auch, aber nicht so hoch. Wir kannten es schon lange. Wir hatten es schon vom Mariechen gehört, nun hörten wir es wieder. Danach kamen zwei schrecklich kurze Wörter, die schrecklichsten von allen. Sie kamen Schlag auf Schlag. Es waren die Wörter *zu spät*. Die Schwester hatte sich auf die Truhe gesetzt und ließ die Beine baumeln.

Was sagt sie, fragte sie, was sagt sie?, und ich sagte: *Zu spät*! Sie sagt: *Zu spät*!

Die Wörter *zu spät* sagte die Mutter ganz leise, das war das Schreckliche daran. Selbst ich, mit meinen guten Ohren, verstand sie kaum. Der Vater stand wahrscheinlich neben ihr, als sie ihre Wörter sagte. Er konnte sie grade noch hören. Ich wollte die Stille besser hören und legte mein Ohr an die Tür. Der Vater ließ seine schwere Hand auf seinen Schreibtisch fallen. Dann sagte er wieder was, es klang wie *unsere Zukunft*. Als die Mutter diese Wörter hörte, wich sie ein Stück zurück, ich sah sie richtig vor mir. Der Vater, der nun was sagen mußte, ging vor ihr hin und her, da kamen ihm bessere Gedanken. Leider kamen heute keine. Als er lange still gewesen war, fing die Mutter wieder an.

Langweilig, sagte die Schwester. Sie stand nun nicht mehr an der Wand, sie hupste zurück in unser Zimmer. Von dem entscheidenden Gespräch hatte sie nicht viel. Sie hupste oder gähnte lieber. Beim Gähnen konnte ich ihren Gaumen und ihr Zahnfleisch sehen. Ihr Gaumen und das Zahnfleisch waren rosig wie bei einem mittleren Tier. Sie wollte, daß »der Mann« endlich käme, doch er kam einfach nicht.

17

Als unsere Eltern sich die Wahrheit über ihre Ehe gesagt hatten, sagte die Mutter: Das war's! und wollte zurück in ihr Zimmer. Da wir hinter der Vaterzimmertür standen und lauschten, lief sie in uns rein. Was treibt ihr denn hier?, fragte sie, und die Schwester sagte: Wir treiben gar nichts!, und die Mutter fragte: Habt ihr etwa gelauscht? Ihr solltet doch in eurem Zimmer bleiben, das habe ich euch doch gesagt! Sie hatte vom vielen Reden mit dem Vater einen roten Kopf. Könnt ihr euch nicht einen Augenblick mit euch selbst beschäftigen und wie ganz normale Kinder still in eine Ecke gehen und was spielen, fragte sie.

Die Schwester sagte: Wir haben nicht gelauscht, sondern sind wie ganz normale Kinder..., aber da war die Mutter schon in ihrem Zimmer. Wir haben nicht gelauscht, rief ihr die Schwester nach, doch die Tür der Mutter war schon zu.

Wir standen im Korridor und fragten uns, wohin: der Mutter nach, dem Vater nach, oder in den Garten? Die Sonne zog sich bald zurück. Trotzdem wären wir am liebsten noch mal in den Garten gegangen, aber da wären die Nachbarn an den Zaun gekommen und hätten uns gefragt, ob unsere Eltern sich noch liebten, und wir hätten lügen oder sagen müssen: Nein, sie trennen sich! Das wollten wir aber nicht, wir hätten uns für sie geschämt. Zur Mutter wollten wir aber auch nicht, der waren wir bloß lästig. Am wenigsten aber wollten wir zum Vater. Wir gingen also zu ihm, wir klopften nicht mal an. Weil das entscheidende Gespräch mit der Mutter nun vorüber war, hatte er die Jacke wieder ausgezogen. Er stand mitten unter dem Gepäck, mit dem er ausziehen mußte. Er stand zwar, schien aber eingeschlafen zu sein oder doch zu träumen. Als er uns endlich bemerkte, nahm er ein Buch in die Hand, aus alter Gewohnheit, wie er immer sagte. Er wandte uns den Rücken zu. Als wir um ihn herumgegangen waren und sein Gesicht sahen, sahen wir, daß er weinte. Natürlich erschraken wir. Wir täuschten uns aber nicht, seine

Augen waren rot. Aus jedem war eine Träne gekommen und auf die Wange gerollt. Die eine war schneller gerollt als die andere und hing nun am Kinn. Wir fragten uns, warum er sie nicht abwischte, sondern hängen ließ. Lange stand der Vater mit seinem Taschentuch in der Hand da und wischte die Träne nicht ab. Dann bemerkte er das Tuch und sagte: Ach ja! und steckte es in die Tasche. Weil er uns nicht zeigen wollte, daß er geweint hatte, fuhr er sich mit dem Ärmel über die Augen. Meine Schwester war so rücksichtslos, daß sie die ganze Zeit hinschaute, während ich so tat, als hätte ich nichts gesehen, und wegschaute, zum Fenster hin. Draußen saßen Vögel. Ich hatte Angst, daß die Schwester den Vater fragen könnte, warum er geweint hatte, sie fragte aber nicht. Lange standen wir stumm herum. Ich wäre gern weggelaufen, am liebsten in den Hohen Hain. Ich fragte mich, ob wir nicht doch lieber zur Mutter oder in den Garten hätten gehen sollen, und sagte schon: Komm, gehen wir! Wir blieben dann aber beim Vater.

Was sich alles so ansammelt, sagte er und zupfte an seinem Seidentuch. Dann legte er das Buch, zu dem er gegriffen hatte, auf den Tisch zurück und schob es hin und her. Überflüssig, sagte er, alles überflüssig!

Was denn, fragte die Schwester, und der Vater zeigte auf die Bücher und sagte: Das alles! Die gehen alle nicht mit!

Sondern? Wo gehen sie denn hin?

Nirgendwo! Sie bleiben hier.

Und was machen sie hier, fragte die Schwester und der Vater sagte: Sie liegen rum! Ein anderes Buch legte er zur Seite. An dem hänge ich, sagte er, das geht mit!

Aber es kann doch gar nicht gehen, sagte die Schwester. Es hat doch keine Beine!

Doch doch, die Bücher kennen mich, sie kommen, wenn ich sie rufe! Sie gehen an meiner Seite, sagte der Vater, der schon lange nicht mehr las.

Weil die Schwester so taktlos war, fragte sie: Und was machst du, wenn die Mutter das Herkenschwein geheiratet hat?, aber der Vater hatte sie nicht gehört. Er zeigte immer noch auf die Bücher und sagte: Berge, Berge! Dann zeigte er auf den Bücherschrank, der eigentlich gar nicht so groß war. (Später habe ich andere, viel größere, unheimlichere Bücherschränke kennengelernt.) Er dachte nach und sagte: Es werden Berge gewesen sein! Danach ging er zur Tür, öffnete sie leise und schaute in den Gang. Er wollte sehen, ob die Mutter es sich nicht doch noch überlegt hatte und aus ihrem Zimmer herausgekommen war. Vielleicht wollte sie noch mal mit ihm reden und ihn bitten, doch nicht wegzuziehen. Die Mutter war aber nicht herausgekommen, der Gang war ganz leer. Selbst die Schwester hatte nun keine Hoffnung mehr, sie gab es bloß nicht zu. Sie sagte: Vielleicht sprichst du noch mal mit ihr!

Ja, sagte der Vater, vielleicht!

Morgen?

Vielleicht morgen.

Oder übermorgen?

Ja, vielleicht übermorgen.

Du kannst ihr ja auch schreiben.

Ja, sagte er, ich kann ihr schreiben! Dann richtete er sich auf. Er hatte sich zu was entschlossen, wir wußten bloß nicht, wozu. Er schlüpfte in seine grüne Wolljacke, die ihm die Mutter mal geschenkt hatte. Die Jacke lag gerade da. Er sah nun wie ein Jägersmann aus. Dann schüttelte er wieder den Kopf, sagte aber nichts. Als die Schwester fragte: Warum sagst du nicht was zur

Mutter?, sagte er: Was soll ich denn noch sagen?, und als die Schwester sagte: Was Richtiges! Du sollst mal was Richtiges sagen!, fragte er: Was gäbe es denn noch Richtiges zu sagen? Sie weiß ja alles schon! Die Schwester dachte wieder nach. Vielleicht wollte sie sagen: Warum sagst du ihr nicht, daß du sie liebst?, aber das sagte sie dann doch nicht, weil der Vater bei diesem Wort nun immer bloß lachte. Er setzte die Baskenmütze auf. Dann ging er zur Tür.

Gehst du weg, fragte die Schwester. Sag mal, gehst du weg? Sie wollte nicht, daß der Vater allein wegging. Sie hatte Angst um ihn.

Ich stellte mich dicht neben ihn. Dürfen wir mitkommen, fragte ich.

Ich gehe allein weg, sagte er auf eine abschließende Art und trat in den Korridor.

Das schon, sagte die Schwester, aber wohin?, und ich sagte nochmal: Wenn du willst, kommen wir mit! Wir standen rechts und links an seiner Seite, wir hatten ihn *eingerahmt*.

Der Vater schüttelte den Kopf. Ich geh allein, sagte er, dann lief er aus der Wohnung. Wer hätte gedacht, daß der alte dicke Mann noch so schnell laufen konnte! Wir schauten ihm von der Tür her nach, dann liefen wir ans Fenster. Wer hätte gedacht, daß der dicke Mann... Er war schon auf der Straße.

Du hast was vergessen, rief die Schwester. Der Vater hörte sie aber schon nicht mehr, die Fensterscheibe war dazwischen. Die Schwester rief: Das da! und hielt seinen Stock in die Höhe, doch der Vater hörte und sah sie nicht. Er sah sich auch nicht um.

Das Lüftchen, das aufgekommen war, war frischer als das von heute morgen. Die Mittagszeit war längst vorbei, es war meine letzte hier gewesen. Weil der Vater nicht mehr da war und die Mutter nicht mehr zu fürchten brauchte, »in ihn reinzulaufen«, kam sie aus ihrem Zimmer.

Na, fragte sie, wollt ihr was essen, und die Schwester sagte: Ich weiß nicht, ob ich was essen will!

Die Mutter schenkte uns Milch ein und machte uns ein Brot. Das stand dann lange rum. Im Garten schwiegen die Vögel. Sie hatten lange Lärm gemacht und ruhten sich nun aus. Wo eben noch Sonne gelegen hatte, lag nun Schatten. Wo war der Vater hin? Warum hatte ihn die Mutter nicht beim Arm genommen und zurückgehalten? Sie war wieder in ihrem Zimmer. Sie war eine schwere Frau, aber lustig! Jetzt probierte sie Schuhe an für Herrn Herkenrath, für wen sonst? Sie brauchte welche, die ihre Füße schlanker machten und in denen sie trotzdem laufen konnte. Am liebsten hätte sie geschwebt. Sie hatte aber keine Schuhe, in denen es sich schweben ließ. Und wo war der Vater? Ich hatte mein Brot nicht angerührt, nur die Schwester aß. Wir waren wieder allein. Wir standen am Kinderzimmerfenster und schauten die Straße hoch.

Manchmal geht er spazieren, sagte die Schwester.

Aber nicht ohne uns!

Doch, sagte sie, manchmal!

Und warum sollte er gerade heute ohne uns gehen?

Weil ihm da für sein Buch mehr einfällt.

Ihm braucht nichts mehr einzufallen, sagte ich. Er schreibt keine Bücher mehr.

Doch, sagte die Schwester, er schreibt noch welche, aber nur noch kleine.

Aber er hat sein Notizheft gar nicht mit!

Dann schreibt er im Kopf.

Trotzdem, sagte ich, und wir schwiegen wieder,

ziemlich lange. Außerdem, sagte ich, kann er nicht spazierengehen.

Warum nicht?

Er hat seinen Stock nicht mit!

Und warum kann er nicht ohne Stock?

Da kann er sich auf nichts stützen.

Das braucht er nicht. Er ist kein alter Mann!

Aber er wird bald einer.

Nein, sagte die Schwester, noch lange nicht!

Doch, vielleicht schon morgen.

Warum denn morgen?

Weil er heut von der Mutter weggeht. Außerdem, sagte ich, kommt er gleich zurück.

Das glaube ich nicht.

Du meinst, er kommt nie mehr zurück?

Das hab ich nicht gesagt.

Und was hast du sagen wollen?

Daß er nicht *gleich* zurückkommt, sondern später.

Wenn's dunkel ist?

Sehr dunkel.

Ja, sagte ich, sehr dunkel!, und wir standen wieder rum. Die Schwester langweilte sich wieder, sie konnte gar nicht sagen, wie. Ich hätte mich auch gelangweilt, wenn ich nicht solche Angst gehabt hätte. Sobald einer Angst hat, langweilt er sich nicht, das ist das Gute dran, sagte der Vater oft. Lange hofften wir, es würde was geschehen, es geschah aber nichts.

Und wenn, fragte die Schwester und machte eine Pause, eine ziemlich lange, und ich fragte: Wenn was?

Wenn er nicht wiederkommt?

Du meinst, nie?

Ja, nie!

Natürlich kommt er wieder, sagte ich. Er geht bloß mal ums Haus.

Und warum sehen wir ihn dann nicht, wenn er bloß ums Haus geht?

Weil er einen anderen Weg geht als sonst!

Und warum ist er noch nicht zurück?

Weil er steife Beine hat, sagte ich. Außerdem fehlt ihm sein Stock. Da kann er nicht so schnell.

Trotzdem müßte er zurück sein.

Sicher kommt er gleich.

Wir standen herum, mal in unserem Zimmer, mal in dem vom Vater. Wir schauten aus zwei Fenstern. Draußen war alles wie immer, bloß nicht mehr so hell: Bäume, Himmel, blaue Luft, aber kein Vater, kein Vater! Die Schwester fragte: Und warum ist er jetzt noch nicht da?

Weil er einen Bogen macht.

Einen so großen?

Ja, einen so großen!

Und warum hat er nicht gesagt, daß er einen so großen Bogen macht?

Wir haben ihn nicht gefragt.

Aber warum hat er *gar nichts* gesagt?

Gehen wir zur Mutter, sagte ich.

Weil die Leute nun immer zu uns hochschauten, waren nun auch in Mutters Zimmer oft die Gardinen zu. Da sah von unten keiner mehr, ob sie da war und was sie machte. So still wie heut war es aber noch nie. Wenn der Vater diese Stille hörte, schüttelte er den Kopf und sagte: Na, so was! Nur die Dielen knarrten leise, wenn man zur Mutter ging. Wir traten an ihr Fenster und erinnerten uns, wie wir früher an ihr Fenster getreten waren. Wenn es regnete, sahen wir die Tropfen von hier am besten. Weil der Vater und die Mutter sich trennten, stellte ich mir vor, wie die Tropfen auf der Straße platzten. Wenn ich eine Hand aus dem Fenster hielt, konnte ich den Regen fühlen. Wenn ich die Hand nach oben streckte, rollten die Tropfen in meine Achselhöhle, und die Schwester sagte: Schau, wie du schwitzt! Unsere Eltern hatten sich nun gesagt, was sie sich noch zu sagen hatten, nun gab es nichts mehr. Die Mutter atmete tief und lange. Sie war mit ihren Haaren nicht zufrieden. Sie sollten endlich *locker liegen*, wollten aber nicht. Dabei war das so wichtig!

Wie wichtig denn, fragte meine Schwester, so wichtig wie ein Bein?

Ach, was redest du wieder für dummes Zeug, sagte die Mutter. Sie wollte nicht, daß jemand wußte, wie dünn ihr Haar in Wirklichkeit war, und sagte: Es ist fein! Dann nahm sie den Kamm und fuhr drüber hin, um alles »gerecht zu verteilen«. Wir standen dicht hinter ihr und dachten: Wo ist der Vater hin? Einmal wurde die Schwester richtig zornig und rief: Wo ist der blöde Vater bloß?

Ist er nicht in seinem Zimmer, fragte die Mutter. Sie wußte nicht, daß er verschwunden war.

In seinem Zimmer ist er nicht, sagte ich, und die Mutter sagte: Dann wird er mit seinem dicken Schädel weggelaufen sein!

Das schon, sagte meine Schwester, aber warum kommt er nicht wieder?

Bis jetzt ist er noch immer wiedergekommen, sagte die Mutter und zupfte an ihren Haaren. Da vergaß meine Schwester den Vater wieder und zeigte auf die Haare und fragte: Warum machst du das?, und die Mutter sagte: Damit sie schön liegen!

Dein Haar ist fein, sagte die Schwester, und die Mutter fragte: Was willst du denn jetzt wieder?

Ich will doch nichts, sagte meine Schwester.

Die Mutter hatte eine Zigarette im Mund, die dämpfte ihren Appetit. Doch doch, du willst was, sagte sie zur Schwester und rollte die Zigarette zwischen ihren Lippen. Der Vater hatte den Stock vergessen, die Mütze hatte er auf. Die Schwester stand zwischen der Mutter und mir und fragte: Was sollte ich denn wollen?, und ich sagte: Du willst immer was!

Er streitet wieder, sagte sie, und die Mutter legte die Zigarette weg und sagte: Heute ist ein besonderer Tag, heute wird nicht gestritten!

Ich streit doch nicht, sagte die Schwester, ich schau nur zu, wie du dir die Haare machst!

Natürlich streitest du, sagte ich.

Jetzt suchte die Mutter nach dem Kamm, aber nach dem langen, feinen. Sie rief: Kein Streit! Kein Streit! Da weinte die Schwester wieder. Ich streite doch nicht, sagte sie.

Natürlich streitest du, sagte ich.

Als wir den Vater schon aufgegeben hatten, tauchte er wieder auf. Weil er nicht aus der üblichen Richtung, sondern aus der entgegengesetzten kam, erkannten wir ihn erst gar nicht. Er hatte die Mütze mit dem Trauerflor nicht auf dem Kopf, er trug sie in der Hand. Wenn er damit im Gehen gegen seine Schenkel schlug, sagte die Mutter: Er ist ein großes Kind! Er braucht was zum Spielen!

Schau mal, sagte ich. Wir standen am Fenster, wo sonst? Wir schauten die Straße hinauf.

Die Schwester fragte: Warum soll ich schauen?, und ich sagte: Der Vater!

Die Schwester sah ihn lange nicht, sie suchte in der falschen Richtung. Als sie ihn endlich sah, sagte sie: Ich hab ihn längst gesehen, ich bin doch nicht blind! Sie war so erleichtert, daß sie laut lachte. Sie winkte ihm zu. Der Vater, wegen seiner schlechten Augen, sah uns lange nicht. Fast hätte ich auch gewinkt. Ich wollte nur nicht, daß die Schwester meine Erleichterung sah, deshalb winkte ich dann doch nicht. Statt dessen machte ich ihm ein Zeichen mit dem Zeigefinger, ganz zart. Er war bloß spazieren gewesen! Er schaute immer noch nicht zu uns hoch, er war mit den Gedanken woanders. Vielleicht schrieb er in seinem Kopf an einem Satz oder strich ihn wieder aus. Schließlich sah er uns doch. Er brauchte aber eine Weile, ehe er uns erkannte. Er schien sich zu sagen: Ach ja, natürlich, meine Kinder! Die sind ja auch noch da! Dann gab er sich einen Ruck und *tauchte wieder auf*. Er warf ein Zweiglein weg, das er in seiner Verzweiflung irgendwo abgerissen und mit sich herumgetragen hatte. Dann setzte er seine Baskenmütze auf und zupfte seine grüne Wolljacke zurecht. Er machte sich für uns fein und winkte und war wieder unter uns.

18

Draußen wurde es nun kühler. Auch dunkler wurde es. Der Vater saß zwischen uns, aber nur ganz kurz. Die Schwester hatte eine Hand auf seinem Knie, meine lag auf dem Stuhl. Der Vater sah nach oben und nickte. Er wollte wieder etwas sagen, wir mußten nur ein bißchen warten. Nach dem Tag, sagte er dann, kommt eine Weile nichts, danach kommt dann das andere!

Was denn für ein andres, fragte die Schwester, und der Vater sagte: Die Nacht!

Dann verschwand er in seinem Zimmer, und ich

packte weiter. Als wir schon nicht mehr an Herrn Herkenrath dachten, tauchte er dann auf. Die Schwester sagte später, sie hätte ihn zuerst gesehen, das stimmte aber nicht. Ich sah ihn zuerst. Fünf Hemden lagen nun in meinem Koffer, es wurden immer mehr. Dazu die Pullover, die Unterwäsche, alles mußte mit, alles! Die Schwester stand dicht am Fenster und schaute hinaus. Sie hatte nichts begriffen. Weil sie bei der Mutter blieb, brauchte sie auch nicht. Alles, was sie wissen mußte, würde die ihr sagen. Die Hemden und Hosen meiner Schwester lagen wie stets im Schrank. Die Schwester selber war wie immer nutzlos und lungerte rum. Vielleicht hatte sie vergessen, daß ich nun gleich verschwand, und dachte, ich bliebe ewig. Aber das war immer so, sie wußte nie, was um sie herum passierte. Sie sagte: Da gehst du also!, begriff aber nicht, was das *hieß*. Sie zeigte auf meinen blauen Pullover und fragte: Nimmst du den mit?, und ich sagte: Ja.

Und das Hemd?

Das auch.

Und die Socken?

Ich weiß nicht, sagte ich, ich glaube!

Plötzlich zeigte die Schwester auf die Straße und rief: Da kommt der blöde Mann, glaube ich!

Natürlich hatte ich ihn längst gesehen, ich hatte es bloß nicht *ausgesprochen*. Ich ging ans Fenster und schaute hinaus. Es war Herkenrath, ich sah es gleich. Er hatte einen scheißbraunen Anzug an und eine Mütze auf, die völlig zu dem Anzug paßte. Diese Mütze war ihm entweder zu groß, oder sein Kopf war zu klein. Er trug eine Aktentasche, als ginge er gar nicht zur Mutter, sondern ins Büro. Er hatte einen Blumenstrauß. Er stand auf der anderen Straßenseite und wußte nicht, wohin. Er wirkte verloren mit seiner Mütze vor unserem grauen Haus, in dem wir »ein paar Jahre hin- und hergelaufen und älter geworden waren«, wie der Vater sagte. Das Haus gehörte dem Hausbesitzer Franke. Dem gehörten viele Häuser. Er brauchte sie gar nicht alle und gab uns trotzdem keins. Als Herr Herkenrath lange genug herumgestanden hatte, ging er über die Straße auf unser Haus zu. Wir mußten es dem Vater sagen, aber dalli, dalli! Weil der Vater »endlich denken und alles begreifen« wollte, hatte er seine Tür abgesperrt, und ich mußte klopfen. Ich klopfte also und rief, daß einer käme und schon unten stünde. Natürlich hatte die Schwester es dem Vater sagen wollen und fing sofort zu heulen an.

Na gut, sagte ich, dann sagst du's ihm eben noch mal!

Aber nun weiß er's doch schon, sagte sie.

Vielleicht hat er's nicht gehört!

Also gut, sagte die Schwester, da tun wir so, als ob er's nicht gehört hätte, und ich sag's noch mal! und rief: Das Herdenschwein ist draußen und grunzt!

Wir hörten, wie der Vater vom Rohrstuhl aufstand. Wie, rief er, was sagst du?

Das Herdenschwein, das Herdenschwein! rief die Schwester. Mach schnell!

Da fluchte der Vater. Dann hörten wir seinen Stuhl. Er drückte sich daran vorbei und schloß die Türe auf. Er war in Hemdsärmeln, wie vorher. Wie gerne hätte er gepackt, wenn man ihn nur ließe! Zu dritt standen wir am Fenster und schauten auf Herrn Herkenrath hinab, er wußte es bloß nicht. Der Vater hatte eine Hand auf dem Rücken, mit der anderen stützte er sich ans Fensterkreuz. Ja, sagte er, das muß er sein! Dann schüttelte er den Kopf und sagte: Ein Knirps, wie er im Buche steht! Sie hat sich einen Knirps genommen!

Jetzt sagt mal, Kinder, aber ehrlich: Ist er nicht häßlich?

Häßlich, sagte die Schwester, und ich sagte: Ja, sehr!

Der Vater verstand die Welt nicht mehr. Wie so ein Knirps es wagen kann, seine Augen, seine Hände... Er begriff nicht, daß die Mutter sich von ihm trennen und dafür Herrn Herkenrath nehmen wollte. Ich begreif's nicht, sagte er, ihr?

Ich begreif's auch nicht, sagte die Schwester, und ich sagte: Ich auch nicht!

Nicht wahr, sagte der Vater und atmete und nickte. Er schaute immer noch auf Herrn Herkenrath hinab, er hatte sich *festgesehen*. Langsam, an unserem letzten Tag, kam Herr Herkenrath auf unsere Haustür zu. Er hatte festes Schuhwerk an. Als er genau unter unserem Fenster stand, schaute er herauf. Vielleicht hatte er unsere Blicke gespürt, auf der Haut, das gibt es! Wir wichen rasch zurück. Der Vater zupfte an seinem Schal und sagte wieder was. Leider machte er den Mund nicht auf und war nicht zu verstehen. Entweder sagte er: Da kommt er und bringt mich um! oder: Da kommt er und bringt mir Rum! Als die Schwester fragte, was er gesagt hätte, sagte der Vater, wir sollten keine überflüssigen Fragen stellen und uns nicht sehen lassen.

Und du, fragte die Schwester, darfst du dich sehen lassen?

Mich sieht er nicht, sagte der Vater. Sobald er hochschaut, springe ich zurück.

Kannst du denn springen, fragte sie, und der Vater sagte: Kann ich, kann ich alles!

Der Anzug von Herrn Herkenrath hatte viele Taschen, mehr als jeder Anzug sonst. Er hatte gelbe

Knöpfe. Von hinten sah Herr Herkenrath wie der Vater aus, aber nur ein bißchen. Deshalb hatte ihn die Mutter wohl genommen. Da wußte sie, woran sie war, und mußte sich nicht groß umstellen. Seine Hose hatte einen Ledergürtel, der alles zusammenhielt. Dem Vater gefiel der Anzug nicht. Lächerlich, wie er rumläuft, sagte er. Einfach lächerlich!

Und warum kommt er nicht rauf, fragte die Schwester, und der Vater sagte: Er hat keinen Mumm! Er muß ihn erst zusammenkratzen, das bißchen, das er hat!

Schließlich ging Herr Herkenrath doch in unser Haus. Da kam dann auch Mutters Stimme, sie klang hell und froh. Herr Herkenrath ist im Anmarsch, Kinder, rief sie aus ihrem Zimmer. Schnell, macht ihm mal auf!

Ich sah meine Schwester an. Sie preßte die Lippen zusammen und schüttelte den Kopf. Dann sah ich den Vater an. Er war blaß geworden. Und dann seine Faust, seine Faust! Er hielt sie still vor seinen Mund, vielleicht biß er drauf. Dann hörten wir Herrn Herkenraths Schritte. Langsam kam er die Stufen hoch. Dann läutete es auch schon, es ging uns durch Mark und Bein. Weder der Vater noch die Schwester noch ich gingen zur Tür, wir wollten, daß er draußen blieb. Wir hörten ihn mit seinen Stiefeln kratzen, sicher hatte er Zwecken dran. Weil wir nicht aufmachten, mußte die Mutter an die Türe gehen. Das dauerte natürlich seine Zeit, denn es fiel ihr schwer, sich vom Spiegel loszureißen. (Die Schwester sagte: loszu*eisen*.) Kein Wunder, daß es noch mal klingelte. Weil wir uns nicht mucksten, wußte Herr Herkenrath lange nicht, ob jemand da war. Er wollte aber nicht dreimal klingeln, er kratzte lieber an der Tür.

Würdet ihr die große Liebenswürdigkeit besitzen und für mich die Tür aufmachen, wenn ich euch so drum bitte, rief die Mutter aus ihrem Zimmer. Herr Herkenrath steht draußen!

Der Vater lehnte an der Tür und nickte. Er lächelte fein. Er hoffte, daß Herr Herkenrath verschwinden würde, wenn wir ihn nur lange genug warten ließen. Er jedenfalls öffnete nicht, und wir öffneten auch nicht. Da war die Mutter gezwungen, Kamm und Bürste aus der Hand zu legen und selber aufzumachen. Wir sahen alles vor uns, aber nur *vorgestellt*. Herr Herkenrath hatte einen roten Kopf, als die Wohnungstür aufging. Er sah aus, als wollte er sagen: Keine Angst, ich geh gleich wieder! Dabei wollte er ja für immer bleiben! Die Mutter hatte die Tür weit aufgemacht, damit er gut hereinging. Obwohl sie unaufhörlich an ihn gedacht und auf ihn gewartet hatte, tat sie, als hätte sie überhaupt nicht mit ihm gerechnet. Ach, Benno, sagte sie, was für eine Überraschung! Wie nett, daß du mal reinschaust!

Ja, sagte Herr Herkenrath, ich dachte, ich schau mal rein!

Ich hoffe, du hast nicht zu lange warten müssen!

Ach, sagte Herr Herkenrath, ich warte gern mal eine Minute! Er war geschniegelt und gebügelt, weil er zum erstenmal zu uns kam und einen unvergeßlichen Eindruck machen wollte. Man roch ihn durch den ganzen Korridor. Er roch nach Männercreme. Es war aber eine andere als die, die der Vater genommen hatte, wenn die Mutter ihm eine schenkte. Herrn Herkenrath würde sie nun eine neue Marke schenken.

Wir waren in den Gang getreten, ich und meine Schwester. Herr Herkenrath hatte die Mütze abgenommen und unter den Arm geklemmt. Sobald ein bißchen Licht drauf fiel, glänzten seine Haare. Sie waren zwar nicht mehr sehr dicht, doch hatte er noch welche. Auch Zähne, Wimpern, Augenbrauen, alles war noch da! Deshalb liebte ihn die Mutter so. Sonst gab's über ihn nichts zu sagen. Weil er nun zu uns zog, schaute er sich gut um. Vielleicht fragte er sich, an welcher Seite des Eßtischs er sitzen und das verdrücken sollte, was ihm die Mutter kochte, zum Beispiel Zwetschgenknödel mit brauner Butter und Zimt und Zucker, denn er ißt gern Süßes, hatte die Mutter mal gesagt. Wenn er in ihr früheres Schlafzimmer geschaut hätte, hätte er sich überlegen können, auf welcher Seite des Elternbettes er liegen wollte, auf der rechten oder auf der linken. Die Mutter mußte dann auf der anderen liegen. Gott sei Dank war ich dann nicht mehr hier! Langsam, als wollte er mit seinen Blicken nichts kaputtmachen, schaute er sich im Korridor um und sagte: Wie wohnlich!

Schön, daß du gekommen bist, sagte die Mutter.

Wenn ich etwas sage, bleibt es auch dabei, sagte Herr Herkenrath, und die Mutter sagte: Es hätte ja was dazwischenkommen können!

Es kommt nichts dazwischen, wenn ich was sage, sagte Herr Herkenrath. Er hatte halbhohe Stiefel an, aber ganz andere als der Vater. Er hatte seine auch geputzt. Man roch sie durch den Korridor, so wie bei einem Schuster. Wenn er sich hierhin oder dorthin drehte, hörte man sie knarren. Ich drücke mich vor keiner Pflicht, ich weiß, was sich gehört, sagte er, und die Mutter nickte. Eigentlich kannte sie ihn noch gar nicht so lange, verstand ihn aber sofort. Sie war froh, daß sie ihn noch gefunden hatte, so kurz vor Toresschluß. Als sie schon dachte, daß nichts mehr käme, ist er ihr in den Schoß gefallen, hatte der Vater mal gesagt. Nun hielt sie ihn für ihr Glück und faßte ihn am Ärmel. Komm, Benno, sagte sie und zog ihn in ihr Zimmer. Dabei machte sie uns hinter seinem Rücken ein Zeichen, daß wir nicht so rumstehen, sondern auch ins Zimmer kommen sollten. Wir wollten aber nicht.

Die Mutter hatte ihr Zimmer gebohnert an unserem letzten Tag. Wir hofften natürlich, daß Herr Herkenrath rutschte und sich etwas brach. Er rutschte aber nicht. Er ging auf Zehenspitzen, damit die Mutter sah, wie er ihre Wohnung respektierte. Sie führte ihn zu dem grünen Sessel, auf dem wir nicht sitzen durften. Sie hatte ihn mitten ins Zimmer geschoben, damit man ihn gut sah. Herr Herkenrath schaute ihn sich andächtig an. Dann nahm er seinen Jackenschoß hoch und setzte sich. Es war der Sessel, auf dem der Vater immer gesessen hatte, bis die Mutter eines Tages gesagt hatte: Zum Sitzen hast du deine eigenen Stühle, für den bist du zu schwer! Sie hatte ihn aus dem Sessel *vertrieben*. Wenn ich oder die Schwester uns draufsetzen wollten, sagte sie: Der ist nicht für euch! und jagte uns weg, und wenn die Schwester fragte: Für wen ist er denn?, sagte sie: Für einen Gast, falls ich mal einen bekommen sollte!

Und wenn du keinen bekommst, fragte die Schwester, und die Mutter sagte: Dann bleibt er eben leer!

Nun, nach langem, langem Warten – wir hatten keine Ahnung gehabt, daß die Mutter die ganze Zeit wartete –, war dieser Gast endlich da. Sein Scheitel war straff gezogen. Er hatte die Blumen noch in der Hand. Weil sie Herrn Herkenrath nicht alleinlassen wollte, schrie die Mutter wieder nach uns. Kinder, schrie sie, wo steckt ihr denn? Es ist jemand da! Wir kamen aber einfach nicht. So gehorchen sie, sagte die Mutter zu Herrn Herkenrath. Dabei tun sie, als wären sie scheu! Kommt, rief sie, dieser Herr beißt euch nicht, oder?, und Herr Herkenrath dachte eine Weile nach und sagte: Eigentlich nicht!, und wir standen wieder rum. Dann stieß ich die Schwester in die Seite und sagte: Sie gibt keine Ruhe, komm! Die Schwester spuckte noch mal auf ihr Kleid. Sie hielt meine Hand, und wir gingen in Mutters Zimmer, aber sachte, sachte. Die Schwester ging hinter mir und schaute auf den Boden. Ich schaute geradeaus und war so wie immer. Ich atmete wie immer und lief wie immer und sah sicher wie immer aus. Die Mutter hatte die rote Bluse an und sah uns entgegen. Sie wollte freundlich zu uns sein und nannte uns *ihre Racker*. Na, wo stecken meine Racker denn, fragte sie und machte ihre Stimme sanft und freundlich. Na, sagte sie, wollt ihr dem Herrn nicht die Hand geben und guten Abend sagen?

Meine Schwester und ich standen in der Zimmertür und flüsterten miteinander. Ich sagte, daß sie gut hinschauen sollte. Das ist dein neuer Vater, sagte ich.

Nein, sagte sie, deiner!, und ich sagte: Ich verschwinde, aber du bleibst bei ihm!

Da wollte sie wieder weinen, sie zog schon einen Flunsch. Sie überlegte es sich aber und weinte dann doch nicht.

Wollt ihr nicht reinkommen, statt in der Tür zu tuscheln und euch zu kabbeln, sagte die Mutter. Das führt doch zu nichts, oder?

Da holten wir tief Luft und gingen zur Mutter und zu Herrn Herkenrath. Sie schaute uns entgegen. Herr Herkenrath stand auf, damit wir ihn in seiner ganzen Größe sahen. Aus der Nähe war er genauso, wie ich ihn mir immer vorgestellt hatte, nur noch etwas mieser. Der Mutter gefiel er aber, sogar sein Gesicht. Sie schien gar nicht zu bemerken, wie mies er in Wirklichkeit war.

Sie sagte Herrn Herkenrath, wer wir waren. Das war natürlich überflüssig, wer sollten wir sonst sein? Als sie ihm sagte, wie alt wir waren, machte sie jeden ein Jahr jünger. Wir ließen sie aber ruhig schwindeln. Dann sagte sie, daß der Vater noch nicht da sei, weil er das Buch, an dem er schriebe, gerade zusammenpackte. Er darf's nicht liegenlassen, sagte sie, sonst weiß er nicht, womit er sich die ganze Zeit beschäftigen soll, und ist in einem Ort wie Rußdorf verloren. Über Herrn Herkenrath sagte sie zu meiner Schwester, daß sie ihn bald schätzen und lieben lernen würde. Und nun gebt ihm eure Hand, die hoffentlich gewaschen ist, sagte sie.

Obwohl Herr Herkenrath eben erst gekommen war, roch es in Mutters Zimmer schon nach ihm. In diesen Geruch gingen wir hinein und gaben ihm die Hand. Er sah uns streng an. Wie er so auf uns runtersah, sah er richtig tückisch aus. Seine Hände waren feucht, so wie die vom Vater oft waren. Sie waren klein und heiß und weich, auch wie die vom Vater. Vielleicht hatte unsere Mutter Männer mit solchen Händen gern? Beide arbeiteten sie nicht richtig, sondern hockten lieber rum. Der Vater hockte zu Hause rum, Herr Herkenrath in seinem Büro. Statt zuzupacken, dachte der Vater sich Leute aus, die es gar nicht gab. Er schrieb auf, was sie taten und dachten. Dann rief er: Nein, so nicht! und strich es wieder aus. Sonst machte er nicht viel. Auch Herr Herkenrath machte wahrscheinlich nicht viel, nur auf eine andere Weise. Beim Gutentagsagen schaute ihm die Schwester nicht in die Augen. Die Mutter schien aber mit uns zufrieden und hatte ein Doppelkinn. Sie hatte weiße Arme und Ellenbogen, ohne Haare alles. Die wurden sonntags rausgezupft und wuchsen dann wieder nach. Sie war mit Parfüm begossen, weiß Gott, an welchen Stellen! Am Hals trug sie die Perlenkette, an der sie immer zupfte. Sie wird so lange zupfen, bis sie reißt und die schönen Perlen alle durchs Zimmer kollern, sagte der Vater immer, und die Schwester fragte: Und was machen wir dann?, und der Vater zeigte auf den Boden und sagte: Wir kriechen ihnen nach! Die Bluse, die die Mutter trug, hatte sie für Herrn Herkenrath gekauft. Danach war sie damit vor den Spiegel gegangen und hatte sich gesagt: In dieser Bluse sehe ich zehn Jahre jünger aus, wenn nicht fünfzehn! Dann hatte sie die Bluse auf die Seite gelegt, um in einem unerwarteten Augenblick reinzuschlüpfen und Herrn Herkenrath darin entgegenzuspringen. Nun war dieser Augenblick da! Unten trug sie den schwarzen Rock und Nylonstrümpfe, die ein Vermögen gekostet hatten. Die Blumen von Herrn Herkenrath hielt sie noch in der Hand. So bringt man die kräftigsten Blumen um, sagte der Vater immer, wenn er die Mutter so mit Blumen sah. Die Schwester weinte nicht, es fehlte einem richtig. Herr Herkenrath saß weder ganz gerade, noch saß er ganz krumm. Er hatte was mit dem Rücken. Die Mutter fragte, ob's wieder weh tat, doch er sagte nein. Dann fragte sie, wie lange wir noch herumstehen wollten, statt uns zu setzen. Sie sagte: Ihr braucht nicht scheu zu sein, Herr Herkenrath frißt keine Kinder! Nicht wahr, Benno, fragte sie, und Herr Herkenrath überlegte einen Augenblick und schüttelte dann den Kopf. Sein kleiner Finger hatte einen langen Nagel, der sah wie eine Schaufel aus. Der Vater hatte uns von dem Nagel erzählt, als wir einmal bei Tisch saßen und von *menschlichen Eigenarten* sprachen. Er hatte es von der Mutter gehört. Die Schwester wußte nicht, was eine *menschliche Eigenart* war, und redete am meisten. Plötzlich sagte der Vater: Ehe ich von diesem Herrn gehört hatte, hätte ich nicht gedacht, daß jemand so geschmacklos sein und sich so einen Nagel wachsen lassen könnte!

Wie lang ist er denn, fragte die Schwester, und der Vater sagte: So zehn Zentimeter!

Die Mutter hätte am liebsten gar nicht von Herrn Herkenrath gesprochen. Jetzt mußte sie aber. Sie sagte: Was redest du bloß!, und der Vater sagte, daß er stets die Wahrheit sagte. Vielleicht braucht er ihn, sagte er, und als die Schwester fragte: Wozu denn?, sagte er: Damit drückt er seine Läuse tot!

Schäm dich, vor den Kindern über einen entfernten Bekannten, der keinem auf der Welt etwas zuleide tut, solche törichten Bemerkungen zu machen, sagte die Mutter und regte sich schrecklich auf.

Also hat Herr Herkenrath Läuse, fragte die Schwester, und die Mutter rief: Siehst du, das ist die Saat deiner Bosheit, wie sie in einem Kinderherzen aufgeht!, und der Vater sagte: Ist doch kein Geheimnis, daß manche sie damit totdrücken! Ist ja auch keine Schande!

Jetzt habe ich genug, rief die Mutter und lief weg. Und jetzt, sagte sie zu Herrn Herkenrath, koche ich uns allen einen guten Kaffee und den Kindern eine schmackhafte Schokolade, denn es gibt noch einiges zu besprechen. Dann sagte sie, wir sollten uns endlich auf unsere vier Buchstaben setzen und Herrn Herkenrath was von uns erzählen, damit er unsere Gedanken kennenlernte. Dann ging sie in die Küche. Draußen wurde es immer dunkler.

Als die Mutter mit ihren Blumen aus dem Zimmer gegangen war, war es bei uns plötzlich sehr still. Herr Herkenrath hatte seine Hände auf den Armlehnen liegen und dachte wahrscheinlich: So sehe ich am ruhigsten aus! Er war aber gar nicht ruhig. Vielleicht waren sein Kopf und die Arme ruhig, die Augen und die Füße aber nicht. Wir wußten nicht, was wir sagen sollten, wir atmeten alle bloß. Herr Herkenrath hatte beim Sitzen einen kleinen Bauch. Wenn er aufstand und durchs Zimmer ging, war der Bauch wieder weg. An dem Tag stand er aber nicht auf, sein Bauch blieb uns erhalten. Er saß und schaute auf seine Schuhspitzen, auf die rechts und auf die links. Dann schaute er zwischen uns hin und her und überlegte, worüber er mit uns reden könnte. Er hatte keine Kinder und wußte nicht, wie man mit ihnen umging. Die Schwester zog ihre Puppen an den Haaren. Wenn sie ein Haar rausgezogen hatte, ließ sie es auf den Boden fallen, es trudelte so schön. Dann trat sie drauf und zog am nächsten. Sie sagte aber nichts. Ich hätte viel sagen können, sagte aber auch nichts. Ich ging lieber ans Fenster, da sah ich wenigstens Herrn Herkenrath nicht. Statt dessen schaute ich über die Straße. Sie sah nun wieder anders aus. Das kam, weil es immer dunkler wurde und weil ich nun wegzog. Auch die Gärten sahen anders aus, der Himmel, alles, alles. Die Bäume und die Büsche standen eigenartig, wie Tiere, herum. Manche hatten einen Buckel. Bei anderen war vorne was rausgewachsen, ein kleines Stück Tier. Sie bellten aber nicht. Sie standen still an einem Fleck und kamen auch nicht näher. In manchen Häusern ging jemand herum, andere waren leer und dunkel. Die Leute waren weggegangen, kamen aber wieder. In der Küche stellte die Mutter ihre Blumen in die Vase und dachte, wie schön sie sind. Sie machte sich ans Kaffeekochen und ließ das Wasser laufen. Herr Herkenrath überlegte noch, worüber er mit uns reden könnte. Dann schaute er auf seine Uhr und sagte endlich was. Er sagte: Nun dauert's nicht mehr lange, dann ist der auch im Sack!

Die Schwester riß die Augen auf und fragte: Wo ist er?

Im Sack!

Und wer ist im Sack, fragte die Schwester, und Herr Herkenrath sagte: Der Tag! Die Schwester wartete, ob noch was käme, aber es kam nichts mehr. Sie stand langsam auf. Mit den Puppen unterm Arm ging sie verwundert um Herrn Herkenrath herum. Er schaute seine Nägel an. Als lange nichts gekommen war, sagte er wieder was. Und dann, sagte er, wenn der Tag auch im Sack ist, kommt ein anderer! Danach schwieg er wieder. Nebenan hörten wir die Mutter, aber leise, leise. Weil sie heute schon *so viel auf den Beinen gewesen war*, hatte sie sich hingesetzt. Wir hörten sie Kaffee mahlen. Gleich würde es danach riechen.

Langweilig, sagte die Schwester und gähnte. Sie nahm eine Puppenhand und wischte damit die Wand. Sie macht sauber, sagte sie.

Herr Herkenrath sah ihr erstaunt zu. Sie wird ja schmutzig, nicht sauber, sagte er, und die Schwester sagte: Da wasch ich sie eben wieder! Dann ging sie im Zimmer rum, aber mit einer anderen Puppe. Es war die mit dem einen Auge. Das andere lag im Kleiderschrank, es mußte wieder eingesetzt werden. Die Mutter konnte aber nicht, sie hatte keine Zeit für Kinkerlitzchen. Jeden Tag zupfte die Schwester sie am Ärmel und sagte: Mach ihr das Auge ganz!, und die Mutter sagte jeden Tag: Und wie sagt man da?

Mach ihr das Auge ganz, *bitte*, sagte die Schwester, und die Mutter sagte: Heut hab ich andere Sorgen!

Und morgen, fragte die Schwester, und die Mutter sagte: Morgen auch, wie's ausschaut! So war das mit ihr. Jetzt trat die Schwester mit ihrer einäugigen Puppe ans Fenster und sah in die Dämmerung. Sie kannte die Dämmerung auf dieser Seite aber schon. Deshalb ging sie ans andere Fenster. Da war aber auch nichts. Herr Herkenrath strich sich über die Stirn, er wollte wieder was sagen. Er machte den Mund schon auf, aber dann wußte er nicht mehr, was es war, und machte ihn wieder zu. Schließlich sagte er es doch. Die Dämmerung, sagte er, zieht sich so lange hin, daß man schon glaubt, die Nacht kommt nie. Und dann, wenn man die Frage wieder vergessen hat und zufällig aus dem Fenster schaut...

Aus welchem, fragte meine Schwester.

Ja, sagte Herr Herkenrath, das ist die Frage! Dann waren wir wieder still.

Warum redest du nicht mit ihnen, Benno, rief die Mutter, ich kann euch gar nicht hören! Du mußt sie zum Erzählen bringen, sagte sie, aber Herr Herkenrath verstand sie nicht und fragte: Was muß ich bringen?

Zum Erzählen, rief die Mutter, zum Erzählen!

Ich weiß, daß ich sie zum Erzählen bringen muß, sagte Herr Herkenrath. Sie erzählen aber nichts!, und die Mutter fragte: Hast du's denn versucht?

Ja, sie wollen nicht!

Dann zeig ihnen deine Trillerpfeife, rief die Mutter. Laß sie mal drauf pfeifen!

Auf der Trillerpfeife?

Ja, auf der Trillerpfeife!

Schön, rief Herr Herkenrath, da werd ich sie mal pfeifen lassen!

Als Herr Herkenrath zum erstenmal bei uns war, um ein bißchen mit uns zu plaudern – damit ihr mal seine

Stimme hört, wo er nun mal euer Vater werden soll, hatte die Mutter gesagt –, kam er bald ins Schwitzen. Vor jedem Möbelstück fragte er sich: Laß ich's stehen, oder werf ich's raus? Wenn der Vater so aufgeregt war, schwitzte er an der Nase, und die Mutter sagte: Schwitzen ist gesund! Ob sie das auch zu Herrn Herkenrath sagen würde, wenn sie allein war mit ihm? Herr Herkenrath wischte sich die Hände in seine Hose, damit er nirgends Flecke machte. Dann winkte er uns zu sich.

Wollt ihr was sehen, fragte er, und die Schwester fragte: Was denn?

Was Interessantes, sagte Herr Herkenrath.

In seiner Brusttasche steckte eine Trillerpfeife, die zog er nun heraus. Früher hatte er sie für seinen Hund gebraucht, den gab es nun nicht mehr. An einem schönen Sommermorgen hatte er ihm mal gepfiffen, und der Hund war losgerannt, aber zu gleicher Zeit war auch ein Auto gekommen. Die Pfeife war noch ganz. Nun liebte Herr Herkenrath nur die Mutter. Er sagte: Da! und zog die Pfeife raus. Sie war schwarz und kurz und stämmig und klapperte, wenn man sie schüttelte. Herr Herkenrath steckte sie in den Mund und pfiff leise drauf, es sollte im Haus keiner hören. Danach pfiff er etwas lauter, dann hielt er sie uns hin. Er wischte sie nicht mal ab. Ich sagte: Nein, danke! und pfiff nicht drauf. Ich griff sie nicht mal an. Der Schwester war es ganz egal, ob Herr Herkenrath sie im Mund gehabt hatte, Hauptsache, sie durfte pfeifen! Sie pfiff erst laut, dann etwas leiser, weil die Mutter aus der Küche: Pfeift nicht so laut, ihr Unseligen! rief. Am liebsten hätte die Schwester gar nicht mehr zu pfeifen aufgehört. Aber da kam die Mutter mit dem Kaffee und dem Kuchen, und die Schwester mußte sich bei Herrn Herkenrath für die

Pfeife bedanken und sie ihm zurückgeben, damit er sie wieder in seine Brusttasche stecken und bei Gelegenheit selber drauf pfeifen konnte. Dann legte die Mutter das Tischtuch auf, wir halfen ihr dabei. Es war das letzte Mal, daß wir zusammen am Tisch saßen, Kaffee tranken und Kuchen aßen. Wir hätten gern angefangen, doch nun kam der Vater nicht.

19

Er saß am Schreibtisch und hoffte, daß ihn die Mutter rief. Sie rief aber nicht. Warum hätte sie auch rufen sollen, alles war ja gesagt! Der Vater hielt den Bleistiftstummel in der Hand und hätte gern etwas geschrieben. Er kraulte sich den Bart. Wenn er ein besonders langes Haar erwischte, sagte er: Es wird weh tun, aber es muß sein! und riß es raus. Ich hatte ja gewußt, daß es weh tun würde, sagte er und warf es ins Zimmer. Dann dachte er seine Gedanken an der Stelle weiter, wo er sie hatte liegen lassen. Auch in der Wohnung ging alles weiter, in der Stadt, im Rest der Welt, darin waren sie rücksichtslos. Die Mutter zum Beispiel hatte den Tisch gedeckt. Siebzehn Jahre lang hatte sie versucht, dem Vater Sauberkeit und Ordnung beizubringen, und was hatte sie erreicht? Ich geb's auf, sagte sie. Mag sich eine andere mit ihm quälen, falls er eine findet.

Herr Herkenrath saß in seinem grünen Sessel. Er sagte, er wüßte keine.

Nun, sagte die Mutter, es ist seine Sache! Vielleicht findet er noch was. Und nun muß ich ihn holen, denn von allein kommt er nicht! Sie nahm ihre geblümte

Schürze ab. Dann ging sie zu Vaters Arbeitszimmer und klopfte, wir konnten es deutlich hören. Ich bin's, rief sie und wollte eintreten, doch der Vater hatte sich in seinem Zimmer eingeschlossen. Die Mutter rief: Ich kann nicht rein! Du hast aus Versehen den Schlüssel rumgedreht! Dann sagte sie: Der Herr Herkenrath sitzt bei mir und möchte dich schnell noch kennenlernen, ehe du in den Möbelwagen springst! Dann verbesserte sie sich und sagte: Langsam in den Möbelwagen steigst! Er sitzt mit den Kindern bei mir und möchte mit dir noch einiges besprechen. Dann wartete die Mutter wieder, es kam aber keine Antwort. Lange stand sie in ihrer roten Bluse vor Vaters verschlossener Arbeitszimmertür und wartete. Der Vater öffnete aber nicht, er machte mit dem Mund ein leises, hartes Geräusch. Vielleicht knirschte er mit den Zähnen. Hörst du mich nicht, rief die Mutter und legte ein Ohr an die Tür. Herr Herkenrath möchte dich schnell noch kennenlernen, rief sie. Willst du ihm nicht guten Tag sagen, so, wie es sich unter zivilisierten Menschen gehört, die mit Messer und Gabel essen, sagte die Mutter, doch der Vater blieb still. Wenn wir nicht gewußt hätten, daß er in seinem Zimmer war, hätten wir denken können, er wäre schon ausgezogen.

Plötzlich fiel bei ihm etwas auf den Boden, und er rief: Verdammich! Dann hob er es wieder auf und sagte: Er soll mich am Arsch lecken, dein Herkenrath! Er soll verschwinden, ehe ich das Fleischermesser hole!

Die Mutter zog erschrocken ihr Ohr von der Tür zurück und sagte: Na na! Dann tat sie, als ob der Vater etwas ganz anderes gesagt hätte, und nickte. Na gut, sagte sie, wenn du beim Packen bist, wollen wir dich nicht stören, da kommst du eben später! Da werden wir inzwischen anfangen und allein einen Bissen zu uns nehmen. Ja, natürlich richte ich Herrn Herkenrath deine Grüße aus! Er wird dich schon entschuldigen.

Der Vater brummte. (Die Mutter sagte: grunzte.) Er darf mich in den Arsch beißen, ziemlich weit unten, wo's schön saftig ist, sagte er. Dann setzte er sich auf seinen Rohrstuhl, wir konnten es knarren hören. Immerhin brüllte der Vater nicht mehr, und auch die Mutter war still. Sie kam zu uns zurück. Sie legte eine Hand aufs Herz und hatte einen roten Kopf. Sie wollte Herrn Herkenrath nicht zeigen, wie sehr sie sich aufgeregt hatte. Sie lächelte ihn an und sagte: Er läßt sich vielmals entschuldigen, aber er packt gerade sein Manuskript zusammen. Das ist bei ihm eine heilige Handlung, da läßt er sich nicht stören. Worte, Worte, rief die Mutter, er erstickt noch dran! Er hat nicht mal Zeit, sich zu uns zu setzen und in Ruhe alles durchzusprechen.

Ach so, sagte Herr Herkenrath. Er war erleichtert, daß der Vater nicht kam. Gut, sagt er, sehr gut!

Vergessen wir ihn also, und nehmen wir eine Kleinigkeit zu uns, sagte die Mutter. Die Kleinen werden hungrig sein. Sie holte den Kaffee. Sie holte den Kuchen und die Brötchen und den Zucker und die Milch. Für uns holte sie das gesunde Kakaogetränk und sagte: So, nun dürft ihr! Wer nichts nimmt zu rechten Zeit, der muß essen, was die anderen übriglassen! So heißt es doch, fragte sie, oder?

Bei unserer letzten Mahlzeit zu Hause aß ich erst ein Wurstbrötchen und danach zwei Stück Kuchen, weil ich immer zuerst das Salzige und dann das Süße esse. Die Schwester konnte es nicht erwarten und aß den Kuchen zuerst. Sie krümelte auf ihre Serviette, doch auch auf ihren Schoß.

Schau, wie du krümelst, rief die Mutter, und die Schwester sagte: Ich krümle nicht! Es krümelt von alleine!

Jedenfalls fällt alles auf dein schönes Kleid, sagte die Mutter, und die Schwester sagte: Nein, manches fällt auch auf die Schuhe!

Die Mutter hatte breite Schultern und einen kleinen Mund. Wie immer nahm sie kleine Bissen und aß sehr langsam. Das sah nicht so gierig aus und setzte nicht so an. Sie hatte die Serviette auf dem Schoß und sagte: Immer langsam essen! Auch Herr Herkenrath aß langsam, aber nicht *so* langsam. Er schaute viel zur Zimmertür, ob der Vater nicht kam, ihn bei den Schultern packte und rauswarf. Er kam aber nicht. Immer wieder sagte Herr Herkenrath, was für einen wohlschmeckenden Kuchen die Mutter aufgeschnitten und was für leckere Brötchen sie gekauft und belegt hatte, genauso wie er sie am liebsten aß.

Wirklich, fragte die Mutter, und Herr Herkenrath sagte: Ja, wie ich sie am liebsten esse! Statt »essen« sagte er »zu sich nehmen« und statt »gut« sagte er »wohlschmeckend« oder »bekömmlich«. Sonst wurde nicht viel geredet, weil sich bei Tisch jeder entscheiden muß, ob er essen oder reden will. Wir wollten alle essen.

Als wir schon fast fertig waren, hörten wir, wie im Vaterzimmer plötzlich der Rohrstuhl knarrte. Dann hörten wir, wie Vaters Schlüssel im Schloß umgedreht wurde und wie die Arbeitszimmertür langsam, aber unwiderstehlich aufging. Nun stand der Vater im Gang. Weil wir ihn alle hören wollten, hörten wir zu schlucken auf. Als erste sagte die Mutter was. Sie streckte einen Finger in die Höhe und sagte: Da kriecht was aus seiner Höhle, weil es nach Kaffee riecht! Nun, Gott sei Dank habe ich genug gekocht! Dann kamen die Schritte näher, unsere Tür ging auf, und der Vater stand vor uns. Um sich für die Begegnung mit Herrn Herkenrath vorzubereiten, hatte er sich noch etwas ausgestreckt. Als der Kaffeegeruch zu ihm gekommen war, hatte es ihn in seinem Rohrstuhl nicht mehr geduldet, und er hatte sich auf den Weg zu uns gemacht, einfach so. Die Wange, auf der er gelegen hatte, war gerötet. Nicht mal in seine Jacke war er gefahren. Seine paar Haare waren wild. Vielleicht war er so rot im Gesicht, weil er Herrn Herkenrath in Mutters Zimmer sitzen und seinen Kuchen essen sah. Er sagte aber nichts, kaum daß er ein bißchen brummte. Vielleicht brummte er: Nun füttert sie ihn auch noch! Als Herr Herkenrath den Vater sah, hörte er zu kauen auf. Damit sein Mund zum Reden leer war, schluckte er schnell alles runter, egal, ob's gekaut war oder nicht. Dann legte er seine Serviette auf den Tisch und stand auf. Die Mutter schaute zwischen den beiden hin und her und kam zu keinem Schluß. Sie mußte nun was sagen. Da bist du ja, sagte sie. Zu mir sagte sie: Sitz nicht rum, sondern steh auf und hol für deinen Vater einen Teller, einen großen!

Nun standen sich der Vater und Herr Herkenrath nach so langer Zeit endlich gegenüber. Der eine war bloß in Hemd und Hose, der andere im Sonntagsrock. Der eine schaute auf den Boden, der andere in die Luft. Sie ließen viel Platz zwischen sich. Jeder wäre lieber weggelaufen, durfte aber nicht. Draußen wurde es immer dunkler. In vielen Häusern war das Licht nun an, genauso wie bei uns. Der Vater und Herr Herkenrath ließen die Arme hängen und atmeten viel. Herr Herkenrath atmete eher leise, der Vater eher laut. Wenn der eine eingeatmet hatte, atmete der andere aus. Schön waren sie beide nicht, aber auf verschiedene Weise. Wenn dem Vater die Haare fehlten, war Herr Herkenrath nicht groß genug. Sogar die Mutter war größer. Sie saß da und liebte den einen und hatte den anderen mal geliebt. Zum Glück machten die Stiefel mit den dicken Sohlen Herrn Herkenrath etwas größer, aber immer noch nicht groß genug, während der Vater... Obwohl er seit Wochen litt, war er immer noch zu dick. Wahrscheinlich würde er bis zu seinem Ende zu dick sein, vielleicht über sein Ende hinaus. Und dann in der Erinnerung von denen, die ihn mal gekannt hatten, bis es auch die nicht mehr gab. Die Mutter sagte: Ja, so ist's! und stellte sich zwischen ihre zwei Männer. Begrüßt ihr euch nicht, fragte sie.

Aber natürlich begrüßen wir uns, sagte Herr Herkenrath. Der Vater sagte lange nichts, er schien es sich zu überlegen. Als er es sich lange genug überlegt hatte, sagte er: Warum nicht? Dann traten beide einen Schritt aufeinander zu und reichten sich die Hände. Herr Herkenrath mußte alleine drücken, der Vater drückte nicht mit. Auch in die Augen schauen wollte Herr Herkenrath dem Vater, der ließ sich aber nicht. Er schaute auf den Boden. Dann holte Herr Herkenrath tief Luft und redete vom Wetter.

Es ist ein eigenartiges Wetter heute, mit einer eigenartigen Luft, sagte er, und der Vater fragte: Wie meinen Sie das?

Die ganze Wetterlage ist eigenartig, meinte Herr Herkenrath und machte eine Handbewegung, die alles umfaßte. Schon gestern sah es wie Regen aus, aber als ich mir den Himmel dann genauer ansah, dachte ich: Nein, du täuschst dich!

Und um welche Tageszeit soll das gewesen sein, fragte der Vater streng.

Am Morgen, ich ging eben ins Büro, sagte Herr Herkenrath. Leider habe ich nicht auf die Uhr geschaut.

Sie arbeiten in einem Büro?

So ist es!

In einem großen oder in einem kleinen?

In einem mittleren.

Jedenfalls an einem Schreibtisch?

Ja, mit meinen Unterlagen!

Na ja, sagte der Vater, und dann kam wieder nichts. Wahrscheinlich fragten der Vater und Herr Herkenrath sich, worüber sie noch reden könnten, es fiel ihnen aber nichts ein. Die Schwester schaute von einem zum anderen und überlegte wahrscheinlich, wen sie lieber zum Vater hätte. Sie kam zu keinem Schluß.

Mag sein, daß morgen ein paar Tropfen fallen, aber vorher rechne ich mit keiner längeren Regenperiode, sagte Herr Herkenrath nach langem Nachdenken, und der Vater sagte: Wie ich, genau wie ich! Dann sagte er: Und nun setze ich mich!, und Herr Herkenrath sagte: Naturgemäß!, und beide setzten sich. Dann goß die Mutter ihren beiden Männern Kaffee ein. Sie saß genau zwischen ihnen und konnte mit beiden gleich gut reden. Sie hatte ihre Hand auf der Kanne liegen, damit sie gleich nachgießen konnte. Sie versuchte, zwischen den beiden ein Gespräch in Gang zu setzen, und wandte sich einmal dem Vater und einmal Herrn Herkenrath zu, aber weder aus dem einen noch aus dem anderen war viel rauszukriegen. Gott sei Dank war was zu essen da. Der Vater ließ sich nicht lange bitten, er griff sofort zu. Er hielt sich ans Süße. Immer wieder legte ihm die Mutter ein neues Stück Kuchen auf den Teller, es lag nie lange da. Der Vater aß bloß, redete nichts. Die Schwester schaute von einem zum andern und war ganz ungeniert, der Vater aber auch.

Wenn er Luft brauchte und etwas keuchte, hörte sie genau hin. Auch ich sagte nichts, ich dachte bloß. Es war alles traurig. Immer wieder dachte ich: Das ist der letzte Streuselkuchen, den der Vater hier ißt! oder: Das ist die letzte Tasse Kaffee, die die Mutter ihm eingießt, und so weiter. Von morgen an würden der Vater und ich unseren Kuchen und unsere Brötchen an Orten essen, die wir jetzt noch gar nicht kannten. Trotzdem schien es dem Vater zu schmecken. Er krümelte natürlich viel, schaute aber gar nicht hin. Er wartete, bis alle Krümel auf dem Tischtuch lagen. Dann sagte er: So!, fegte sie zusammen, schob sie sich auf den Handteller und warf sie sich in den Mund. Dann aß er ein Stück ohne Streusel, das krümelte gleich viel weniger. Ich sah, wie der letzte Bissen in seinen Bart ging und nicht wiederkam. Jetzt wird er wieder was sagen, dachte ich, aber der Vater sagte nichts mehr, sondern nahm sich *noch* ein Stück. Seine Hand zitterte ein wenig, der Kopf aber auch. Die Hand der Mutter zitterte nicht, sie lag fest auf der Kaffeekanne. Ich wußte nun, daß nichts mehr kam, daß alles vorüber war. Falls jemand noch was sagen würde, würde es nichts Neues sein. Da hielt ich es im Mutterzimmer nicht mehr aus. Ich stand auf und sagte, daß ich noch was zu erledigen hätte, ehe es zu dunkel wäre. Das stimmte aber gar nicht, ich wollte nur weg. Ich sah, wie erst die Mutter nickte, und dann Herr Herkenrath. Nur der Vater nickte nicht, er sah mich traurig an. Er bat mich mit den Augen, ihn mit Herrn Herkenrath und der Mutter nicht alleinzulassen, aber ich konnte nicht anders. Ich warf ihm einen Blick zu, der sagte, daß es nicht anders ging und daß ich ihn mit der Mutter und Herrn Herkenrath alleinlassen *müßte*. Dann lief ich aus dem Mutterzimmer, dann aus dem Vaterhaus.

20

Der Vater hatte keine Hoffnung mehr, daß die Mutter bei ihm bleiben würde. Das sah ich seinen Augen an. Er hatte sich in eine Ecke gestellt, da sank er nicht um. Er schaute seine Hände an, als sei er überrascht, daß sie noch da waren. Wenn ich ihn ablenken wollte und etwas fragte, sagte er nur ja oder nein. Oft sagte er das Falsche. Wenn ich dann fragte: Meinst du wirklich nein, oder meinst du vielleicht das andere?, sagte er: Wahrscheinlich meine ich das andere! Einmal berührte ich seine Hand, aber sachte, sachte. Da fühlte ich, er war nicht versteinert, wenn auch sehr kalt, sehr kalt. Als ich ihn wieder berühren wollte, zog er die Hand zurück und sagte: Schenk mir Frieden! Einmal wollte ich die Trauer in seinen Augen studieren, aber ich schämte mich.

Eigenartig, sagte er und schüttelte den Kopf.

Was denn, fragte ich.

Daß sie nun den Herkenrath nimmt und wieder von vorne anfängt!

Ach, sagte ich, laß sie doch!

Es bleibt mir ja auch nichts anderes übrig, sagte er. Na, vielleicht wird sie diesmal glücklich. Vielleicht kriegt sie neue Kinder.

Draußen war es nun finster. Wie er so im Lampenlicht an der Wand lehnte, sah er älter aus denn je. Er hatte für den Umzug alles fertig, soweit ein so wirrer Kopf wie meiner überhaupt etwas fertig haben kann, sagte er. Seine beiden »Riesenkoffer« – so riesig waren sie eigentlich gar nicht – hatte er an die Tür geschleppt. Ich hatte ihm geholfen. Dabei weiß ich noch gar nicht, ob ich einen Schreibtisch haben werde, sagte er. Vielleicht muß ich auf den Knien schreiben? Aber Thomas Mann soll auch viel auf den Knien geschrieben haben, sagte er.

Irgendwie wirst du schon schreiben können, sagte ich.

Auch das ist nicht sicher, sagte er.

Die Baskenmütze auf dem Schädel, trat er ans Fenster. Ich stellte mich neben ihn. Nun sahen wir nicht mehr ins Licht, wir sahen in die Dunkelheit. Wo eben noch Häuser gewesen waren, konnten wir sie jetzt nur noch ahnen. Dahinter vermuteten wir Bäume, die Taxushecke, Forsythiensträucher. Die waren immer hier gewesen und hatten hier zu sein. Wie so oft wußte der Vater nicht, was sie *mit ihm trieben*. Du wirst es nicht glauben, aber ich bin etwas durcheinander, sagte er. Alles kommt so plötzlich auf mich zu. Auf dich nicht?

Doch, sagte ich, auf mich auch!

Dann sagte er: Nein, das nicht! Das hatte er nicht sagen wollen. Er suchte und sagte: Ich habe etwas vor! Deshalb war er in seine schöne Jacke gekrochen. In die da, sagte er. Das hatte er schon oft gesagt, er hatte es bloß vergessen. Er klopfte auf die Jacke und sagte: Ja, in die!

Ich hatte mich dicht an den Vater gestellt. Ich sagte: Ich weiß!

Nun stehen wir hier in unseren Prachtgewändern und harren der Unannehmlichkeiten, die da kommen, sagte er, und ich sagte wieder: Ich weiß!

Wo ist denn dein Schwesterchen, fragte er. Hat sie sich vor diesem Herrn verkrochen?, und ich sagte wieder ja.

Vielleicht, sagte er, war ich nicht der beste aller Väter, aber vor mir hat sie sich wenigstens nie zu verkriechen brauchen.

Nein, sagte ich, vor dir nicht!

Leider hatte ich wieder lügen müssen, die Schwester hatte sich gar nicht vor Herrn Herkenrath verkrochen. Sie war auch nicht in unserem Zimmer. Vielmehr war sie in Mutters Zimmer bei Herrn Herkenrath. Vielleicht saß sie auf seinen Knien. Vielleicht aß sie ein Stück Apfelkuchen und hielt die Hand nicht drunter. Es wäre schon das dritte gewesen. Wahrscheinlich krümelte sie pausenlos, ohne daß die Mutter was sagte. Sie würde es heute dulden und erst morgen was sagen, wenn alles so wie immer war, »nur in anderer Besetzung«. Jetzt legte Herr Herkenrath der Schwester wahrscheinlich eine Hand auf den Kopf und sagte: Immer iß, immer iß! Dann machte er eine kleine Pause und sagte: Du hast schönes Haar!, und die Schwester nickte wahrscheinlich und sagte: Ich weiß! Dann steckte ihr Herr Herkenrath wahrscheinlich eine Salmiakpastille in den Mund und sagte: Die kaut man nicht, die lutscht man! Die anderen Pastillen steckte er wieder weg, als sparsamer Mensch, der er war. Und warum kommt der Möbelwagen nicht, fragte er leise, und die Mutter sagte wahrscheinlich: Ja, er sollte hier sein! Dann sagten alle wieder nichts, sondern lutschten und dachten bloß.

Als ich wieder zum Vater hinsah, sah er ganz anders aus. Er war ein Verwandlungskünstler und war nicht mehr so traurig. Er hatte die Beine breitgestellt und rückte an seiner Mütze. Da sah er verschmitzter aus. Deshalb hatte er auch einen Einfall. Man sollte, sagte er und lächelte, sagte dann aber nicht, was. Vielleicht wollte er einen Happen essen, ein Schlückchen trinken, ein paar Schritte durch den Hohen Hain gehen oder einen schönen langen Satz, der vielleicht schon mal bei Thomas Mann gestanden hatte, in die Geschichte stekken, an der er gerade schrieb. Hauptsache, er machte wieder Pläne! Plötzlich sagte er: Ach ja!, nahm seine Baskenmütze ab und ließ mich sein Glätzchen sehen. Dann fuhr er mit der Fingerspitze unter seinen Trauerflor und riß ihn ab. Den bin ich los, sagte er. Er schnupperte an dem Flor, er wollte wissen, ob er nach Trauer roch. Er schien aber nicht danach zu riechen. Der Vater lächelte mich an und fragte: Möchtest du ihn?

Ich, fragte ich und erschrak.

Zur Erinnerung, sagte der Vater, aber ich sagte: Nein, ich will ihn nicht!

Dann soll er verschwinden, sagte der Vater und warf den Trauerflor, weil er »ein unordentlicher Mensch war, im Haushalt ganz unmöglich«, einfach unter den Schreibtisch. Soll sie ihn auflesen und sich an das erinnern, was sie uns angetan hat, sagte er. Dann setzte er die Baskenmütze ohne den Trauerflor wieder auf und spielte mit dem Spazierstock. Er ließ ihn durch die Luft pfeifen und rief: Wieder ein Kopf ab! Und wieder einer! Und immer wieder einer! Für den Fall des Falles nehmen wir den Stock mit, sagte er, falls die Rußdorfer uns attackieren! Von hinten, wie man auf der Welt immer attackiert wird! Weil der Möbelwagen nicht kam, fuchtelte er immer wieder mit dem Stock, doch ohne Überzeugung. Der Bücherkoffer stand an der Tür und war eigentlich recht klein. Ich brauche nicht mehr viel, sagte der Vater. Ich esse nichts mehr, trinke nichts mehr, schlafe nicht mehr und lese auch nichts mehr. Ich schaffe alles ab. An den meisten Büchern hatte er sich *satt gelesen*.

Gegen halb zehn kam der Möbelwagen dann doch noch. Er war kurz und stämmig und rollte vor unserem Haus langsam aus. Er hatte sich wahrscheinlich verfahren. Ich dachte: Der ist aber winzig!, und fragte mich, ob wir mit unseren Sachen überhaupt reinpaßten. Aber wir waren ja nur noch zwei und brauchten nicht viel Platz. Ein Nachbar hatte die Ärmel hochgerollt und sich ins Fenster gelegt. Ich stellte meinen Ranzen an die Tür und dachte: Nur weg, nur weg! Der Vater ahnte, was ich dachte, er lächelte mir traurig zu. Hoffentlich haben wir alles, sagte er und zählte das Wichtigste auf: sein bestes Hemd, die drei Bücher, in denen er manchmal blätterte, die eingerahmte Postkarte, die ihm Thomas Mann geschrieben hatte, den angeknacksten Rohrstuhl, die Hosenträger, die ihm die Mutter...

Und mein Fahrrad, rief ich.

Ja, dein Fahrrad! Hoffentlich haben wir nichts vergessen, sagte er, denn umkehren und es holen können wir nicht.

Und warum können wir nicht umkehren und es holen?

Aus den Krallen von Herkenrath, rief der Vater, nie! Noch einmal standen wir am Fenster. Das war's wohl gewesen, sagte er.

Ja, sagte ich, das war's!

Der Möbelwagenfahrer trug eine Schiebermütze. Er war ziemlich stämmig. Er klappte die Wagentüren auf und machte so viel Lärm, daß in den Nachbarhäusern das Licht anging. Er machte sich aber nichts draus. Er machte gerne Überstunden, sie wurden gut bezahlt. Der Vater war darauf vorbereitet und hatte ein paar eng zusammengefaltete Scheinchen in seinem Beutel. Hoffentlich reichen sie, sagte er. Also dann, aber nichts überstürzen! Immer eins nach dem anderen. Zuerst...

Die Zähne putzen?

Nein.

Die Hände waschen?

Auch nicht.

Den lieben Gott um Beistand bitten, damit nichts in die Brüche geht?

Unsinn, sagte der Vater, der hat andere Sorgen! Er schert sich nicht um unseren Umzug. Zuerst deiner Mutter auf Wiedersehen sagen, deiner Schwester und meinetwegen auch...

Warum soll ich dem auf Wiedersehen sagen, rief ich. Ich will ihn nicht...

Weil du ein höflicher Mensch werden willst, sagte der Vater und führte mich an den Lupinen vorbei zu Mutters Zimmertür. Die Lupinen ließen die Köpfe hängen, sie waren alle tot. Der Vater stellte seine Taschen ab. Nun würde er an Mutters Zimmer klopfen, das ab morgen Herrn Herkenraths Zimmer war. Fünfzehn oder sechzehn Jahre hatte er mit der Mutter hier gelebt, auf ein paar Jahre mehr oder weniger kam's hinterher nicht so an, irgendwie waren sie alle versickert. Nun, sie waren nicht übel, jedenfalls die ersten nicht, aber nun sind sie zu Ende, und es werden auch keine nachgeliefert, sagte er und klopfte.

Es ist offen, rief die Mutter.

Sie saß mit meiner Schwester und Herrn Herkenrath in der Mitte ihres Zimmers. Sie nahmen Raum ein und verschwendeten Luft. Bald nehmen wir bloß noch Raum ein, sagte der Vater oft. Die Mutter hatte langsam, aber ausgiebig Kaffee getrunken und Kuchen gegessen. Sie war um den Bauch etwas runder. Vielleicht hätte sie sich die rote Bluse doch eine Nummer größer kaufen sollen! Sie und Herr Herkenrath hatten die Schwester in die Mitte genommen, nun kam sie nicht mehr raus. Sie wollte aber auch gar nicht, sie fühlte sich wohl so. Sie und die Mutter und ihr neuer Mann atmeten tief aus und ein.

Darf man stören, fragte der Vater höflich und nahm seine Baskenmütze ab. Er wußte nicht, wohin damit, und stopfte sie in seine Jacke. Nun hatte er an der Hüfte eine Beule. Er stellte sein Köfferchen auf den Boden, den die Mutter so schön gebohnert hatte. Er zeigte darauf. Springen, Junge, aber nicht drauf, sondern drüber, sagte er zu mir. Und nichts brechen! Deine Beine brauchst du noch, damit du immer weglaufen kannst.

Der Möbelwagen ist gekommen, sagte die Mutter.

Was hätte er sonst auch tun sollen, sagte der Vater, du hast ihn ja bestellt!

Ich wollte es dir nur sagen.

Ich hatte es schon gewußt.

Die Mutter, die Schwester und Herr Herkenrath saßen eng beisammen. Die Mutter hatte meiner Schwester einen Arm um die Schultern gelegt, das hieß: Du gehörst mir! Heut schien ihr Arm besonders lang, viel länger als sonst. Er ging um den Hals meiner Schwester herum bis zu Herrn Herkenrath, der an ihrer anderen Seite saß. Weil sie dachte: Es sieht ja keiner!, kraulte die Mutter um meine Schwester herum mit einem Finger Herrn Herkenrath die Haare. Es war widerlich! Der Vater wollte es gar nicht sehen, er lächelte traurig. Ich dachte an den Verrat, den die Mutter an uns beging, und konnte nicht lächeln. Ich war wütend, weil Herr Herkenrath sich nun bei uns so breitmachen durfte. In Mutters tiefem grünen Sessel hatte er sich schon eingelebt. Er hatte sich eine von Mutters Zigaretten angezündet und qualmte, und es war ihm ganz egal, ob wir alle erstickten. Seine Asche streifte er über dem Aschenbecher ab, ohne hinzuschauen. Er wußte schon, wo bei uns alles stand. Er war aus seinen Schuhen gefahren, da saß es sich noch bequemer. Nun war er in Socken, egal, ob es roch! Schließlich kam er doch aus dem Sessel raus und fischte nach den Schuhen. Rasch schlüpfte er hinein. Er murmelte was, das ich nicht verstand. Vielleicht verstand es die Mutter, die war an sein Nuscheln schon gewöhnt. Auch an sein Hüsteln war sie gewöhnt, an seinen Schweißgeruch, an sein Herumhocken neben ihr. Sie merkte schon nicht mehr, wie dumm er war und daß er nicht gut roch. Wenn ich mit dem Vater nicht bald wegging, würde ich mich auch dran gewöhnen. Gut, daß ich verschwand!

Setzt euch noch einen Augenblick, falls ihr wollt, es muß ja nicht lange sein, sagte die Mutter, aber der Vater wollte nicht und sagte: Ich stehe lieber!

Und du, fragte mich die Mutter, und ich sagte: Danke nein! und setzte mich auch nicht. Ich wollte zum Möbelwagen, ich wußte, was nun kam. Ich würde gleich nicht mehr in dem Zimmer sein, und die Mutter und die Schwester würden mich nicht vermissen. Sie würden mich rasch vergessen, den Vater ebenfalls. Jetzt stand er noch neben mir und machte wieder eine Faust. Er hatte nun schon so oft eine Faust gemacht, daß er's gar nicht mehr merkte. Wie in allen wichtigen Augenblicken ging dann alles schnell. Die Möbelträger standen plötzlich im Korridor und hatten derbe Schuhe an. Sie folgten der Mutter zu Vaters früherem Arbeitszimmer. Die Mutter ging gar nicht erst rein. Sie zeigte bloß auf seine Tür und sagte: Da drinnen steht's!

Ist das alles, fragten die Möbelträger, als sie sich umgeschaut hatten, und als die Mutter sagte: Mehr hat er nicht!, schlangen sie ihre Gurte um die Kisten. Was sie tragen konnten, schwangen sie sich auf den Rücken und schleppten es die Treppe runter und aus unserem Haus hinaus. Wegen des Fahrrads, das auf dem Treppenabsatz stand, kamen sie noch mal, dann noch mal wegen des Sessels.

Halt das Miststück höher, rief der eine Möbelträger, und der andere rief: Höher geht's hier nicht!

Dann laß den Krüppel runter, rief der erste, und der zweite rief: Runter geht's, aber nur knapp!

Dann ließen sie sich mit dem Rohrsessel von Stufe zu Stufe fallen, bis sie unten waren. Die Mutter schloß die Wohnungstür hinter ihnen und sagte: So schnell geht's!

Ja, sagte der Vater, so schnell ist's gegangen!

Dann setzte er seine Baskenmütze wieder auf und nahm seinen Koffer und seine Schreibtischlampe. Er schaute sich nicht mal um. Er ging allen voran die Stufen runter und aus dem Haus hinaus. Ich hatte den Ranzen auf dem Rücken. Auch ich sah mich nicht um. Dann geschah etwas Merkwürdiges. Weil ich vier oder fünf Nächte nicht geschlafen hatte, bildete ich es mir vielleicht auch bloß ein. Als ich mit dem Vater und der Mutter und der Schwester und Herrn Herkenrath, aber mit viel Abstand zwischen uns, vors Haus getreten war, um zuzusehen, wie die Möbelträger Vaters Rohrsessel in den Möbelwagen warfen, merkte ich plötzlich, daß ich nicht allein war. Ich wurde beobachtet. Ein paar Leute waren in der Finsternis hinter den Möbelwagen getreten. Sie waren gekommen, um Abschied zu nehmen, ich sah es ganz genau. Da war der Lehrer F. W. Förster mit seiner Frau und Herr Schröder-Jahn mit seinem Hund, der also doch nicht im Großen Teich ertrunken war. Frau Jahn, die sonst immer im Fenster lag, war aus dem ersten Stock in der Lessingstraße heruntergestiegen, und das Mariechen mit dem Buckel und den schweren Ringen stand dicht neben ihr. Ein Stück weiter hinten, aber deutlich sichtbar, stand Hutsche und war etwas verlegen, weil Malz sich an ihn lehnte. Mit dem hatte er mich am längsten betrogen. Herr

Schimmel vom Tabakladen rauchte eine Zigarre und dachte: Ich krieg sie billig! Das Eigenartige war aber nicht, daß sie alle gekommen waren, damit hatte ich rechnen müssen. Das Eigenartige war, daß sie nicht winkten. Sie standen da wie aus dem Boden gewachsen und schauten mich still an. Ich hob eine Hand zum Winken, aber als ich sie so teilnahmslos dastehen sah, nahm ich die Hand wieder runter. Dann wollte ich mich schon wegdrehen, aber da sagte ich mir: Nein, so ganz ohne ein Zeichen kannst du nicht verschwinden, immerhin hast du ein paar Jahre hier gewohnt! und machte es dann so. Ich gab ihnen, besonders Hutsche, aber auch Malz, mit dem Zeigefinger ein winziges Zeichen, so. Das konnte alles mögliche heißen, wie: Ich verschwinde nun! Macht's gut, ihr Dromedare! oder: Good-bye, blackbirds! oder einfach: Das war's! Ich weiß nicht, ob einer das Zeichen sah, wahrscheinlich sah es keiner. Jedenfalls machte keiner mir ein Zeichen, keiner winkte zurück. Na gut, wenn sie dich vergessen haben, kannst du sie auch vergessen, dachte ich und vergaß sie gleich. Rasch ging ich zum Möbelwagen, um auf Wiedersehen zu sagen. Der Vater schaute schon nach mir.

Rußdorf wartet, sagte er und nickte ernst.

Wartet oder wartet nicht, fragte ich.

Wartet nicht, sagte der Vater. Ich glaube, das klingt hier besser.

Zuerst mußte ich die Schwester küssen, dann küßte die Schwester mich. Dann mußte ich die Mutter küssen, dann küßte die Mutter mich. Und was hast du vor für die nächste Zeit, fragte sie. Wirst du manchmal an mich denken?

Natürlich, sagte ich.

Und wirst du ab und zu ein gutes Buch lesen, fragte

sie. Oder wirst du bloß rumhocken und in die Luft starren?

Ich werd nicht bloß in die Luft starren, sagte ich.

Der Vater küßte nur die Schwester. Mit deiner Mutter, sagte er zu mir, hat es sich nun ausgeküßt. Herr Herkenrath küßte gar niemand, er stand bloß herum. Vielleicht küßte er die Mutter, doch nur, wenn keiner schaute. Dem Vater und mir gab er die Hand, er wünschte uns »alles erdenklich Gute«. Der Vater zupfte an seinem Bart und sagte: Mal sehen! und wünschte ihm gar nichts. Wer weiß, wie's ausgeht, gut oder böse, sagte er noch. Es kommt ja sowieso was!

Unsinn, sagte Herr Herkenrath, es kommt doch nichts!

Doch doch, sagte der Vater, es kommt was!

Dann stiegen wir in den Möbelwagen, der Vater, die Möbelträger und ich. Dem Vater fiel es am schwersten. Weil er so schwer beweglich war, kam er nicht gut hoch. Deshalb mußte einer von den Möbelträgern um den Wagen herumgehen, auf der anderen Seite einsteigen und ihn von innen ziehen, während der andere schob.

Sachte, sachte mit so einem alten Möbel, sagte der Vater. Vielleicht ist's doch noch was wert!

Was denn für ein Möbel, und was soll's denn noch wert sein, fragte die Schwester, und der Vater sagte: In den Augen Gottes, sonst wüßte ich nicht! Dann zog er sich hoch und sagte: Für jedes Buch, das ich nicht schreibe, wird man mir mal dankbar sein!

Dann hatten sie ihn drin. Der Möbelträger, der gezogen hatte, rutschte ans Steuerrad, der andere kroch nach hinten. Ich setzte mich zwischen den Vater und den am Steuer, weil ich da am besten sah. Ich sah aber nicht sehr viel, es war schon zu finster. Der Vater hatte die Schreibtischlampe und die Tasche mit seinen Büchern auf den Knien. Es sind die, die ich in guter Erinnerung habe und in die ich, um mir eine Enttäuschung zu ersparen, nun nicht mehr reinschaue, sagte er und klopfte auf seine Lieblingsbücher.

Nie mehr, fragte die Schwester, die dicht neben Herrn Herkenrath tief unter uns stand.

Nie mehr, rief der Vater.

Dann zog er die Baskenmütze grade, ich weiß nicht, warum. Überhaupt wußte ich nicht viel von ihm, er von mir aber auch nicht. Dann sprang der Motor an, und ich achtete nicht mehr auf ihn. Wir fuhren schnell los.